蒼天行盜

第二輯

卷15

人為財死

石章魚 著

所謂陰謀，無非就是見不得人的花招
而這種花招，一旦被破解，便是一文不值
但若是不能破解，且被它的表面所迷惑
就很有可能被對方牽住了鼻子，越陷越深

目錄

CONTENTS

第一章 血腥氣 5
第二章 極佳的新聞性 35
第三章 失敗的嚴重後果 71
第四章 小乞丐 103
第五章 最偉大的愛情是放手 139
第六章 遇見真愛的勇氣 173
第七章 要人命的暴風雪 215
第八章 雷霆一擊 241
第九章 有命賺沒命花 275
第十章 出事！ 307

第一章

血腥氣

十七八公里的路程，開車也不過半個小時，
夕陽尚在山尖之時，曹濱、董彪二人便趕到了山莊。
剛一踏進山莊的門，曹濱便覺察到了異樣，
而董彪同時嗅了下，低聲喝道：「有血腥氣！」

「下過棋嗎？」歐老自知可能性極小，卻還是忍不住多問了一句，在看到羅獵搖頭的時候，頗有些遺憾道：「你要是會下棋，那該有多好啊！」

羅獵卻道：「你教我啊！在老家的時候，我爺爺就喜歡教我這教我那的，而我，只要是爺爺教的，我總是能學得會。」

歐老驚喜道：「你願意學下圍棋？」

羅獵點了點頭，道：「我雖然不會下圍棋，但我卻知道棋如人生的道理，這個棋，指的肯定不是象棋，而是圍棋。還有，總堂主叮囑濱哥的那句只有看得遠才能行得久的哲語，我想就應該是從圍棋中得到的感悟。」

歐老面露喜色，道：「你能有這樣的認識，看來跟圍棋確實有緣啊，隨我來，我先送你一本書，等你入了門，我再親自和你對弈，助你提升棋力。」

歐老拄著拐杖領著羅獵去了正堂偏房的書房，留在原地的董彪不禁感慨道：「真是沒看出來，羅獵這小子拍馬屁的功夫還真是不差，濱哥，你說這小子怎麼就從來不拍咱們兩個的馬屁呢？」

不等曹濱作答，龍哥搶先笑道：「那是因為你們兩個的馬屁太臭，誰敢拍？拍不好拍出了一屁股的馬糞來怎麼辦？」

董彪道：「瞧你這話說的，就好像被你拍出過馬糞似的。」

龍哥接著笑道：「你董彪能拉得出馬糞嗎？強驢一條，拉出來的全都是驢屎蛋子。」

董彪呵呵笑道：「那不也是向龍哥學習致敬嘛！」

龍哥姓駱，原名興隆，跟了歐老後，入理字輩，並改名為理龍。

駱理龍原本是紐約堂口的弟兄，是正兒八經的武林世家，又使得一手好槍法，在紐約堂口中，他跟顧浩然屬同輩弟兄，輩分高且又能打，其威望一點都不遜色於顧浩然。一山不容二虎的道理誰都知道，更明白看得遠才能行得久的哲理的歐志明很是清楚駱理龍和顧浩然二人遲早會發生矛盾，因而，歐志明便將駱理龍從紐約堂口中調了出來，做了他的貼身保鏢。

事實證明歐志明在識人方面上還是有相當功力的，顧浩然在獨掌了堂口大權後立刻展現出了他在商業上的獨特眼光及敏銳嗅覺，是安良堂所有分堂口中唯一一個不依靠撈偏門且活得更加滋潤的堂口，在別的分堂口還在依靠打打殺殺來維護自己地盤的時候，顧浩然已然將生意做到了紐約全城，甚至出了紐約，觸及到了整個東海岸。

看到這一切，駱理龍也是不得不服，原來心中難免生出的些許怨氣，也因為顧浩然展現出來的這種商業能力而煙消雲散。

事實上，給總堂主做保鏢是一件非常無聊的事情。紐約所有的幫派都知道，可以跟安良堂的分堂口發生摩擦，但一定不要去招惹安良堂的總堂主，一是這位總堂主基本上不過問各分堂口的事務，招惹他無甚意義，二是他一手建立起來的安良堂勢力實在是不容小覷，若是主動招惹了他，恐怕自己這邊必然會遭到滅頂之災。各幫派有了這樣的共識，使得駱理龍淪落為了歐志明的管家，一身好本事再無用武之地，每天所考慮的無非就是柴米油鹽醬醋茶。

歐志明身為安良堂的總堂主，雖然處於隱退狀態，不再過問各分堂口的具體事務，只有某個分堂口遇到了棘手問題而獨自處理不得之時，他才會出面在整個安良堂體系中做一些人手及資源的調配協調，幫助那個出了問題的分堂口渡過難關。但是，在安良堂之外，歐志明卻是非常忙碌，他畢竟是一名優秀的律師，優秀到了簡直就是一本美利堅合眾國的法律大全集典。

跟在歐志明的身邊，駱理龍所接觸到的全都是社會高層人士，在歷任紐約州州長的辦公室或是家中，歐志明均是座上嘉賓，甚至，連華盛頓那邊的許多議員都要專程趕來拜訪歐老，以尋求歐老在法律上對他的幫助。這對駱理龍來說是莫大的榮耀，不單可以彌補了他對自己一身本事卻無用武之地的遺憾，並可以此為榮而心甘情願地長期跟在歐志明身邊。

在安良堂體系中，各分堂口的人前來拜見總堂主的時候，對駱理龍總是唯唯諾諾，包括顧浩然在內，對他均是畢恭畢敬。但唯獨金山這一支，曹濱也好，董彪也罷，從來沒有因為他距離總堂主更近一些而有意巴結，該有的禮節自然缺不了，但該開的玩笑卻從來也少不掉，只因為，那曹濱以及董彪，從來沒對他起過利用之心，自始至終，把他只是當做了兄弟。

駱理龍很珍惜這份單純的兄弟之情，而且，相比其他分堂口的人，他更加欣賞曹濱、董彪二人，原因則在於無論是拳腳還是刀棒又或是長短槍械，他均沒有把握能贏得了此二人。

剛跟了總堂主的那段時間，總堂主歐志明並不習慣叫他阿龍，而是更喜歡叫他大駱，結果，便被沒大沒小的董彪給起了個綽號，叫大騾，這會說到了馬糞驢屎蛋子的時候，董彪訕笑回敬說是要向他學習致敬，便是隱喻大騾這個綽號。

吹鬍子瞪眼對董彪這種人是沒用的，駱理龍的絕招便是不搭理他。「阿濱，你稍坐一下，我去安排一下午飯，待會留下來吃飯吧。」

曹濱回道：「龍哥不必麻煩了，咱們幾個陪總堂主說說話就回了。」

在美利堅合眾國做了三十餘年律師的歐志明養成了一個習慣，輕易不肯讓人陪他吃飯，更不肯陪他人吃飯。在歐志明的認知中，國人同胞的吃飯文化純屬是浪費時間，而浪費時間便是在浪費生命。歐志明也不接受西方洋人的共進午餐或是晚餐的文化，雖然相比國人同胞的吃飯喝酒要簡單了許多，但歐志明仍然認為那還是在浪費時間。

曹濱跟歐志明相識了二十四五年，跟歐志明也就同桌吃過一次飯，而那一次，還是看在了孫先生的面子上。

「不是我留你，是總堂主要留你！」駱理龍收拾好了棋盤棋子，站起了身來。

曹濱道：「總堂主要留我吃飯？是總堂主遇到了什麼麻煩了麼？」

駱理龍指了指書房的方向，道：「總堂主不是遇到了麻煩，而是遇到了一個他喜歡的年輕人，我跟了總堂主都快二十年了，總堂主想什麼，不用說出來，只需要一個眼神，我便全都明白。」

董彪酸味十足道：「我靠，我在安良堂混了二十多年了，居然還沒有羅獵那小子的面子大？」

曹濱道：「可不是嘛，連我都覺得有些心理不平衡了，阿彪，等回去之後，你應該知道你該怎麼做了吧！」

董彪咬牙切齒道：「我非整死他不可，至少也得讓他大醉三天起不了床。」

駱理龍笑道：「估計你倆要失望了，等吃過了午飯，總堂主會讓我把你倆送走，但同時一定會將小羅獵留下來。」

董彪瞪圓了雙眼，呢喃道：「會那麼過分嗎？」

駱理龍冷笑道：「你是在說總堂主的要求很過分是嗎？」

董彪趕緊捂住了嘴巴，連連搖頭。

緣分當中，不單只有情緣眼緣話緣玩樂緣，還有一樣具有決定性作用的緣分，叫時緣。只有那時機對準了，上述那些緣分才是真的緣分，時機不對，那些個緣分便很難能夠體現出來。歐老已過花甲之年，無論是精力還是體力，均大不如從前，因而，近兩年在律師這個行當中也隱退了下來，除了一些個重要人物需要幫助外，歐老已經不再接案子，整日便在這處住宅中下下棋種種菜。另一原因便是歐老的兩個孩子都已近中年，正是事業及家庭最為繁碌之時，一個月也難得能來看望歐老那麼一次兩次。因而，閑下來的歐老確實有些閑得發慌，只是駱理龍一人陪他下棋種菜顯然是遠遠不夠，他需要另有一些人和事來填補空閒。

然而，前來找他的人，無論老少男女，求助點以及興趣點均只在法律上，而對他的兩樣生活愛好卻是毫無興趣。至於堂口的那些個弟兄，更是令他失望，莫說能否對下棋種菜產生些許興趣，就連普通聊天都感覺有些聊不下去。

唯獨羅獵，首先是不拘謹，單就這一點，就讓歐老頗感欣慰。再就是這小子不打招呼便吃了歐老種下的黃瓜番茄並大加讚賞，這自然令歐老大為開心。最後便是這小子居然對圍棋發生了興趣，使得歐老對他的歡喜之情一下子爆發了開來。

曹濱絕頂聰明，眨眨眼便悟到了這些個原因，但他對駱理龍的判斷還是有些遲疑，正像董彪脫口而出的那句話，歐老會那麼過分麼？

駱理龍像是看出了曹濱的疑問，再指了下書房的方向，道：「阿濱，總堂主的書房，你進去過嗎？」

曹濱陡然一怔，默默搖頭。

駱理龍接道：「我也就一個禮拜能進去一次為總堂主打掃一下衛生……快二十年了，阿濱，阿彪，這二十年間，我可是第一次見到總堂主將別人帶進了他的書房。」

董彪捏緊了拳頭擊在巴掌上發出「啪啪」聲響，口中恨恨道：「你說這怎麼得了吧，濱哥，這小子有了總堂主的撐腰，今後還不得欺負死我呀！唉……我好生後悔啊，昨晚上就不該去針對大明，就該先放倒他才對。」

曹濱笑道：「現在說什麼都晚嘍！除非你現在就衝進去，將那小子給拎出來，扔回金山去。」

董彪作勢要衝，卻看了眼駱理龍，苦笑問道：「龍哥不會開槍打我的屁股吧？」

駱理龍哼了一聲，道：「打出來一堆驢屎蛋子還得我來打掃，沒意思，你愛咋咋地吧，我去安排午飯了。」

羅獵能得到總堂主的喜愛，對曹濱、董彪兩位老大哥來說心中只有欣慰，董彪做出來的酸以及曹濱適當的配合，那不過是插科打諢給自己找點樂子。不過，話又說回來，羅獵能得到總堂主如此這般的喜愛，卻也是此二人所未能想到。

歐志明帶著羅獵進了他的書房，說是給羅獵找本圍棋入門書，但進去之後卻是好久都沒出來，直到臨近中午飯點了，這爺倆才走出書房，回到了正堂前的簷亭下。

「阿濱，阿彪，你們也是好久沒來看我了，今天高興，留下來吃個午飯吧！」

聽到了總堂主的這句話，董彪禁不住偷偷地向駱理龍豎起了大拇指來。午飯很是簡單，五個人六個菜，其中只有兩個見到了葷腥。但所用食材，全都是自家菜園子中採摘下來的，超出了時令且極為新鮮，羅獵吃得異常開心，一連吃了三大碗米飯才肯干休。總堂主歐志明看在眼中，喜在心裡，不由道：「小羅獵，看你吃得這麼開心，不如留下來多住兩天啊！」

羅獵抹了把嘴角，笑道：「好啊，這兒風景那麼好，菜又好吃，還能跟著總堂主學圍棋，我巴不得呢！」

歐志明喜道：「阿龍，待會你叫人收拾出一間客房來給羅獵住，被褥都要換新的，還有屋裡的燈也要換一盞亮點的，小羅獵訛了我好多書，想必是要挑燈夜讀呢。」轉而再對曹濱道：「你跟阿彪要是沒什麼事情，吃過飯就先回去吧！」

此時，曹濱、董彪已然放下了碗筷，歐志明的這番話，分明就是送客。曹濱聽得明白，只好起身準備告辭，臨行前，將從邁阿密回來的路上買的一些好吃好玩的留了下來。

「總堂主，我去送送濱哥彪哥。」羅獵跟在曹濱之後，走出了簷亭。

三人穿過院井，走出了院落，董彪忍不住酸了羅獵一把，道：「好好表現啊，爭取讓總堂主認你做個乾孫子。」

羅獵聳了下肩，略顯得意道：「不用爭取了，剛才在書房的時候，總堂主已經認下我做他的乾孫子了。」

董彪一愣，脫口嚷道：「我靠……你……」

曹濱道：「別我靠了，去把車子開來，我跟羅獵說兩句話。」

董彪悻悻然去了。

曹濱接道：「總堂主年紀大了，你願意留下來陪他住幾天，這是好事。不過呢，嘴上還是得把好門，不該說的可別說漏了嘴。」

羅獵點了點頭，道：「我懂，報喜不報憂，不能讓總堂主為你擔心。」

曹濱深吸了口氣，道：「我原以為邁阿密的事情不過是個小插曲，可沒想到，那李西瀘居然跟金山方面勾結在了一起。若是那兩百噸煙土已經交易完了的話，局面或許還能掌控，但若是貨發出去了，但錢還沒收到的話，金山的那些個蛀蟲們一定會遷怒咱們，所以啊，你肩上的重擔並未卸去，你還得打起十二分精神來，隨時做好收拾殘局的準備。」

羅獵再點了下頭，道：「我知道該怎麼做，濱哥，對不起啊，邁阿密的事情，我考慮簡單了。」

曹濱笑了笑，道：「如果，你在前去李西瀘那幢別墅的路上，沒有遇見我和你彪哥的話，你會打算怎麼做？還會愣頭青一般地硬闖進去嗎？」

羅獵笑著回道：「我是有些楞，可也沒楞到那種程度。我原本只是想去驗證一下顧霆到底有沒有問題，可在半道上遇見了你倆，我便改變了主意。可真沒想到，那李西瀘並非是跟邁阿密的幫派有所勾結，而是自成了一幫勢力，讓自個落了個尷尬。」

曹濱長出了口氣，道：「那也算不上什麼尷尬，不過今後你可得記住了，再遇到事情一定要量力而行，要跟濱哥打聲招呼，至少也得跟你彪哥說上一聲，懂麼？」

董彪剛好開車過來，聞得此言，不由插嘴笑道：「濱哥的意思是說，別人家的事，咱們還是少管為妙。」

曹濱說話，羅獵只有點頭的份，但董彪插話，那羅獵要是不懟上兩句的話，似乎是天理不容。「我要不是多管閒事的話，你哪來機會訛了人家那麼多的錢？」

董彪微微一怔，隨即拍了腦門，道：「你不說我差點就忘了。」董彪說著，從懷中口袋裡掏出了一疊美鈔，拋給了羅獵，並道：「總數四萬三，四萬整數入公，三千零頭咱們兄弟仨當獎金。」

羅獵接過那疊美鈔，卻先看了眼曹濱，待看到曹濱點了點頭，這才美滋滋揣進了口袋，道：「我行李都扔在邁阿密了，有這些錢，剛好可以買新的。」

董彪斜了一眼過來，嚷道：「我說，你小子是不是腦子進水了？都認總堂主當乾爺爺了，就不知道訛他點好處？我可跟你說清楚了哦，總堂主可不是一般人，隨便接個案子，那都是一千塊起步，他老人家一個人賺到的錢，比咱們一個堂口都要多，你要不借機狠訛他一把的話，只能說明你小子太蠢！」

曹濱上了車，笑道：「你還看不出來嗎？總堂主看羅獵的那副眼神，跟他看自己的孫女是一模一樣，用不著羅獵開口，總堂主會主動給羅獵買這買那的。」

正說著，駱理龍從院子裡走了出來，看到曹濱、董彪尚未出發，喜道：「你倆的車被總堂主給徵用了！先帶我跟羅獵進趟城，然後你倆該幹啥幹啥，我去給羅獵置辦幾身行頭，然後開你們的車回來。」

董彪憋屈道：「總堂主這也忒偏心了吧？」

駱理龍聳了下肩，拉著羅獵上了車，道：「沒辦法啊，別看總堂主上了年紀，一雙耳朵靈光得很呢，聽到你們在院子外說話，便這麼吩咐我了。」

曹濱順手給了董彪一下，道：「叫你廢話多？吃虧了吧？」

董彪嘟囔道：「我們還得開車回金山呢！把車交出去，讓我們怎麼回？走回去呀？」

駱理龍從後面也給了董彪一下，道：「不能坐火車回去嗎？」

董彪仍有不甘，道：「這可是人家紐約堂口的車，咱們的車在邁阿密撞壞了，還沒修好哩！龍哥，你說咱是不是該有借有還啊？」

駱理龍笑道：「那就更好說了，我給老顧打聲招呼，看他敢說一個不字？」

曹濱歎了口氣，道：「行了，阿彪，你就別再強了，再強下去的話，當心總堂主把你也留下來給羅獵做書僮。」

後排座上的羅獵噗嗤一下笑出了聲來。

董彪發動了汽車，腳踩油門，躥了出去。

走得遠了，這才重新壯起膽子來嚷道：「羅獵，你小子給我記住了，你算是把彪哥我給徹底得罪了，別讓我逮著機會，不然的話，彪哥我非得整死你不行。」

羅獵嘿嘿笑道：「我讓總堂主給我頒發一枚免酒令牌，我看你怎麼整死我？」

董彪冷笑道：「整死你的辦法多了去了，你當彪哥只有喝酒這一招嗎？」

駱理龍接話道：「你就吹吧你，除了喝酒，只要你還能再說出一招來，就算我輸。」

董彪連著冷笑了數聲，才道：「想得美！想讓我事先說出來好讓那小子做好了準備，門都沒有！」

駱理龍道：「沒有門那有窗戶嗎？」

董彪噗哧一聲笑開了，道：「窗戶自然有，而且還有好幾扇呢，怎麼？龍哥，想跳窗戶不成？」

駱理龍回道：「我跳你個頭，你小子也就落一張硬嘴了是吧？再跟龍哥嘴硬的話，龍哥就請示總堂主將你小子留下來給羅獵當司機，你信還是不信？」

董彪陪笑道：「信！龍哥的話誰敢不信？這叫什麼來著？對了，狐假虎威嘛！」

在安良堂中，董彪雖是大字輩弟兄，比駱理龍低了一輩，但董彪入堂口的時間卻比駱理龍早了半年，而且，從對堂口的貢獻上講也要遠大於駱理龍，因而，那董彪的沒大沒小的個性，在駱理龍面前也是敢於彰顯。反過來對駱理龍來說，董彪這人有能耐，又豪爽，跟他頗為對脾氣，因而，在別的堂口弟兄面前始終要端著的駱理龍在見到了董彪之後，也是忍不住要跟他拌上幾句嘴才覺得過癮。

不過，想在嘴上贏了董彪，恐怕整個安良堂中，除了總堂主和曹濱之外，並無第三人。

曹濱在車上始終不語，像是在思考著什麼問題，而羅獵聯手駱理龍，跟董彪鬥了一路的嘴，卻也僅僅是個平手。車子開到了紐約堂口，曹濱、董彪下了車，將車鑰匙甩給了駱理龍，並詢問了駱理龍一聲，要不要到堂口坐一坐，跟顧浩然打聲招呼再出去上街。

駱理龍則回道：「總堂主在家裡還等著呢，能節省點時間就節省點吧，你們代我給他問個好也就是了。」

架出了總堂主來，那曹濱、董彪自然沒得話說，只能轉身進了堂口，而駱理龍則發動了汽車，踩下了油門，帶著羅獵駛向了市區。

「我聽阿濱說，你師父是老鬼？」開著車，駱理龍側過臉來，看了眼羅獵。

羅獵應了一聲。

駱理龍又道：「鬼叔他身子骨還好吧？算下來，他比總堂主小不了幾歲呢！」

羅獵黯然回道：「我師父他已經仙去了。」

駱理龍猛然一怔，歎道：「英雄命短啊！」

羅獵道：「龍叔，你跟我師父很熟嗎？」

駱理龍輕歎一聲，道：「這事啊，說起來還真是複雜，以咱們堂口論，你叫我一聲龍叔確是沒錯，可若是比著你師父來論，你卻不能再叫我龍叔，而應叫我龍哥，知道為什麼嗎？」

羅獵道：「不知道啊，龍叔，為什麼會這麼說呢？」

駱理龍道：「因為家父跟你師父有著八拜之交，你說，咱們兩個是不是該以兄弟相稱呢？」

海邊不光是寧靜，空氣也要比市區清新了許多。羅獵很享受這種田園般的生活，白天跟歐老一塊伺弄菜園，或是觀看歐老和駱理龍的對弈，再或是自己對著棋盤打譜學棋，到了晚上，便可沉浸於歐老的那些個藏書之中，看得睏了累了，合上書倒頭就能睡著。沒有了失眠的困擾，對羅獵來說，那就是最為幸福的事情。

羅獵悟性頗高，短短兩天便已經能熟知棋理，觀看歐老和駱理龍的對弈時，也不再像以前那樣迷茫，當對弈者每每下出精招妙手的時候，他也能及時意識到並喝上一聲彩。歐老每天下午都會拿出一個小時的時間跟羅獵下兩盤指導棋，從最初的讓九子仍舊是一敗塗地，到讓六子僅是惜敗，羅獵只用了三天九盤棋的功夫。

這個速度算是極快的，想當初，十二歲的歐志明開始學棋時，從入門的讓九子棋下到讓六子棋，也是用了九盤棋的功夫，但在時間上卻比羅獵多出了兩倍用了整整九天的時間，而且，他圍棋老師的棋力絕對比不上他現在的棋力。雖然以十九歲的年齡跟十二歲相比有些令人汗顏，但歐志明在十二歲之時，便已然具有了過目不忘的本領。

羅獵雖然有著相當不錯的記憶力，但跟歐志明相比，還是相差了許多，能有這樣的成績，只能說明此時羅獵的悟性要遠超了當時的歐志明。

這使得歐老在欣喜之餘對那曹濱又頗有微詞。假若那曹濱一開始不是那麼遮遮掩掩，直接挑明了關係，那麼五年前他便可以認識了少年羅獵，要是那時候就能將羅獵帶入到圍棋的世界中來的話，那麼如今的棋力定然可以跟自己相抗衡，甚至還能超越了自己。要知道，下棋的人總喜歡跟棋力相當的人對弈，有輸有贏才更有樂趣，而駱理龍自打跟了自己便開始學棋，學到了現在，卻還是徘徊在被讓兩子的水準上無法更進一步。

能跟歐志明下到讓六子棋局說明羅獵已經算是入門了，但隨後，羅獵便陷入棋力增長的瓶頸，在讓六子的水準上遲滯了兩天之久，始終無法升級為讓五子。

住滿了一個禮拜，羅獵向歐老提出了告辭，歐老也不願意將一個年輕人困在自己的這處宅院中太久，因而並未說出挽留的話來，只是將羅獵再一次帶進了他的書房。

「我給你準備了幾本書。」歐老對羅獵的告辭早有準備，在書桌上備下了一疊書籍：「在你的人生道路上能遇見曹濱、董彪二人，是你的幸運，同時也是你的不幸。這二人雖有一身正氣，但同時也有著一身的戾氣，二十年來的江湖磨煉，使得這二人學會了收斂，但那身戾氣卻依舊存在。這也無奈，身處險惡江湖，若是沒有幾分戾氣，恐怕難有生存的空間。可你不一樣啊，小羅獵，你所生活的時代跟曹濱他們不同，美利堅合眾國的江湖遲早會發生天翻地覆的改變，打打殺殺搶地盤撈偏門的生存方式一定會被淘汰，至少也會淪落為社會的最底層。」

歐老拿起了疊在書桌上最上面的一本，交到了羅獵的手上，接著道：「你師父老鬼是一個明白人，只可惜他心思太重，始終放不下自己的過去，非要回去將自己洗刷乾淨。否則的話，你不會像現在這樣，跟著曹濱、董彪也染上了一身的戾氣。你的悟性極佳，原本不應該走上這條江湖路，你應該有著更好的前程才對，可惜啊，這世上沒有回頭路好走，入了歐爺爺創立的這安良堂，也只能是咬著牙繼續走下去了。」

羅獵笑道：「我覺得安良堂挺好的，懲惡揚善除暴安良，正是我的理想。再說了，濱哥已經決定將堂口生意轉型了，今後不再做那些個偏門生意，咱們金山堂口已經建了一個玻璃廠，濱哥還打算再建一個棉紗紡織廠，可能一開始賺不了多少錢，但我相信，做正當生意的未來一定要比撈偏門有前途。」

歐老欣慰笑道：「阿濱這小子也是悟性頗高，可以說是一點就通，但就是靜不下心來，我讓他學習圍棋，可僅僅是入了個門，便再也無法更進一步。這圍棋博大精深，小小一張棋盤卻能容得下整個世界，要先佈局，才能有中盤的廝殺戰鬥，要經過嚴謹的收官，才能決定了最終的勝負，要善於掌握後勢和實利轉換，又要懂得局部的技巧以及手筋，什麼時候該取，什麼時候又該捨棄，是就地做活，還是借力騰挪，人生如此，幫派亦如此，甚或是國家社稷，也不過如此。你在棋盤上悟到的哲理越多，你的棋力便更強，而當你的棋力更強之時，你能悟到的東西便會更多。這本桃花泉弈譜，乃是乾隆年間大國手范西屏之嘔心力作，其精妙深奧，令人歎為觀止，我今天將此譜贈送於你，並非是希望你在棋力上能有多快的進步，而是希望你能在這些精妙招法以及深奧棋理中有所感悟。」

羅獵手捧那本棋譜，站起身來，向歐老深深一揖，道：「孩兒記下了！」

歐老擺了擺手，示意羅獵不必多禮，待羅獵重新坐定之後，接道：「近百年來，西洋人將咱們大清欺負凌辱的可謂是體無完膚，但咱們不能只是一味地記恨，要明白為什麼會被人家欺負凌辱。西洋人不單是船堅炮利，他們在工業生產力以及科學技術等方面已經將咱們大清朝遠遠地拋在了身後，落後就要挨打，弱小就會被欺，這個道理在江湖紛爭中就能體現透徹，又何況是國家社稷呢？」

羅獵點頭應道：「大清朝應該也意識到了這些問題，近些年來，花了不少的錢將國內的優秀學子送到西洋來進修學習，為的就是能追上西洋。」

歐老搖頭笑道：「要說聰明，西洋人連咱們華人的腳後跟都比不上，咱們老祖宗發明了火藥的時候，西洋人還在為如何保留火種而發愁，五百年前，大明朝三寶太監七下西洋，其船堅炮利，猶如今日之大英帝國。即便是百年前，大清朝與沙俄之爭，亦不落下風。可就是這短短百餘年，大清朝的固步自封盲目自大導致了自己全方位落後於西洋的結果，而大清統治者卻不思悔過，對內一味愚弄百姓，對外閉關鎖國，可到頭來只能是落下個任人宰割的結局。今日雖然有所醒悟，但卻是為時已晚，冰凍三尺，非一日之寒，大清朝的腐敗，早已是滲入了骨髓，再無治癒的可能。」

聽了歐老這番話，羅獵不自覺地想起了自己的爺爺來。少年的羅獵至今還能清楚地記得爺爺在決定將他送到美利堅合眾國來讀書時對他說的那番話，「大清不只是滿人的大清，更是天下人的大清，兒不嫌母醜，狗不嫌家貧，身為大清子民，定要牢記大清的養育之恩，待你學成歸來，理應成為棟樑之才，需以振興大清為己任！」也正是爺爺這番話，使得少年羅獵並不待見孫先生的組織，心中暗自認同其逆黨的稱謂。

直到在洛杉磯結識了那位孫先生的替身，並和他長談了兩次，羅獵的思想才有了轉變，但絕對不像曹濱、董彪那般態度堅決。歐老的這番話可謂是振聾發聵，使得羅獵徹底明白過來，令國人同胞備受欺凌的根本原因並不是西洋列強的貪婪無厭蠻不講理，而是滿清統治者的腐敗迂朽愚昧昏庸而所致，這樣的大清朝，已是病入膏肓，再無靈丹妙藥可以令其恢復生機，唯一的辦法只能是推倒重建。

心中再無困惑的羅獵露出了會心的笑容，再次起身，沖著歐老深深一揖，道：「孩兒記住了總堂主的諄諄教誨。」

歐老微微頷首，再次示意羅獵安坐。

「二十三年前，我在金山創立了安良堂，當時的初衷極為簡單，只是想將當地華人勞工凝聚起來，不被洋人欺辱，但二十多年的江湖路走下來，卻是多有遺憾，安良堂是壯大了，可在美利堅合眾國，華人的地位並沒有得到提高，即便是安良堂，有的也不過是江湖地位，在整個國家體系中，仍是微不足道的一股勢力。身為華人的一個個體，可以通過奮發圖強，獲得洋人的尊重，但華人做為一個整體，卻只能依靠背後祖國的強盛而獲得應有的地位和尊重。

「大清朝氣數已盡，遲早滅亡，孫先生的事業定能成功，屆時，咱們的祖國必然脫去沉重的枷鎖，迎來勃勃生機，而此時，我等安良堂弟兄，必需鼎力報國。小子，總堂主老了，你濱哥彪哥的年紀也不小了，紐約堂口的顧浩然更是長了你濱哥彪哥幾歲，而其他幾個堂口的弟兄又缺乏能力，待將來我安良堂迎來報國時機之時，恐怕這副重擔還需要你來挑起啊！」

這一天，曹濱和董彪終於回到了金山。

他倆終究沒讓顧浩然為他們換一輛新車，也沒將那輛撞壞了的車開回來。畢竟是上了歲數，連日開車趕路實在是太苦太累，還是乘坐火車才是最為輕鬆的選擇。雖然損失了一輛車，但訛了紐約堂口的一大筆現金，總體算來，這哥倆還是賺到了。

剛回到堂口，一口水都沒能來得及喝上，堂口弟兄便彙報了一件煩心事：「濱哥，彪哥，卡爾不打招呼便擅自離開了那處山莊。」

曹濱只是微微一怔，隨即笑道：「在那兒待上個三五天，可以說是度假修養，但要是過上個十天八天的，自然會生出悶氣來，要是超過了十天，卻跟坐牢沒什麼區別，卡爾忍受不了寂寞，偷偷溜走，也在情理之中。」

堂口弟兄卻道：「問題是那卡爾離開之後，便再也沒有了音信，他沒有回過家，也沒在警察局露過面，就像是蒸發了一般。」

董彪驚道：「那他是什麼時間離開山莊的呢？」

堂口弟兄回道：「五天前的夜裡。」

董彪再問道：「現場有沒有發現異樣？比如有外人進入的痕跡。」

堂口弟兄搖頭回道：「沒有，什麼異樣都沒有發現。」

曹濱鎖緊了眉頭，問道：「那卡爾在離開之前有沒有什麼異常反應，或是說過什麼不對勁的話來？」

堂口弟兄道：「那天輪到了我去守衛山莊，整個下午，卡爾都在釣魚，晚上吃飯的時候，馬鞍兄弟還陪著他喝了兩杯，在我看來，那卡爾的情緒很平穩，吃飯喝酒的時候有說有笑，可在當天夜裡，那卡爾便不見了蹤影。彪哥在出發前交代過咱們弟兄，說那卡爾只是在山莊中修養，咱們並不是限制了他的自由，所以，那天卡爾離開之後，我和馬鞍兄弟也沒多疑，可是，這連著好多天都沒能見到卡爾的身影，我覺得其中必有隱情。」

董彪道：「小鞍子現在在哪兒？」

堂口弟兄道：「他在山莊中。」

董彪又問道：「山莊裡還有其他弟兄麼？」

堂口弟兄搖了搖頭，道：「沒有，就他一人守在那兒。」

董彪看了眼曹濱，遞過去了一個眼神。

曹濱道：「行了，你先下去吧。」

待那堂口弟兄退下後，董彪急切道：「我感覺那小鞍子有些不對勁！」

曹濱像是要說些什麼，卻最終只是歎了一聲，改口問道：「怎麼講？」

董彪道：「小鞍子不擅喝酒，那卡爾也沒有吃飯喝酒的習慣，此二人在出事前的晚飯上喝起酒來，必有蹊蹺！」

曹濱道：「我倒是覺得剛才那個兄弟的嫌疑也不小，對了，他叫什麼名字？」

董彪道：「通字輩的，姓連，叫連……連甲川，從外堂轉入內堂也有兩年多快三年了，表現一直是中規中矩，此人雖然能力一般，但一口英文說得要比其他弟兄強了不少，因而，在山莊陪護卡爾一事，我就交給了他來負責。濱哥，我怎麼就看不出他會有什麼嫌疑呢？」

曹濱道：「出了這麼大的事，我看不出他臉上的慌張神色，你說可疑不可疑？」

董彪苦笑道：「那是你對他不夠瞭解，這兄弟就是這副尿性，哪怕是火燒眉毛了，依舊能做出一副不慌不忙的樣子來。」

曹濱微微搖了下頭，道：「你的解釋並不能讓我排除對他的懷疑，不過，現在並不是動他的時候，咱們首先要做的是查驗現場，還有那個小鞍子。」

董彪點頭應道：「我這就去把車開出來。」

那處山莊距離堂口也就是十七八公里的樣子，年初時，為了幹掉布蘭科，地面上的幾間房全都被炸了個稀哩嘩啦，現在的山莊則是在原來的廢墟上重新建造起來，而且，無論是地面之上還是地面之下，都比原來的規模擴大了一倍。這山莊建成並沒有多久，而卡爾則有幸成為了新建山莊接待的第一位客人。

十七八公里的路程，開車也不過半個小時，夕陽尚在山尖之時，曹濱、董彪二人便趕到了山莊。剛一踏進山莊的門，曹濱便覺察到了異樣，而董彪同時嗅了下，低聲喝道：「有血腥氣！」

二人即刻拔出搶來，兵分兩路，交替掩護，靠近了山莊第一間房門。二人配合多年，早已形成默契，無需言語或是手勢，僅是一個眼神便可心領神會，那董彪飛起一腳，踹開了房門，而曹濱同時一個側身翻滾，進到了房間，房間空無一人。六間房屋挨個查探了一遍，卻是毫無發現。董彪不由疑道：「小鞍子人呢？那血腥氣又是怎麼回事？」

曹濱神情嚴肅，指了指腳下。

董彪點了點頭。

果然，在地下室中發現了馬鞍的屍體，胸口中了三槍，屍身旁則是一大灘血跡。

「院落門口有一個地下室的通風口，所以，你在那兒能夠嗅得到血腥氣，進到了房間中，反倒沒有了血腥氣。」確定地下室中並無危險後，曹濱蹲下來查驗馬鞍的屍體：「這傷口形態表明小鞍子是近距離中槍，他身上並無其他傷痕，說明他是自願走下地下室的，兇手近距離開槍，但三槍都沒打中要害，使得小鞍子在劇烈的痛苦中死去，從而掩蓋了他在中槍前的真正神情。」

董彪歎道：「這麼說，那兇手應該是個殺人的高手啊！」

曹濱站起身來，冷哼一聲，道：「那是當然，一個做了十幾年員警的人，當然是個殺人的高手。」

董彪驚道：「你是說卡爾殺死小鞍子？」

曹濱道：「小鞍子是個孤兒，不善交際，怕見生人，所以我才會安排他來看守這座山莊，也只有他才能夠忍受得了這份寂寞。除了堂口弟兄之外，小鞍子能認識的人也就是卡爾了，若是一個生人的話，絕不可能讓小鞍子主動帶著他走進地下室。」

董彪道：「這麼說，那個連甲川也有可能是兇手啊！」

曹濱搖了搖頭，道：「他有疑點，但絕非是槍殺小鞍子的兇手。在你去取車的時候，我詢問了值班弟兄，在這五天時間中，那個連甲川沒有單獨外出過，而小鞍子的死亡時間，不可能超過三天。也就是說，小鞍子並非死於卡爾離開的那天夜裡，而連甲川在那之後，卻沒有了作案的時間。」

董彪道：「我明白了，應該是卡爾那個混帳玩意在離開之後重新回到了這兒，並且以謊言騙取了小鞍子的信任，將他帶到了地下室來。」

曹濱點了點頭，道：「明面上應該是這樣了，不過，仍有兩個疑問卻是我始終想不明白，一是那卡爾為何要槍殺小鞍子？二則是他在槍殺小鞍子之後為什麼不把現場處理乾淨呢？」

董彪道：「我猜想，一定是小鞍子知道了他的什麼秘密。」

曹濱搖了搖頭，重重地歎了口氣，道：「殺人滅口是最容易想到的殺人動機，但這一定不是卡爾槍殺小鞍子的原因。小鞍子不會功夫，對卡爾來說，殺了他易如反掌，根本不需要動槍。就算是那卡爾因為習慣動了槍，他也能做得到一槍斃命，又為何要連開三槍呢？」

董彪道：「你剛才不是說他連開三槍使得小鞍子在劇烈痛苦中死去，從而掩蓋了他臨死前的真實神情嗎？這難道不是他掩蓋真相的一種手段嗎？」

曹濱道：「我一開始的直覺也是這麼想，但現在我卻要推翻了這種判斷。想掩蓋真相的辦法有很多，比如一槍打在小鞍子的面部，再比如，將小鞍子的屍身拋入湖中或是掩埋起來。而他卻什麼都沒做，這對一個做了十幾年的老員警來說，絕對是有悖常理。」

董彪道：「也或許是因為他太過匆忙，又或許是因為他遇到了別的什麼特殊變故而沒能來得及。」

曹濱緩緩搖頭，手指馬鞍的屍身，道：「你仔細觀察，小鞍子胸膛上的三個槍眼有什麼不同？」

董彪凝神望去，不由呢喃道：「左邊的這一槍流血最多，而右上方的這一槍幾乎就沒流出多少血來。」

曹濱點頭應道：「是啊，小鞍子顯然是因為血竭而亡，而右側胸口上方的這一槍，卻是在小鞍子身上的血流了個差不多了才開的槍，兇手能有這般耐心，怎麼會說是太過匆忙或是遇到了緊急變故呢？」

董彪道：「聽你這麼一分析，我怎麼感覺那兇手好像是有意在這麼做，這是想向咱們示威嗎？那個卡爾，不是老子小看他，咱們要是想弄死他就像弄死一條哈巴狗一樣簡單，他有什麼實力敢向咱們示威？」

曹濱吁了口氣，道：「我不知道，我現在的思維有些混亂，阿彪，陪我上去吧，到小湖邊走走，或許能把思路給理清楚了。」

兄弟二人走出了地下室，來到了湖邊，剛走出幾步，那董彪便手指遠處驚道：「濱哥，你看，那邊好像飄著一具屍體！」

這處湖泊的面積不大，走上一圈也不過才需半個多小時，但曹濱當初買下這塊荒地的時候，雇了大量的人力，將湖泊做了拓深處理，最深處足有五米之多。而董彪所指方向，正是那湖心最深之處。

「我去把他給拖過來。」董彪看清楚了那確實是一具屍體，便要脫衣服想游過去將那具屍體給拖到岸邊。

曹濱及時喝止道：「胡鬧什麼？這是什麼季節？你又多大歲數了？」

董彪道：「可咱們沒船，不游過去怎麼知道死的是誰？」

曹濱歎道：「你怎麼一跟我在一起的時候就不會動腦子了呢？房間裡有木床，能不能臨時當個船用呢？」

董彪撓了撓頭，回道：「能！」

搬了張木床當做船，再將床頭板拆了當做槳，董彪划到了湖心，看清楚了那具屍體。屍體是俯在水面上的，董彪看不到其面龐，但從屍體的體型以及著裝上已然能夠結論，死在湖裡的人便是那卡爾・斯托克頓。

董彪登時就傻了眼。

難不成那卡爾是因為殺了人而內疚到了必須投湖自盡？又或是因為殺了人而興奮的得意忘形失足墜湖而亡？

顯然都不是！

當董彪終於將屍體拖到了岸邊，查驗過死者正是卡爾的時候，曹濱做出了新的推斷。「槍殺小鞍子的人並不是卡爾！小鞍子的血跡尚未完全乾凝，我推斷他的死亡時間應該在兩天左右，不可能超過三天。而卡爾的臉被水已經泡得不成樣子了，死亡時間一定超過了三天。那天夜裡，卡爾很有可能不是主動離開，而是被害身亡。」

董彪深吸了口氣，道：「這樣看來，那連甲川的嫌疑更大了。濱哥，要不要及時趕回去將他先控制起來呢？」

曹濱沒有作答，而是繼續查驗卡爾的屍身。「很顯然，卡爾不是溺水身亡，他是死後被人拋入湖中的。」

董彪對查驗屍體這種事情毫無興趣也幾無經驗，反正已是徹底暈乎了，便乾脆閉上了嘴巴，不懂卻也不問。

好在曹濱接著便給出了答案：「卡爾的口鼻中並無異物，說明他在沉入湖中時已經停止了呼吸。奇怪的是，這卡爾渾身上下未見到明顯外傷，難不成是中毒而死？」

董彪仍舊不語。

曹濱繼續自語道：「可又是什麼毒能讓卡爾死得那麼安詳呢？他的員警證件以及口袋裡的錢均是安然未動，兇手又是出於何種目的呢？」

第二章

極佳的新聞性

江湖故事歷來是百姓所好，
而金山安良堂便代表了金山半個江湖，
身為金山安良堂的控制人，
湯姆曹這個人物本身就具有著相當的新聞性，
若是能跟他約上一個專訪，
勢必將成為在同行們眼中極為妒忌的事蹟。

此刻的董彪，心中只想著一件事，趕緊回到堂口將那連甲川給抓起來，說不定，就是他在五天前的夜裡殺死了卡爾，然後拋屍湖中，後來又覺得小鞍子有可能發現了自己的馬腳，而折回頭槍殺了小鞍子。

曹濱像是看穿董彪的心思，放下了屍身，就著湖水洗了手，轉身對董彪道：「不可能是連甲川做的，他沒這個能力可以在不驚動小鞍子的情況下殺了卡爾。」

董彪被激出了強勁來，反問道：「那要是連甲川夥同了小鞍子一起作案呢？先是灌醉了卡爾，然後再悶死他，扔進了湖中。連甲川隔了兩天又覺得留了小鞍子這麼個活口太不安全，於是便偷摸回來槍殺了小鞍子。」

曹濱冷哼道：「然後呢？」

董彪怔道：「然後？還能有什麼然後？」

曹濱輕歎一聲，道：「那連甲川連著殺了卡爾和小鞍子二人，然後守在堂口中等著你去抓他，再然後還要扛住了你的刑訊逼供，你當是寫小說編故事呀！」

董彪自覺無理卻依舊強道：「若不是那二人聯手作案，兇手又豈能將卡爾的屍身拋至湖心之中？」

曹濱道：「這湖泊看似是一塊死水，但卻是做了活水處理的。卡爾的屍體最初是沉入水底的，隨著暗流滑到了湖心深處，之後屍體產生腐氣，便從湖底浮了上來，卻不是你想的那樣，一上來就拋在了湖心處。」

董彪再強道：「那又能說明什麼呢？反正我認為那連甲川難逃干係！」

曹濱無奈道：「你怎麼認為不重要，重要的是兇手的意圖究竟是什麼，他為何要殺掉卡爾，又為何在時隔兩天後再殺了小鞍子。現在看來，這個兇手跟那些盜走煙土的軍警勾結團夥有著必然的聯繫，要是搞不清楚他們此舉的目的，那麼我們終究陷入到被動當中。」

提到了軍警勾結的那夥人，董彪陡然嚴肅起來。他早有這般意識，但更希望兩案之間並無關聯。假如卡爾和小鞍子果真是死於那夥人的手下的話，那只能說明那夥人要提前動手了。不過，轉念再想，十數日前，在他們前去邁阿密的路上，軍方的人便已經動手截擊了，若不是他們的車陰差陽錯出了故障，且又帶了一個壞掉的千斤頂，恐怕此時，他們二人早已沒機會站在這兒。

「兵來將擋，水來土掩，倒也沒啥可怕的。」董彪沉聲應道：「不過，此等偷摸殺人的行為，並不像是那幫人的行事風格。濱哥，我總感覺，其中必有陰謀。」

曹濱回道：「**所謂陰謀，無非就是見不得人的花招，而這種花招，一旦被破解，便是一文不值，但若是不能破解，且被它的表面所迷惑，就很有可能被對方牽住了鼻子，越陷越深**，當年幡然醒悟之時，卻已失去翻身機會。我現在思維很亂，我需要靜下來好好想想。」

這是曹濱的習慣，身為兄弟，董彪自然理解。二人驅車回到了堂口，曹濱連晚飯都沒吃便把自己關進了書房。

董彪懶得去思考那麼多，他認定了自己在這方面上遠不如曹濱，因而，不管遇到了什麼事，只要有曹濱在，那麼他就絕對不會開動腦筋，直接將連甲川請到了刑訊室中才是他的風格。

有著曹濱的推斷，董彪也不再堅持懷疑那連甲川會跟卡爾以及小鞍子的被殺有著直接的關係，但沒有直接關係並不代表著沒有關係，因而，董彪仍舊對連甲川擺出了審訊的姿態，只是沒有一上來就動粗而已。

「卡爾死了，被人拋入了湖中，小鞍子他也死了，被人槍殺在了山莊地下室中。」董彪慢悠悠說著，兩道陰鷙的目光在連甲川身上掃來掃去：「對這個結果，你有什麼想說的呢？」

連甲川並未流露出震驚之色，也沒有一絲慌亂，穩穩當當回道：「這個結果我想到了，只是不敢說。那天晚上吃晚飯的時候，小鞍子破天荒地跟卡爾喝起酒來，我就覺得有些蹊蹺。當夜，卡爾便消失了，而第二天發現卡爾不見了的時候，我要小鞍子隨我一同回堂口，他卻不肯，還找了許多理由推脫我。那時候我就感覺到了異常。」

董彪陰著臉問道：「你最後一次見到小鞍子是什麼時候？這五天的時間裡，堂口有沒有弟兄去過山莊？包括你自己。」

連甲川回道：「前天上午，我跟小輝兄弟一塊去了趟山莊，小鞍子看上去很正常，但我始終感覺到他有心思。我再次要他跟我們一塊回來，可他還是不同意，說沒有濱哥彪哥的指令，他是絕對不會離開山莊半步的。」

董彪沉吟片刻，再問道：「前天上午你為什麼會去山莊？」

連甲川略顯苦笑表情，回道：「一是要送補給，二是我對小鞍子卻有擔心。」稍一頓，連甲川接道：「或者說，我對小鞍子始終有所疑問，但以我的級別，又不能對他訊問，只能是旁敲側擊。」

董彪鎖住了眉頭，問道：「那你都問出些什麼來了？」

連甲川搖頭道：「他根本不願搭理我，我和小輝兄弟也只能是放下補給，就此返回。」

連甲川以及他口中所說的小輝兄弟，都屬通字輩弟兄，而小鞍子十來歲就入了堂口，卻是個大字輩的兄弟，連甲川自然不敢以下犯上對小鞍子有所不敬。

連甲川回應的雖是滴水不漏，但仍舊未能消除了董彪對他的懷疑，於是，董彪換了一個方式問道：「你對小鞍子究竟有著怎樣的疑問呢？」

連甲川搖了搖頭，道：「我說不上來，只是感覺不對勁，現在他死了，那卡爾斯托克頓也死了，這就說明他心中真的藏有了秘密。」

董彪沉聲道：「你入了堂口也有三年時間了吧？」

連甲川應道：「兩年零九個月了，彪哥，我知道堂口的規矩，攤上了這麼一檔子的事情，您懷疑我也是自然，如果我有半句假話的話，甘受任何懲罰。」

董彪點了點頭，道：「知道規矩就好！從表明上看，你並沒有槍殺小鞍子的做案時間，但這並不能代表你就沒有嫌疑，至少，卡爾是在你值班的夜裡出的事，所以，對你的調查不可能就此結束，今天只是開始，今後隨時還會找你，你明白麼？」

連甲川點頭應道：「我懂，請彪哥放心，我一定會全力配合堂口對我的調查。」

曹濱一夜無眠。

可以確定的是，卡爾的被殺肯定和偷走那兩百噸煙土的軍警勾結團夥有著必然關聯，從時間節點上看，卡爾死於五天前的夜裡，而那個時候，距離處理完李西瀘的時間剛好有一周的間隔。有了這一周的時間，對那夥人來說，是足夠瞭解到李西瀘的死訊的，因而，產生報復心理或是行為也是情理之中。

但問題是，若是報復，理應對著他跟董彪才是，殺了卡爾，又能解決什麼問題呢？還有，又為何要搭上小鞍子的一條微不足道的性命呢？

就這兩個問題，曹濱琢磨了一整夜，卻也未能琢磨出個所以然來。而這兩個問題若是不能想明白的話，就很難知道那夥人的下一步行動的方向。

董彪倒是乾脆，道：「管他個逑！我還就不信了，難不成他們敢派兵攻打咱們堂口？」

曹濱憂心忡忡道：「我擔心的是剩下的那批貨可能已經走漏了風聲，那夥人貪心不足，還想吃下這更大的一批貨，於是便威逼利誘卡爾跟他們合作，卻終究未能得逞，故而惱羞成怒這才殺了卡爾，倘若如此，我們必須提前動手銷毀了那批貨，不怕賊下手，就怕賊惦記，咱們先斷了他們的念想，看他們還能有什麼陰招？」

董彪笑道：「他們一定會狗急跳牆，且自亂了陣腳，雖然狗瘋了會亂咬人，但總比縮在窩裡不肯露頭要痛快得多。」

曹濱道：「沒錯，逼他們一下，或許就能得到意想不到的效果，不過，為了防止你我二人同時被瘋狗咬傷，從今天開始，咱們絕不能同時外出，必須要有一人留守在堂口中。」

董彪點頭應道：「我聽你的，濱哥，所以，這銷毀那批煙土的活，就交給我吧，你守在堂口中運籌帷幄就好了。」

曹濱嚴肅道：「別的事情你跟我爭也就罷了，但這件事你不可以跟我爭，必須由我來親自操作。」

董彪頗為不服，道：「為什麼呀！就這麼點破事你還擔心我做不妥嗎？」

曹濱道：「我當然不會擔心，但這件事必須由我來完成，這牽扯到堂口臉面，不可亂來。」

董彪在曹濱面前雖然習慣於不動腦子，但在這件事上卻能清醒地意識到曹濱之所以如此決絕，無非是擔心消息已然洩露，而銷毀那批煙土很可能會遭致那幫人的當場阻攔。而且，阻攔還不便放於明面，只能是暗中進行，比如，躲在暗處打黑槍，幹掉了煙土銷毀的指揮者，至少可以爭得數日時間。

意識到了曹濱的真實意圖，董彪沒有再執拗下去。他知曉曹濱的個性，在曹濱認定的事情上執拗下去的結果只能是挨頓削。不過，做兄弟的也絕不肯眼看著濱哥獨自涉險而自個躲在堂口中乘涼，因而，在曹濱集結了一支三十人的堂口弟兄的隊伍，前往那藏匿煙土的廢舊礦場之後沒多會，董彪便開車溜出了堂口，隨身還帶上他那杆寶貝步槍。

那批貨數量巨大，且深藏於礦場巷道的最深處，用普通的辦法燃燒之是肯定行不通的，若是將貨物搬到地面上再行燃燒的話，工作量之大，絕非是那三十堂口弟兄所能完成。即便是花錢雇人，限於空間環境條件，也絕非是三兩天可以完成之事。

因而，曹濱選了一個看似複雜，實則簡單的辦法。往巷道深處運填生石灰，然後將不遠處的山澗引過來，生石灰遇到了水就會發熱，而且會呈出強鹼特性，煙土原本就懼水，若是遇到了摻了生石灰的水，那麼，這批貨絕無殘存的可能。

帶著這樣的目的，曹濱領出去的那三十弟兄在到了唐人街之後便散開了。該去搬運生石灰的往呂堯的玻璃廠方向去了，擔負引水工程的則去了堂口的武器倉庫，做這種事，炸藥是絕對少不了的。

董彪可不敢被那些個弟兄給看到了，出了堂口之後，便朝著唐人街相反的方向而去，他準備從另外一條路兜個大彎過去，趕在曹濱之前能在那廢舊礦場附近的高地處埋伏起來即可。

董彪選的這條路線甚是荒蕪，路況也是坑坑窪窪，行駛在這種路面上，若是沒有超高的車技，莫說能提上速度，恐怕連車上的人都要被顛簸得散了骨架。董彪自然屬於那種車技高超之人，那車子在他的駕駛下雖然偶有顛簸，但大多時尚算平穩，而且，車速也絕對不慢。

這種路上原本就不應該有什麼車輛，可是，董彪卻偏偏從後視鏡中看到了另外一輛車，那輛車距離自己要有一百五六十米的樣子，感覺車速上比自己還要快一些。

這原本很正常。不管是路況好或是路況差，那路，卻始終是美利堅合眾國的。任誰，不管是汽車還是馬車又或是自行車，都有權力在路上行駛。董彪起初也沒有多少警惕，只是隱隱對後面那車的駕駛人員頗有些不服氣，看車子的性能應該都是同一個牌子同一款車，憑什麼後面的那人能把車子開得跟他一樣平穩，而且比他還快了一些呢？

不服輸的董彪隨即打起了十二分精神來，雙手握緊了方向盤，雙腳也是緊急調動起來，於離合，油門，剎車之間迅速切換。認真起來的董彪果然厲害，將身後剛把距離縮短至一百五十米之內的後車再次甩開到一百五十米之上。

不過，身後那車的駕駛人員顯然不是一個肯輕易認輸之人，但見前車加速，他亦使出了渾身解數，將車距再次拉近了許多。「跟老子玩真格的是吧?!」打起了精神來的董彪卻偏偏遇見了一片繞不過去的坑窪，不得已而踩下了剎車。

而後車，則抓住了機會迅速縮短了二車之間的距離，也就是眨眨眼的功夫，那後車便將車距縮短到了二十米左右，不過，此時他也來到了那片繞不過去的坑窪跟前，不得已而只能像董彪一樣，急踩下了剎車。

這片坑窪路段也就是二十餘米，待那後車不得已而踩下了剎車的時候，董彪的車已然來到了這段坑窪路段的盡頭。而前方，雖然算不上是什麼好路況，但畢竟是經過修整，車子完全能飆起速度來。

上了岸的董彪歡快地按著汽車喇叭，並轉身豎了下中指，然後踩下油門，絕塵而去。等後車使出那坑窪路段的時候，董彪的車早已經不見了蹤影。

甩開了那輛不懂世故自不量力且自討沒趣的後車，董彪心情大為愉悅，一路哼著小曲驅車來到了一座小山包下，將車子停在了山腳下的樹林中，然後扛起了那杆毛瑟步槍，穩穩當當地登上了山包的最頂端。這山包頂端側對著那座廢舊礦場的巷道口，而且垂直距離不超過兩百米，剛好在他那杆步槍的精度射程之內。

山包的頂端有一塊巨石，給董彪提供了天然的掩體。架好了步槍，調整好了槍距，董彪靠在了巨石邊上，摸出來一盒香煙。

可是，火柴呢？

董彪頓成慌亂之色，找遍了全身，最終也只能是失望透頂。

對一個老資格的煙民來說，口袋裡裝著香煙火柴，卻因為環境不允許或是場合不允許而不能抽煙，這種狀態下他完全可以坦然自若地忍受個兩三小時甚至更長時間。但是，這環境場合明明可以痛痛快快地抽上一支，卻因為自己沒帶煙或是沒帶火而抽不上的話，那種滋味，著實難過，莫說抓狂，就連一頭撞死的心都會自然生出。

董彪帶了煙，卻沒帶火，當他確定了這個殘酷現實的時候，登時便抓狂了。

最簡單的辦法是找些枯枝乾葉來，堆在石頭上，一槍打過去，便可形成個火引子。可是，這一槍開過之後，自己的這一趟也就算是白來了，還不如下去到礦場巷道口處找堂口弟兄要個火呢！

再有的辦法便是原始人類的鑽木取火法。可這種取火法的技巧性很是不低，別看人家濱哥能輕而易舉地把火給生起來，可輪到了他，卻是怎麼也學不會。

抓狂中的董彪忽地生出了幻覺來：車上會不會存放著哪個兄弟留下來的火柴呢？嗯，印象中似乎真的有那麼一盒！

反正濱哥跟堂口弟兄尚未趕到，自己還有時間潛伏下來，於是，董彪收起了步槍，背在了身上，沿著原路下了山。到了樹林邊上，還沒來得及來到車旁，董彪忽地鎖緊了眉頭，側耳傾聽了片刻，臉上的驚疑色越發濃厚，再也顧不上去車上尋找火柴，立刻貓著腰向樹林深處竄了過去，在一個枯倒了的樹幹後躲起了身影。

只是一小會，樹林邊上駛來一輛汽車，和董彪的那一輛，恰好是同一個牌子的同一款車。那輛車上也僅是一人，而這人，似乎對董彪的車子頗感興趣，凝視了很久還不算完，並下了車，來到了董彪的車後仔細打量了幾眼，這才點了點頭。

那是個洋人，卷毛，吊眼，鷹鉤鼻。個子不高，體型幹練，上身穿了一件黑色的皮夾克。

那洋人看過車子後，再往樹林中掃視了一眼。目光襲來，董彪登時感到了一股無形的壓力，幾乎是下意識地將槍口對準了那人。那洋人似乎感覺到了危險，身形微微一閃，在他與董彪的藏身點之間隔上了一棵樹幹。

那洋人的路線控制得極為精準，直至退出樹林，始終令董彪無法窺到他的全身。退到樹林之外後，那人迅速上車，向後退了幾米，然後調轉方向，急駛而去。

董彪從藏身處起身，總算可以鬆了口氣。那洋人貌似普通，但身上卻散發著一股濃烈的殺氣，使得躲在十多米遠的董彪都是倍感到壓力的存在。很明顯，此人是敵非友，而且是個高手，在那段坑坑窪窪的路上追趕董彪的便是此人，若非董彪車技高超，恐怕這人在那段路上便會對董彪有所不利。

驚疑下，董彪的煙癮也忘卻了，他急忙跳上了車，衝出了樹林，沿著那人車的方向追了出去，可是，哪裡還能找得到對方的影蹤。

這個變故令董彪極為警惕，他不敢怠慢，立刻調轉了車頭，駛上了曹濱他們的必經之路。這座廢舊礦場位於低凹之處，四面環有七八座小山包，而且山包頂部距離礦場巷道口的直線距離大都在一兩百到兩三百米之間，這對一個擅長使用步槍的殺手來說，實在是一個絕佳的狙殺環境。

半道上遇見了曹濱，不等曹濱開口，董彪先急切地將他遇到的這位高手述說了一遍，「濱哥，那人可不簡單，一身的殺氣壓得我都有些喘不過氣來，在樹林中的時候，他朝我藏身的方向瞄了一眼，我居然不由自主地顫抖了，二十多年了，這對我董彪來說，絕對是頭一遭。」

曹濱沉吟道：「你是擔心他意欲對我不利？」

董彪歎道：「我看中的那個山頭，一杆步槍便可以基本控制了整個礦場巷道，他若是躲在了另外一個山頭上，恐怕你和所有的堂口弟兄都會處在他的槍口控制之下。」

曹濱點頭應道：「能讓你感覺到殺氣的人並不多，只因為你身上的殺氣已經足夠強大，而對方只是一眼，便讓你不由自主的顫抖起來，看來，此人絕對不簡單。你說得對，阿彪，有這麼一個人的存在，咱們若是再按照之前的方案進行的話，恐怕真會著了他的招數。可是，他既然能跟到了這邊，就必然會意識到這邊的秘密，銷毀那些存貨，不單不能放鬆，反而更加緊迫。」

董彪道：「我這就回堂口調集弟兄，把附近的山頭全都佔領了，我就不信，他一個人怎麼跟咱們上千弟兄鬥？」

曹濱搖了搖頭，道：「這可不是個好辦法！咱們就算拚上了堂口全部的力量，也難以對抗了對方的正規軍隊。阿彪，你且帶著弟兄們去守住了那個礦場巷道，我去城裡找一個人，此刻，也只有她才能幫得到咱們。」

董彪不由問道：「誰？濱哥，那警察局中的人可都不敢信任啊！」

曹濱淡淡一笑，道：「我怎麼會去找警察局的人呢？我要找的這個人，實際上也算是你阿彪的老朋友了，當初我被關進牢中的時候，你不就是利用了她才將吳厚頓給騙到了唐人街來的嗎？」

董彪一怔，脫口道：「海倫・鮑威爾？金山郵報的那個女記者？」

曹濱點了點頭，回道：「沒錯，就是她！」

董彪再一怔，隨即笑開了，道：「這個辦法甚好！濱哥真是老奸巨猾啊。」

曹濱以隨手一巴掌回敬了董彪的戲謔，道：「你們只需要守住了巷道，那名殺手在你們沒有實質行動之前，是絕對不會動手的，但你們仍舊不可掉以輕心，在進入巷道後，首先要將巷道內的情況排查清楚，不要想著將對方引誘出來，如果你們在進入巷道的過程中遭到了攻擊，也不得還擊，迅速進入到巷道中佈置好防線才是首要的任務，明白嗎？」

董彪道：「我懂！咱們的目的是順利毀掉那批存貨，而不是跟那個殺手嘔氣。」

海倫・鮑威爾近段時日過得非常不舒心，做為一名記者，尤其是像她這種名記者，若是在一段時間內做不出具有震撼性的新聞報導來的話，那麼，不單自己會產生強烈的失落感，同事們的冷嘲熱諷也會讓人崩潰。而最難以忍受的則是主編給予的壓力，報媒需要這種具有震撼力的新聞來衝擊銷量提升，而這種具有震撼力的新聞當然不能指望普通記者，海倫便是遇到了這樣的尷尬。

年初之時，她以一篇《飛刀英雄橫空出世，火車劫匪一死兩活捉》的新聞報導而一躍成為金山郵報的頭號記者，隨後，又憑藉著對此熱點的後續報導而成為金山新聞界炙手可熱的人物。兩個月前，又是她獨家報導了發生在敦麗酒店的那起槍擊案，可是，從那之後，海倫便陷入了一個怪圈，再也遇不到具有震撼性新聞的線索。

這日上午，海倫在報社辦公室中撰寫新聞稿，撰寫這種不痛不癢的新聞對海倫來說簡直就是一種煎熬，心情不好，才思就像是被裝進了一只塞住了瓶口的酒瓶當中，能感覺得到，但就是釋放不出來。

一疊稿紙寫了撕掉，撕掉後再繼續寫，繼續撕……

終於，海倫情緒崩潰，將手中鋼筆憤然摔在了地上，雙手抱住了頭，五指穿插在秀髮中，使足了勁地扯拽著。

便在這時，一名同事敲響了海倫的辦公室。「海倫，有個人想跟你見面聊聊。」

海倫長歎了一聲，極力壓制住情緒，道：「不管他是誰，我都不想見他！」

那同事道：「他說他叫湯姆，金山安良堂的掌控人，湯姆曹。」

海倫的心中不由得咯噔了一下。

江湖故事歷來是百姓所好，而金山安良堂便代表了金山半個江湖，身為金山安良堂的控制人，湯姆曹這個人物本身就具有著相當的新聞性，若是能跟他約上一個專訪，勢必將成為在同行們眼中極為妒忌的事蹟。

「他在哪兒？」海倫下意識地衝出了辦公室，可剛出了門，又愣住了，急速折返回來，拉開了辦公桌抽屜，拿出了梳子鏡子以及一個精緻的化妝盒來。

傳話的那個同事曾受益於海倫，是報社中為數不多對海倫未曾有過嘲諷的人，此刻，看到了海倫的慌張，頗為理解道：「海倫，你不必慌亂，湯姆曹是一個很有風度的男人，他說，他會有足夠的耐心在會客室中等著你的到來。」

話是這麼說，但海倫還是難免有些慌亂，梳理起剛剛被抓亂的頭髮時，一時梳理不順，差點就著急地跳了起來。

那同事看在眼中，不解道：「海倫，這不過是一個簡單的會面，並不是約會，你沒必要將自己打扮得那麼漂亮。」

海倫聽了同事的話，不免一怔。是啊，這又不是男女約會，自己為什麼會有這樣的反應呢？思維的速度是極快的，一怔之下的幾秒鐘內，海倫為自己找了好幾條理由，但最終還是確定了最後一條最為牽強的解釋：「這僅僅是尊重！」

僅僅是出於尊重的海倫手忙腳亂的將自己打扮妥當，隨著那同事一道，來到了報社的會客室。

曹濱雖然身為金山最大一家幫派的首領，但其外形氣質卻跟其他那些凶神惡煞一般的幫派首領有著本質上的不同。這跟華人的內斂文化習慣有關，但更多的因素卻是總堂主歐志明對曹濱的影響。在歐志明的影響下，曹濱也是熟讀美利堅合眾國的法律，並在歐志明的幫助下取得了律師執照。讀過書跟沒讀過書就是不同，而讀過很多書的人和唯讀過少許書的人也是有著明顯的差別，而曹濱，雖然談不上什麼飽讀詩書，更比不上歐志明那種學貫中西博古通今，卻也算是博學多才、博物多聞。同時又是個無師自通的行伍之人，在金山地界上跺跺腳便可令整個江湖顫三顫的狠角色，因而，那身上透露出來的氣質甚是獨特。

做為一名記者，海倫也算是見過大場面的人，採訪過眾多名人富豪，從未有過緊張情緒的她在見到曹濱的那一瞬間，一顆心臟卻控制不住地撲騰起來。

是緊張嗎？

好像是，也好像不是。

但，是也好，不是也罷，都不應該如此。

海倫自己也極為納悶，她又不是第一次見到湯姆曹，在她從業記者的十年間，她至少有十次機會見到過湯姆曹。只是，像今天如此近距離地看到他，卻還是頭一遭，而且，接下來還會有握手，還會有近在咫尺的面對面交流。

「你好，海倫記者，我叫湯姆，很高興認識你。」曹濱從座位上站起身來，只邁出了一小步來便停下了，同時向海倫伸出了右手。

起身，邁步，率先伸出右手，這一連串的動作代表了曹濱是一個彬彬有禮的紳士。但同時，只邁出一小步來便停住了，又彰顯出了自己的江湖地位和氣度，其尺寸，拿捏得剛剛好。

海倫迎上前來，握住了曹濱的手，懷揣著一顆劇烈跳動的心，強作鎮定道：「你好，湯姆，我是海倫，很高興能見到您。」

曹濱微微頷首，道：「這兒似乎並不適合說話，樓下有家咖啡館，如果海倫記者能抽出時間的話，我想請您喝杯咖啡，順便再聊點您可能感興趣的話題。」

「這是……」海倫急急咽下了已到嘴邊的話，改口道：「我有時間，我非常樂意接受你的邀請。」

曹濱淡淡一笑，做了個請的姿勢，然後陪在海倫的身邊，向樓下走去。

走在曹濱的身旁，海倫一直在努力平復自己的心情，可是，懷中那顆心臟卻全然不受控制，突突跳動，一陣緊似一陣。「天哪，我這是怎麼了？」海倫在心中拷問著自己，同時並告誡自己：「這只是一場關於工作的會面，湯姆曹找到海倫記者只能是有新聞意欲爆料，而絕無別的意圖。」

可是，這樣的告誡對海倫內心中的期待來說卻是那麼的蒼白，在海倫的潛意識中，她更期望這是一場約會，而不是什麼有關工作的會面。

這似乎很奇怪，海倫的容貌娉婷甜美且不失英氣，身材雖不具有魔鬼曲線卻也是豐潤標緻，自當上了金山郵報的記者後，身邊並不缺乏追求者，但無論是富賈還是權貴，卻沒有一人能夠撥動海倫鮑威爾的那根心弦。

但這也很正常。

身為記者，海倫比起普通人來說，能更深一層地看清楚這個社會的本質，心地善良且頗有正義感的海倫自然看不慣這個社會的弱肉強食爾虞我詐，她能做到的不過是拿起她手中的筆來討伐這些現象，雖然起不到多大的作用，但她也算是傾盡了全力。就像是當初的火車劫匪案，海倫期待著英雄的出現，因而才會不顧自身危險地守在了火車上，直到她遇見了羅獵的那柄飛刀的出現。

海倫起初對安良堂並沒有幾分好感，雖然這個江湖幫派並沒有做下什麼可以被揪住尾巴的壞事，而且，江湖上對那幫派控制人湯姆曹的英雄事蹟有著頗多的傳說，但海倫鮑威爾認為，那些終究是江湖紛爭，並沒有實質上的對與錯，而正是這些江湖紛爭，才是金山社會混亂的根源。

但是，當她就羅獵飛刀斬殺火車劫匪的新聞進行熱點跟蹤的時候，她才逐漸地改變了對安良堂的認知。她知曉了「懲惡揚善除暴安良」這八個字並非只是那安良堂的一句口號，並非是那個江湖幫派為自己做下的事情的搪塞藉口，而是他們的行為宗旨，是他們的信念。

再到後來，海倫最終得到了事情的真相，那夥火車劫匪的最大頭目，臭名昭著且威震加利福尼亞、內華達及猶他州等西部數州的惡魔布蘭科，是被安良堂的湯姆曹除掉的時候，海倫鮑威爾對安良堂以及湯姆曹的印象發生了徹底的轉變。

在她的心目中，安良堂不再是一個普通的江湖幫派，而湯姆曹也不再是一個可憎的江湖人。他們是英雄，而湯姆曹則是這幫英雄中的英雄！

自古美女愛英雄！

東方文化如此，西方洋人文化亦是如此。

認定了曹濱乃是英雄中的英雄，海倫的內心中自然會產生出隱隱的愛慕情愫，只是限於社會行業的相隔以及交往圈子的相隔，包括種族上的客觀相隔，海倫並不認為她跟曹濱之間會有緣分產生，因而，這份情愫也就被她深埋在了心底。

可是，曹濱的突然造訪，卻使得海倫深埋在心底的這些情愫陡然間爆發了，衝破了所有的禁錮，不單釋放了思維中的幻想，還表現在了身體機能上的實在反應。

偶像就在身邊，海倫愈發激動，更是心猿意馬而無法集中精神。結果，在下到最後一階樓梯的時候，不小心晃了一下。曹濱反應極快，一把攙住了海倫。

曹濱的那一把不過是攙住了海倫的胳臂，但海倫卻感受到了曹濱那有力的指掌和自己肌膚的接觸，整個身子不由得打了一個激靈之外，一抹紅暈也悄然浮現在了臉頰之上。

「謝謝你，湯姆。」簡單的一句話，卻流露出了海倫滿滿的幸福感。

來到了咖啡館中，曹濱先為海倫拉出了座椅，待海倫坐定之後，才坐到了海倫的對面，叫來了侍者，並徵求了海倫的選擇。

點過了咖啡，曹濱直奔了他此行的主題：「海倫，我知道你是一個勇敢的記者，而且還是一個有正義感的記者，這一點，在年初對我堂口的兄弟諾力的報導中就能看得出來。我今天來找你，是想得到你的幫助，有一件事關整個金山人民乃至整個美利堅合眾國人民的利益大事，想請你曝光出來。」

聽到了曹濱的話，海倫陡然一凜，近十年的職業素養使得她暫時擺脫了內心情愫的干擾，集中了精神，應道：「只要是情況屬實，我自當是責無旁貸。」

曹濱微微頷首，接道：「但你可能會遭到不明勢力的報復，從而將自己推向危險的境地，不過，我會向你做出鄭重承諾，安良堂將竭盡所能，保護你的安全。」

剛剛被壓抑下來的突兀心情被曹濱的這句承諾再次燃起，安良堂會竭盡所能保護自己的安全，那麼，她跟曹濱之間是不是會有更多的接觸機會呢？

一抹紅暈悄然再次襲上了海倫的臉頰上，她莞爾一笑，克制住衝動，回道：「我不怕危險，我只怕事情不夠真實。」

曹濱道：「前段時間，我們安良堂截獲了一批鴉片……」

也許是想在偶像面前有所表現，海倫失態搶道：「這件事我知道，我參與了那起案件的報導，警察局的卡爾·斯托克頓說這案子是他查獲的，我真的沒想到，真正的英雄原來是你們。」

曹濱微微一笑，道：「卡爾警司對外公佈的那起案件總數只有兩百噸……」

海倫再次失態，半捂著嘴巴驚呼道：「我注意到你用了一個只有的詞彙，天哪，兩百噸的鴉片，已經是聯邦緝毒署自成立以來破獲的最大一起案件了！」

曹濱並沒有在意海倫連續兩次打斷了他的話，依舊面帶微笑繼續說道：「是的，兩百噸的數字，已經是非常驚人的了，可是，這只是販運者拋出的一個誘餌，在其背後，還藏匿了更為恐怖的一個數量，一千八百噸！」

海倫驚道：「上帝啊！是我聽錯了嗎？一千八百噸，那得害死多少人啊？」

曹濱深吸了口氣，道：「前一批的兩百噸鴉片，經由警察局的卡爾警司查獲銷毀，但我從內部消息得知，那批貨在銷毀之前被人掉了包，而卡爾警司也於六天前遭到了暗殺……」

海倫再一次打斷了曹濱，驚呼道：「你是說那警察局中有人私吞了那批鴉片？」

曹濱點了點頭，道：「不單只是警察局，可能其背後還有聯邦軍隊的人。」

海倫更是驚詫，問道：「軍隊的人？湯姆，你的消息來源可靠嗎？」

曹濱點頭應道：「消息便來自於卡爾警司，可惜，他現在已經遇害身亡。」

海倫緩緩搖頭，沉吟了片刻，道：「湯姆，不是我不願意幫你，可是，沒有真憑實據的報導是不符合新聞原則的，我……」

曹濱打斷了海倫的遲疑，道：「我不需要你將這案子的幕後真相曝光出來，我只希望你能將剩存的那一千八百噸鴉片的事情曝光出來，並號召金山有良知的市民能夠自發趕往那批鴉片的藏匿地點，大家一起動手，無需經過警察局，將那批害人匪淺的鴉片徹底銷毀。」

海倫激動道：「這是一項充滿了正義的號召！湯姆，我很感激你能將此機會交給我，請告訴我那批鴉片的藏匿地點，我這就回去撰稿，剛好明天發行的報紙上有著我的一個版塊。」

曹濱道：「那你不需要實地勘驗之後再撰稿發表嗎？」

海倫露出了真切的笑容，道：「不，湯姆，自從你除掉了那個叫布蘭科的惡魔，讓東西海岸來往的人們再也不用擔心火車劫匪，我便視你為心目中的英雄，你的話，我完全相信。」

一向潑辣大方的海倫在說出了自己的心聲之後，卻不由得嬌羞一笑，臉頰之間，又一次爬上了一抹紅暈。

次日清晨，金山郵報開始發行。

海倫．鮑威爾的這篇報導不單是震撼到了郵報主編，並將此篇報導調整到了郵報的頭版頭條，同時也震撼到了所有有良知的金山市民。首次發行的一萬份報紙被搶售一空，報社緊急加印出來的第二個一萬份也顯然滿足不了市民們的需求。

海倫在報導中使了個策略，她沒有用噸這個計量單位，而是換算成了盎司，一噸等於三萬五千多盎司，一千八百噸便是六千三百萬盎司，再加上字體的放大著黑，那串掛著六個零的阿拉伯數字顯得尤為刺眼。報導的最後一段話是海倫代表金山郵報發出的宣導：「這一刻，六十萬金山人應該緊密地團結起來，貢獻出自己的菲薄之力，每個人只需要親自銷毀一百盎司，那麼，這些鴉片便將永無害人之時！」

出於激情也好，出於好奇也罷，上午八點左右，便有市民陸續趕到了那座廢舊礦場的所在處，人越聚越多，到了上午十點，礦場附近便站滿了有良知的金山市民。

先趕到的市民已在堂口弟兄的指揮下搬運出了十多箱煙土，堆放在了巷道口外的空地上，曹濱親自出馬，當著眾多市民的面，打開了木箱，驗明了其中裝藏的貨物正是害人匪淺的鴉片。驗證的結果迅速從裡向外散播開來，人們的情緒也隨之而激動起來，先是有個別人在呼喊燒掉這些鴉片，隨後逐漸形成了統一的呼喊：「燒掉它！」

曹濱想要的只是這種陣仗，人山人海面前，任由那幫軍警勾結分子如何謀劃，也不敢有所造次，至於自己以及安良堂的名聲是否可以借此機會得以提升，這並不重要。民眾的呼喊聲中，堂口弟兄往那些鴉片上澆上了汽油，曹濱親自劃著了火柴，丟了過去。隨著烈火熊熊燃起，人們的情緒更加高漲，巷道洞口處排起了長長的隊伍，每一個人都期望著能親自參與到這場銷毀煙土的運動中來。

一箱的貨重約兩百斤，算下來，巷道深處，存放的木箱應該有一萬八千之多，這麼多數量的貨物，若是雇傭搬運工人的話，那麼至少也得需要三天的時間方能將它們全部搬運出來。然而，圍觀的市民群情鼎沸，每一個人都是極為迫切地要投入到搬運鴉片的隊伍中來，因而自覺自主地展示出了強大的組織性和紀律性，甚至不需要堂口弟兄的協調，便能夠自覺地組成一個搬運小組，或者四人，或者五人，沿著巷道的左側排隊進入，沿著巷道的右側抬著木箱魚貫而出。平均下來，一分鐘便可以搬運出二十四五個木箱出來。

一個火堆已然不夠，人們自發的在別處又燃起了數十個火堆出來，初起的時候，搬運出來的每一個木箱還要開箱驗貨，但隨著百分之百的驗證率，人們對巷道中存放的那些個木箱中存藏的是鴉片的事實深信不疑，乾脆放棄了驗貨，但凡搬運出來的木箱，則直接投擲到火堆之中。

僅僅四十分鐘的時間，便有上千隻木箱從巷道中搬運了出來並投到了火堆當中，而人們的情緒不見有絲毫低落，排隊準備進入巷道搬運鴉片的隊伍是越來越長，而且，還有許多人在搬運出了一件木箱後還覺得不夠，轉身便去了隊尾繼續排隊。

幾乎插不上手的董彪顧不上在這巷道中守了一天一夜的辛苦，搖頭歎道：「濱哥就是濱哥，何止是一個老奸巨猾啊，簡直就是詭計多端老謀深算啊！」

一旁的堂口弟兄應道：「彪哥，詭計多端老謀深算似乎比不上老奸巨猾，你用了個簡直，好像有些不怎麼恰當。」

董彪翻著白眼道：「就那個意思，你咬什麼文嚼什麼字？就顯得你讀過書有文化是不？」

另一個堂口弟兄笑道：「彪哥，詭計多端老謀深算這個詞還好，不算是褒義，但也不算是貶義，可是，老奸巨猾這個詞卻是不折不扣的貶義詞，而且還有些罵人的意思，用在濱哥身上不合適吧？」

方才被懟的那個堂口弟兄跟道：「就是，就是，彪哥要是不請客喝酒的話，可別怪兄弟們在濱哥面前打你的小報告哦！」

董彪呵呵笑道：「想喝彪哥請客的酒，那簡單！打聲招呼也就罷了，但要是拿濱哥的名頭來訛詐你們彪哥，那你們可就是大錯特錯了。當著濱哥的面，你們彪哥也能說得出口老奸巨猾這四個字來，你們自個摸著良心說話，濱哥這一招，不光賺足了名聲，還省下了一大筆雇人的錢，這不是詭計麼？這不是老奸巨猾麼？」

董彪沒怎麼讀過書，什麼貶義褒義根本分不清，能拽出一串成語出來就已經實屬不易了，便是當著曹濱的面說了不合適的成語，那曹濱也不會生氣，最多就是給他一巴掌而已。但對其他弟兄來說，便不敢如此放肆，哪怕是背著曹濱，在言語中也不敢有絲毫的不敬，因而，董彪的話變成了絕唱，再也沒有兄弟知道該如何接下去。

片刻冷場後，董彪嚷道：「走了，走了，留這兒也沒啥用，還是回堂口吃點喝點洗個澡補個覺吧！」

身旁弟兄道：「不好吧，彪哥，萬一再出個什麼事，咱們又不在，濱哥身邊人手不夠啊！」

董彪手指四周密密麻麻的圍觀市民，歎道：「就這陣仗，能出什麼事？就算有人想搗亂，這上萬群眾能饒得了他？放心吧，有這些個洋人群眾的保護，濱哥出不了任何意外，再有，這場面沒有個十幾小時不會算完，咱們抓緊時間回去修整一番，也好回來替代濱哥他們。」

同一時間，距離這塊熱鬧之地約有十五六公里的一處兵營中，警察局副局長埃斯頓、聯邦海軍某軍艦准將艦長斯坦德以及聯邦陸軍某團上校團長庫柏湊到了軍官俱樂部的一間包房中。這間包房甚是豪華，也甚是隱蔽，想從外面進入，至少要經過三道警衛崗卡，而守衛這三道關卡的人，全都是庫柏上校最為信任的士兵。

包房的角落中還坐著一位身著黑色皮夾克的幹練男子，對另外三人的談話似乎是充耳不聞，只是自顧自拎著個酒瓶子不時地灌上一口兩口。

那三人顯然是就某個問題發生了爭執，埃斯頓和斯坦德意見一致，而庫柏則執有不同意見。「這件事不能再走下去了，必須及時收手，我們針對曹濱、董彪已經連續失敗了兩次，再有第三次失敗的話，恐怕我們幾個都會暴露出來。」

埃斯頓冷笑道：「是的，現在收手，你當然不會暴露，可是我，卻早已經暴露了。拉爾森雖然除掉了卡爾，但是，他早已經將自己知道的事情告訴了湯姆，現在收手，是不是為時已晚？」

斯坦德跟道：「如果邁阿密的查理和坦莉雅沒有被人幹掉的話，你說收手也就收手了，反正那兩百噸的貨物已經能夠變成了現金，至於後面的那更大一批貨，就當我們從來沒有聽說過。可是，查理死了，坦莉雅也死了，那批貨沒有了買主，我只能原封不動地將它運回來。庫柏，你知道我是冒了多大的風險嗎？現在要是收手的話，那我只能命令我的士兵將那批貨全都傾倒在大海中。」

庫柏分辯道：「我說的收手，指的是不再暗殺湯姆和傑克，拉爾森是我見到過最為優秀的獵手，連他都表示沒有把握能夠順利地幹掉那二人，我不知道我們還能找到怎樣的機會。至於那批貨，斯坦德，假若你不便存儲的話，可以交給我來處理。」

埃斯頓冷笑道：「你來處理？存放在你的軍營中嗎？那批貨是能偽裝成戰備物資還是後勤物資？」

庫柏道：「我當然不會存放在軍營中，但我在軍營外有很多關係，完全可以找得到合適的地方存下那批貨。」

埃斯頓不屑道：「你知不知道，那安良堂的嗅覺相當敏銳，只要那批貨運出了軍港，便會立刻被湯姆覺察到，到時你我不單會暴露，就連那批貨恐怕也保不住。」

斯坦德道：「貨物存放在軍港中一時半會倒是沒多大關係，可是我今年的遠端訓練計畫全都用完了，再想借用軍艦運出金山恐怕就要等到兩個月之後的明年。我不知道那批貨能不能等到那個時候。」

埃斯頓補充道：「不幹掉湯姆還有傑克，便永遠不能考慮以陸路將那批貨運出金山，而我們新聯繫的買家，還在著急等待之中，庫柏，你說，怎麼收手？」

庫柏的決心終於有了些許鬆動，道：「我們在他倆的必經之路上截擊他們，卻連他們兩個的皮毛都沒能觸碰得到，我們以為，他倆就沒動身前往邁阿密，不過是在金山的某個地方躲藏了起來。」

庫柏一聲歎息後，接道：「可是，幾天之後，那查理和坦莉雅，以及他所有的手下，卻全都死了，誰幹的？只能是湯姆和傑克二人啊！斯坦德，這消息是你的人從邁阿密帶回來的，應該不會有錯吧。」

斯坦德道：「當然是千真萬確。」

庫柏再道：「拉爾森的能力，我們是有目共睹，這些年來，他從未有過失手，可是，那天在湯姆的山莊中，拉爾森卻退下了，為什麼？因為湯姆和傑克的聯手絕非是拉爾森所能戰勝！昨天一早，拉爾森再次覓得良機，可是，一對一面對那傑克，拉爾森仍舊無法確保能夠殺得掉傑克。一個傑克尚且如此，而那湯姆又遠比傑克厲害了許多，只是依靠拉爾森一人，怎麼能夠除得掉那二人？如果你們兩位執意不肯收手的話，那麼我建議，我們必須改變策略。」

那名身著黑色皮夾克的幹練男子便是拉爾森，此刻，他仰起脖子將酒瓶中剩下的酒喝了個精光，然後站起身來到了那三人跟前，道：「他們兩個在生生死死之間磨煉了二十餘年，其中的默契程度遠非你我所能想像，一旦動手，沒有人能在他們的面前全身而退，更不用說能夠戰而勝之。沒錯，我喜歡錢，但我不會因為錢而搭上自己的性命。庫柏，我的長官，如果你執意要我繼續執行你的命令的話，我寧願退伍回家。」拉爾森態度決絕，說完之後，顧不上自己的長官庫柏上校如何反應，更是看都不看另外二人一眼，便徑直向門外走去。

庫柏在身後叫道：「拉爾森，你聽我說……」

拉爾森站住了腳，卻打斷了庫柏，背著身冷冷道：「謝謝你的酒，庫柏，我在那鬼地方守了一天一夜，現在是該回去睡覺的時候了，你放心，我知道該怎麼做，如果你對我不夠信任，現在就可以拔出槍來，我保證，我絕對不會轉過身來跟你做對。」

庫柏深吸了口氣，再重重吐出，沉聲道：「拉爾森，我是你的長官，但我更是你的兄弟，我們共同接受過戰爭的洗禮，我們永遠是可以相互信賴的戰友。拉爾森，放輕鬆，回到你的寢室，踏踏實實睡上一覺。」

拉爾森沒有接話，只是待庫柏說完了，才邁開了腿，拉開了房門。

拉爾森離去之後，埃斯頓不屑道：「拉爾森如果有著一顆敢於犧牲的心，那麼，即便那湯姆和傑克的聯手是多麼的天衣無縫，我想，他至少也能幹掉其中一名。」

庫柏嗤笑道：「我完全贊同你的說法，埃斯頓，事實上如果你也有一顆敢於犧牲的心，我想，你可以同時幹掉湯姆和傑克二人。」

埃斯頓被嗆得說不出話來，只能用不滿的充滿憤怒的眼神盯著庫柏。

斯坦德連忙圓場道：「拉爾森說得對，我們都很喜歡錢，但要是沒有了性命，即便賺到了再多的錢也是徒勞，我並不認為拉爾森有什麼不對，他若是以自己的生命換來了我們賺錢的機會，我想，這賺到的錢，我也無臉享用。」

庫柏陰冷的眼神中終於有了些許的暖意，道：「謝謝你的理解，斯坦德，如果需要我搭上自己兄弟的一條性命來賺取這筆錢財的話，我寧願選擇放棄。」

陡然之間，埃斯頓遭到了另外二人的孤立，使得他意識到自己剛才說的話有多愚蠢，連忙解釋道：「庫柏，請不要誤會，我剛才只是做了一個假設，我知道這個假設極為不妥，現在我收回我剛才的話，並為此向你道歉。」

此三人的關係非常微妙。

二十年前，此三人是西點軍校的同班同學，畢業後，埃斯頓和庫柏進入到了聯邦陸軍，而斯坦德則被分配到了聯邦海軍陸戰隊，五年後，三人幾乎是同時晉升為了上尉。

十年前，美利堅合眾國和西班牙帝國在加勒比地域爆發了一場戰爭，在戰爭開始之前，這三人的觀點分成了兩派，斯坦德和庫柏表現出了積極好戰的態度，但埃斯頓卻有些懼怕戰爭。最終的結果是埃斯頓在訓練中光榮受傷，扛著一個上尉軍銜退役去了金山警察局。而斯坦德和庫柏則在這場戰爭中表現神勇，均立下了赫赫戰功。

三個月後，美利堅合眾國完勝西班牙帝國，庫柏因為在這場戰爭中的出色表現而榮升少校，之後的十年更是平步青雲，於一年前獲上校軍銜，並被任命為聯邦陸軍某團的軍事主官。而斯坦德更是被命運之神所青睞，在戰爭結束後和庫柏一樣晉升為了少校，並獲得了赴海軍軍官學院進行深造的機會，由於學業優秀，從海軍軍官學院畢業之後登上了軍艦，自少校二級副艦長做起，歷經中校二級艦艦長，一級艦中校副長，一級艦上校艦長，再到眼下的艦隊副司令准將兼一級艦艦長，僅用了七年不到的時間。

偷樑換柱，將那兩百噸鴉片掉包出來，然後謀取暴利，發起人自然是在金山警察局坐上了局長寶座的埃斯頓，但埃斯頓一人不可能完成這麼大的一單生意，因而，他便將想法透露給了斯坦德以及庫柏兩位老友，並得到了此二人的積極回應。

這並不奇怪。

無論是做到了准將的斯坦德還是身為一團之長的庫柏，待遇雖然不菲，但終究還屬於靠薪水報酬養家糊口的中產階級。有了那兩百噸的鴉片就不一樣了，哪怕只以市面價格的十分之一出手，一盎司的鴉片也可以賣到十美分，兩百噸的貨，至少能賣到七十萬美元，三人平分，每個人可以分到二十三萬之多。這筆鉅款，對此三人來說，即便再工作個五十年，也不可能賺得到。

換句話說，若是能順利地賺到了這筆錢，那麼，什麼前程，什麼晉升，都可以說一聲去他的！

事情起初進行得非常順利，輕而易舉地便將那兩百噸的貨物掉包到手，同時，斯坦德聯繫上了買家，便是邁阿密的查理及坦莉雅一夥。

查理便是李西濾，此時，偷走了安良堂紐約堂口的帳簿以及五萬美元現金的他剛回到邁阿密沒多久，正在野心勃勃地籌畫著該如何逼迫顧浩然老實就範，從而奠定了他進軍紐約市場的基礎。而這時斯坦德送上來的貨源自然使得李西濾歡欣鼓舞，認為是上帝都在垂青於他。雖然以他眼下的實力和財力並不能吞得下這麼大一批貨，但李西濾依照發展的目光看待問題，還是痛快地接下了這批貨，並將交易價格確定在了一盎司十四美分的價位上。

這個價位，對埃斯頓、斯坦德以及庫柏三人來說是極為樂意接受的，畢竟比他們的心理預估高出了四成。而對李西濾來說也算是撿到了寶，因為從莫西可本土偷運到邁阿密的貨源，其價格一般都在每盎司二十美分左右，在品質上還比不上南美的貨源，並且，斯坦德還承諾說會將這批貨送至邁阿密成交。

李西濾在籌畫自己的野心的時候，並沒有把趙大明放在眼中，而顧浩然即便活下來了，卻也是病秧子一根，再也沒有了當年的威風。李西濾認為他一定能搞得定紐約堂口，只需要再一次或者再兩次幹掉趙大明派到邁阿密的人，那麼，安良堂紐約堂口自然就會服軟認慫。

李西濾唯一擔心的便是顧浩然會向金山的曹濱求助。

因而，在李西濾報出了比斯坦德預期價位高出四成的價格的時候，附帶了一個條件，那就是雙方聯手一塊幹掉金山安良堂的曹濱，如果機會絕佳，能順便再幹掉董彪的話，那麼，他還願意在一盎司十四美分的價位上再漲上一美分。

上帝果然站在了李西瀘這一邊，他們雙方剛剛達成交易沒幾日，斯坦德運輸貨物的軍艦仍在海上航行的時候，李西瀘便得到了顧霆傳來的消息，說是趙大明派出了金山堂口的羅獵前往邁阿密來對付他。於是，李西瀘緊急和斯坦德取得了聯繫，要求他們盯緊了金山安良堂的堂口，並在從金山往邁阿密的必經之路上做足了截擊的準備。

事件發展到這個當口時，無論是對於金山這邊的埃斯頓、斯坦德及庫柏三人，還是對邁阿密那邊的李西瀘、坦莉雅父女，似乎勝利就在眼前，幾乎是唾手可得。

然而，就在這關鍵時刻，上帝忽然打了個噴嚏，隨隨便便就將這勝利的天平給震翻了。

第三章

失敗的嚴重後果

庫柏說得沒錯，他們三人必須團結，
不然的話，遲早都會因為內訌而導致失敗。
而一旦失敗，三個人都難逃站上法庭接受審判的命運，
而斯坦德和庫柏會更加殘酷，
審判他們二人的，將會是更加嚴厲的軍事法庭。

庫柏派出了一個整編連，在金山前往邁阿密的必經之路上守了一整夜，卻連曹濱、董彪的一根毛也未能抓得到。而六天之後，李西瀘和他的義女坦莉雅，以及他辛苦了十好幾年建立起來的幫派核心力量，在一夜之間，被曹濱、董彪二人蕩滌的乾乾淨淨。斯坦德冒著風險，用軍艦運輸過去的那兩百噸貨物陡然間失去了買主。

即將獲得成功的喜悅在一刻間煙消雲散化為無形，這個結果，對於埃斯頓、斯坦德以及庫柏等三人來說是難以接受的。記恨李西瀘，抱怨他考慮不周而導致失敗已然無用，此三人只能將矛頭指向了曹濱、董彪。

這不單只是為了洩憤，更是無奈之舉。種種跡象表明，那曹濱、董彪已然知曉了兩百噸鴉片被掉包的事實，而且，這二人正在動用手上掌握的資源聯手警察局的卡爾・斯托克頓對此事展開了調查。那三人起初並不想招惹曹濱、董彪二人，一是清楚此二人並不好惹，二是覺得他們已經找到了買主，只要將貨運出金山，那麼，任由曹濱、董彪有多大的能耐也奈何不了他們，因而沒必要招惹這二位惡煞。

但是，李西瀘的死徹底改變了這種格局。鴉片這玩意不像是別的什麼物資可以擺在明面上公然叫賣，只能是通過特殊的管道轉換成真金白銀，埃斯頓、斯坦德以及庫柏三人並不是找不到別的管道，只不過聯繫起來需要時間，交易價格及交易方式的談判更需要時間。因而，已經運到了邁阿密的那批貨只能是原封不動地再運回金山來。

如此一來，埃斯頓、斯坦德以及庫柏三人就必須改變策略，從之前的不願意招惹曹濱、董彪變成了必須主動積極地除掉此二人才成，因為那批貨不可能始終保留在軍艦上，必須存放回陸地上，而一旦被曹濱、董彪查獲到了蛛絲馬跡的話，損失掉那批貨都是小事，而自己三人的前程未來都會因此而徹底斷送。

這種情況下，庫柏不得已而啟用了自己手中的一張王牌，拉爾森上尉。

十年前的美西戰爭中，拉爾森不過是庫柏上尉手下的一名士兵，但在大小近十場的戰鬥中，拉爾森表現出了非凡的戰鬥能力，一個人可以抵得上一個班，甚至是一個排。戰爭結束後，庫柏榮升為少校營長，隨即將拉爾森提拔為了少尉排長，之後跟著庫柏的晉升，拉爾森的軍銜也升至了上尉。

不過，拉爾森並不適合帶兵，他更習慣於單幹，十年間，不管是公派人物還是私活，拉爾森從未讓庫柏失望過。

卡爾的行蹤一直在他們的掌握之中，因而，拉爾森得到任務後，很輕鬆地便找到了卡爾。幹了十好幾年的員警，卡爾也不是吃乾飯的，對危險的嗅覺也相當敏銳，為了不連累安良堂的兄弟，卡爾於那日夜間主動走出了山莊，等待著死神的到來。

除掉卡爾只是行動的開始，在估摸著曹濱、董彪差不多應該回到金山的時候，拉爾森再次去了山莊，槍殺了小鞍子，並在山莊中潛伏了下來。這一等，便是足足三天三夜，待到拉爾森終於等來了曹濱、董彪二人時，他的體能已消耗了不少，而曹濱、董彪展現出來的警惕性以及默契度，尤其是他們二人身上散發出來的那股子殺氣，使得拉爾森膽怯了。他做不到兩槍斃掉兩人，而只是一槍斃掉其中一人的話，那麼他勢必要同另一人展開一場死戰，勝負結果難以預料，即便僥倖得勝，也必是一場慘勝，絕無全身而退的可能。

拉爾森忠於庫柏，但更忠於自己。他可不樂意為了一萬美元的酬勞而把自己的性命也搭了進去，於是，就在曹濱、董彪二人交替掩護向山莊內突進的時候，拉爾森悄然退去。

暫時的退卻並不意味著拉爾森便要放棄掉庫柏派給他的任務。他很清楚，以自己的能耐，對抗不了曹濱、董彪的聯手，但若是趁著此二人分開之際各個擊破的話，或許還有把握。運氣似乎相當不錯，次日一早，各個擊破的機會便降臨了。

先是曹濱帶著三十弟兄出了安良堂堂口，拉爾森正在猶豫要不要跟上去的時候，便看到董彪駕著車也出了堂口。

柿子總是要先撿軟的捏！

曹濱原本就強過董彪，身邊又有三十名堂口弟兄做保護，難度自然大於獨身出門的董彪，於是，拉爾森便駕車跟上了董彪。

怎奈那董彪的車技實在是了得，在那段坑坑窪窪的路段上，拉爾森不單沒能跟得住董彪，反被他給甩掉了。駕車算是拉爾森的弱項，但追蹤卻是拉爾森的強項，董彪的車子雖然消失得無影無蹤，但留在路面上的痕跡卻依舊存在，拉爾森不過是多費了一些時間，便輕鬆地追到了董彪停車的那片樹林中。

拉爾森經驗老到，並沒有著急過來查看董彪留下來的那輛車，他隨即在四周兜了一圈，當他看到了那座廢舊礦場的時候，一切便都明白了。

曹濱的目標應該是那座廢舊礦場，而董彪的目的則是在他停車的那座山頭上為曹濱做策應。

當拉爾森再次回到那片小樹林的時候，他的意識是董彪早已經潛伏在了山頭上，因而，他輕鬆自若地下了車，圍著董彪的那輛車打量了一番，並思考著該如何幹掉潛伏在山頭上的董彪。可就在這時，他突然感受到了來自於身後的那一股殺氣。

拉爾森陡然一凜，他怎麼也沒想到，董彪居然沒躲在山頭上，而是躲在了樹林中。拉爾森慶幸自己沒有過早暴露自己的身分，不然的話，躲在樹林深處的董彪早已經扣動了扳機，而他，則絕無僥倖的可能。

自認為躲過一劫的拉爾森此時仍未有放棄任務的念頭，他已然確認那曹濱的目標便是眼前的那座廢舊礦場，雖然並不知道那廢舊礦場中藏有怎樣的秘密，但拉爾森還是意識到這個獨特的環境對他來說是個絕佳的機會，於是，從那片樹林中退出之後，他將車子扔到了一旁，步行繞道去了對面的一座山頭上。在那座山頭上守了整整一天一夜，拉爾森卻沒能等來屬於自己的機會，反倒是於第二天一早八點鐘開始，看到了令人驚詫不解的一幕，市民們開始陸陸續續地趕到了這廢舊礦場的周圍。

人是越來越多，而拉爾森的機會越發渺茫，最終只得放棄，尋到了他的車，駛回了軍營，剛好碰見了庫柏和埃斯頓、斯坦德二人的秘密相談。拉爾森隨即向庫柏報告了整個過程，並由此而引發了他們三人在接下來的方向性問題上的爭執。

拉爾森不過是個拿錢做事的執行者，根本不願意摻和到他們三人的爭執中來，對埃斯頓、斯坦德二人的固執己見更是嗤之以鼻，那二人根本不曉得曹濱、董彪有多厲害，他拉爾森寧願獨自面對一個排的正規軍，也不願再與曹董二人為敵。至於埃斯頓和斯坦德能不能找得到不怕死的殺手，那另當別論，跟他拉爾森沒有一毛錢的關係。

庫柏還是瞭解他這位老部下的，拉爾森絕非是個惜命的懦夫，但也絕不是無腦的勇者。拉爾森做事，可以不分辨對錯，也可以不計較報酬高低，但他一定會盤算有幾成把握。低於五成的把握，拉爾森會考慮放棄，但在放棄之前，仍舊會努力嘗試創造機會，將把握性提升到五成以上，然而，此次如此決然地拒絕繼續執行任務，那麼只能說拉爾森實在是失去了信心。

但埃斯頓和斯坦德的話也是不無道理，就此收手便等於就此放棄，他們可以做得到不眼紅那曹濱、董彪燒掉的更大量的一批存貨，但已經到手了的這批貨卻是難以捨棄。而若想繼續走下去，最終將這批貨變成花花綠綠的美鈔的話，那麼，曹濱、董彪所控制的安良堂便成了一道不得不邁過去的坎。

暗殺這條路是顯然走不通的了。

曹濱、董彪不會再給自己這邊於城外調動軍隊進行截擊的機會，而唯一能夠指望的殺手拉爾森卻又知難而退，那麼，擺在他們面前的問題便是必須想到替代辦法來。

「埃斯頓，我並不需要你的道歉，我們三人之間，爭吵也好，說出了過分的話來也罷，都改變不了我們必須團結在一起的現實，拉爾森放棄了任務，是因為他喪失了信心，再對他有所強求的話，只會壞了我們的大事。而我們一時之間，不可能找得到比拉爾森更強的人，而且，即便找到了，能否信任，又是一個新的問題。所以，我建議我們必須另闢途徑，除掉湯姆和傑克，並不是只有暗殺這一條路可以達到目的，你們說呢？」三人當中，還是庫柏最為沉穩，考慮事情也更為全面，當他說出了這番話來的時候，另二人不由得沉默了。

庫柏說得沒錯，他們三人必須團結，不然的話，遲早都會因為內訌而導致失敗。而一旦失敗，三個人都難逃站上法庭接受審判的命運，而斯坦德和庫柏會更加殘酷，審判他們二人的，將會是更加嚴厲的軍事法庭。

董彪帶著那些個在巷道中守了一天一夜的弟兄回到了堂口，吃飽喝足，再洗了個熱水澡，美美地睡上了一覺後，於下午三點多鐘領著堂口弟兄帶上了充足的飲水和食物返回到了焚燒鴉片的現場。六個多小時過去了，現場仍舊是一片人山人海，人們的情緒亦不見有消落的跡象，比起早上，卻是更加高漲。

曹濱已然露出了疲態，一早帶過來的堂口弟兄更是疲憊不堪。巷道中的空氣流動性極差，在裡面待久了定會出現缺氧的表現，而出了巷道，又會被幾十堆熊熊燃燒的大火所炙烤，每個人的臉龐都被熏得黝黑黝黑。市民們釋放完了激情，肚子餓了或是口中渴了，可以選擇回家，但曹濱和那些個堂口弟兄卻只能留在現場硬挺。六七個小時不吃不喝，對誰來說，都是一個嚴峻的考驗。

就在其中有個別弟兄支撐不住的時候，董彪帶著一幫弟兄及時趕到，將這些個體力上已經接近了極限的弟兄替換了下來。

「濱哥，歇歇吧！」董彪拿著飲水和食物，來到了曹濱的身邊。

曹濱點了點頭，接過了董彪遞過來的一瓶水，沒有喝，卻先洗了把臉。

「幹掉多少貨了？」董彪適時地掏出了口袋中的手帕，遞給了曹濱。

曹濱擦乾了臉上的水漬，將剩下的半瓶水一飲而盡，一邊接過董彪手中的食物，一邊回答道：「一多半了，估計到七八點鐘便可以完事。」

董彪道：「那你不如回去歇著，剩下的活，交給我就好了。」

曹濱吃著東西，看了眼董彪，笑道：「你昨天帶著弟兄們在這巷道中守了一天一夜，也夠累的了。」

董彪一本正經道：「我比你年輕，恢復得比你快！」

曹濱愣了下，然後噗嗤一聲，差一點沒將口中食物噴了董彪一臉。

就在這時，人群中突然有個女人的聲音喊道：「湯姆，湯姆！」曹濱順著聲音看了過去，卻見是海倫氣喘吁吁地擠了過來。「湯姆，我過來看看這批鴉片銷毀了多少了，還需不需要繼續在城中做宣傳？」

董彪連忙遞上手中剩下的一瓶水，並道：「我說今天城中怎麼會有那麼多的人在街頭上做宣傳，原來是海倫記者組織的。」

海倫接過了水來，喝了兩口，再喘上了幾口粗氣，應道：「只是看報導，我擔心群眾的熱情無法被點燃，所以我就說服了報社主編，將報社的人全都拉到了街上做宣傳，看來，效果還是非常令人振奮的。」

當著女士的面獨自吃東西顯然是不禮貌的行為，曹濱將手中沒吃完的食物藏在了身後，道：「謝謝你，海倫，沒有你的鼎力支持，就不會有眼前的這個場面。不光是我要感謝你，整個安良堂要感謝你，所有的金山市民，乃至全美利堅的國民，都應該感謝你。」

海倫抿嘴一笑，不自覺地攏了下頭髮，道：「該說謝謝的應該是我，謝謝你，湯姆，謝謝你的信任，謝謝你將這個機會交給了我。」

董彪插嘴道：「你們這樣相互謝來謝去有意思嗎？依我看啊，誰都不用謝誰，等完事之後，大家喝上兩杯共同祝賀成功才是最正確的做法，你說呢？海倫記者。」

當著董彪的面，又是在這種場合下，海倫當然不能顯露出她那顆小女人的心，於是便大大方方應道：「我十分樂意接受你的建議，不過，在共同舉杯祝賀勝利之前，傑克，你是不是應該先向我說一聲對不起呢？」

董彪眨了眨眼，隨即明白過來，海倫所指，無非就是上一次他和羅獵一起利用了海倫的記者身分，表演了一場在酒店大廳中被槍殺的大戲。「海倫記者，我想，你不應該向我索取道歉，相反，我們之間應該像你和湯姆一樣相互道謝才對。」

海倫困惑道：「明明是你和諾力利用了我，為什麼還要讓我向你表示感謝呢？」

董彪道：「正是因為我們利用了你，才在這起鴉片案中取得了突破，而你，不單單是一個對此案做出了第一份報導的人，而且，還成為了破獲此案的有功人，等我們共同舉杯慶祝勝利之後，我會將此案的過程原原本本的告訴你，海倫記者，你說，你應不應該向我表示感謝呢？」

海倫笑道：「傑克，你很會說話，但是你沒有湯姆那樣坦誠。湯姆也可以利用我，但是他並沒那麼做，而是向我坦誠相告了所有的弊端和危險，朋友之間，就應該坦誠，而不是利用，所以，傑克，我不能向你說謝謝，並且，我仍舊要求你要向我說對不起。」

董彪道：「我可以向你說對不起，不過，海倫，當你聽到了我的道歉時，同時也就意味著我不會再將此案的詳細過程講給你聽了，所以，你需要慎重考慮哦！」

海倫聳了下肩，笑道：「我想，做為朋友，如果我提出了要求，湯姆一定會抽出時間講給我聽的，對麼？湯姆。」

曹濱純粹是想拆董彪的台，省得他說個不停，於是便微笑應道：「當然，我很榮幸能有這樣的機會為海倫小姐效勞。」

海倫隨即將勝利者的眼神投向了董彪。

董彪憤憤不平道：「好啊，你們兩個竟然結成了一對同盟來對付我？好吧，我認輸，海倫，我鄭重向你道歉，對不起，海倫小姐。」

董彪在英文表述中用了一個單詞叫couple，couple這個單詞有著遊戲同伴的意思，但同時也有著情侶的含義。那海倫聽到了這個單詞，臉頰上倏地一下便浮出了兩朵紅雲來，下意識趕緊垂下了頭，卻又忍不住偷偷瞄了曹濱一眼。

虧得那曹濱的目光只顧著看董彪是如何化解尷尬的，並沒有注意到海倫的這個細微動作，而海倫忽地意識到了自己的失態，連忙甩了甩頭，佯裝擦汗搓了把臉，再對董彪大方道：「我接受你的道歉，傑克，對了，我怎麼沒看到那個飛刀英雄呢？這麼大的場面，他理應不該閑在家中才是啊？」

董彪外粗內細，海倫的失態表現他全看在了眼中，心中只是微微恍惚了一小下，便豁然開朗起來。再看看海倫的面龐和身材，董彪暗自點了下頭，嗯，還別說，真是天設地造的一雙哩！

「那什麼，諾力被湯姆給藏起來了，至於藏到了哪裡，為什麼要將他藏起來，我也不知道，更是不敢說，所以，你還是問湯姆吧！」董彪留下了詭異一笑，轉身就要離去：「你們接著說話哈，我到裡面去看看。」

海倫不知內情，自然感覺不出董彪回應話語的異常，還以為那諾力犯了什麼錯，被曹濱懲罰限制了自由。可對曹濱來說，卻是暗地裡倒吸了口冷氣，這董彪是抽了哪根神經，居然會說出這種話來呢？

海倫隨即將目光轉向了曹濱，問道：「諾力他是犯了什麼錯誤嗎？」

董彪說走就走，刺啦一下便鑽進了人群中不見了蹤影，曹濱正在納悶，忽聽到海倫的問話，下意識應道：「哦，不，諾力沒犯錯誤，他只是……他只是去了紐約，是我派過去的，想讓他在那邊學學玻璃製作的工藝技術。」

海倫面露喜色，道：「湯姆，社會上傳說你們安良堂就要脫離江湖了，是真的嗎？」

曹濱點了點頭，道：「是真的，我已經將堂口的賭場生意轉讓給了馬菲亞，另外一些江湖生意也會逐步退出，我們正在建立一家玻璃製品廠，接下來還會創建一家棉紡廠，我想，再過上個一年左右的時間，我們安良堂便可以徹底轉型並脫離江湖。」

曹濱的這種回應很官方，就好像是在採訪中回答記者的提問，這種感覺讓海倫有些不快，於是便轉換了話題，說起了馬菲亞來。「湯姆，我聽說馬菲亞心黑手辣，他們承接了你的賭場生意，會不會對金山的治安造成一定威脅呢？」問話剛出了口，海倫便後悔了，多年的職業習慣使得她一旦說出疑問句的時候，總是會有一種記者提問的感覺。

曹濱耐心解釋道：「恰恰相反，海倫，安良堂退出賭場行當，這對金山其他幫派來說，無疑是一個絕佳機會，如果沒有馬菲亞的接盤，那麼，這些個幫派勢必會為了利益而大打出手，如果真是落到了這種局面，一定會對金山治安造成極大的干擾。馬菲亞雖然心黑手辣，但他們勢力強大，由他們來接手賭場行當，別的幫派只能是眼紅卻不敢爭奪，而且，我和進駐到金山的馬菲亞首領喬治達成了締約，除了賭場之外，別的行當絕不涉及，包括他們最擅長的綁架勒索。江湖有江湖的規矩，喬治既然答應了，我相信他一定能做得到。」

海倫下意識地反詰問道：「那萬一他食言了呢？」

曹濱淡淡回道：「只要我還活著，他就一定不敢食言，否則，他將付出最為慘痛的代價！」

曹濱的口吻極為平淡，神色之間，也是極盡平和，可這句話說出來的時候，海倫卻被震撼到了。曹濱的那種不怒自威，那種舉重若輕，那種堅定自信……如果說在這之前海倫只是對曹濱生出了縷縷情愫的話，而這一刻，她卻是被曹濱給完全征服了。

就在海倫猶豫著她該不該向曹濱袒露出心聲的時候，不遠處的一個火堆突然間發生了爆炸。海倫一聲驚叫尚未呼出，便被曹濱撲倒在了地上。爆炸甚為劇烈，炸飛了的雜物從半空中漫天落下，幸而有著曹濱的保護，海倫才落得了一個毫髮未損。

爆炸聲歇，曹濱立刻翻身站起，顧不上安撫一下驚魂未定的海倫，便衝向了發生爆炸的那堆火堆。「堂口弟兄，立刻救治受傷民眾！」

身為江湖幫派，安良堂所有弟兄的身上除了武器之外，都會攜帶一個醫藥包以防不測，雖然其中的急救藥品和急救器材並不是很多，但好在受傷的民眾多是輕傷，救治起來倒也足夠使用。巷道中那些搬運貨物的民眾受到了驚嚇，不自覺地停下了腳步，那些個維持秩序的堂口弟兄亦不知外面發生了什麼，無需有人下令，便紛紛拔出搶來，奔出了巷道。

董彪第一個衝到了曹濱的身邊，將曹濱擋在了自己的身後，緊張問道：「出了什麼事？」

曹濱在起身後無奈搖頭苦笑，道：「我就比你早到了兩秒鐘，又被你擋在了身後，怎麼能知道出了什麼事情呢？」

每一個火堆都有一名堂口弟兄看守，但看守這個火堆的堂口弟兄卻因為距離太近而受了不輕的傷勢，好在他意識尚且清醒，掙扎著向董彪彙報道：「彪哥，這堆火是我看著的，並沒有什麼異常。」

曹濱同樣聽到了這弟兄的彙報，微微皺眉略加思考，道：「不像是有人作亂，應該是貨物中的蹊蹺。」

董彪聽到了曹濱的分析，隨即命令道：「你們幾個立刻將這堆火給撲滅了，剩下的人立刻搜索地面，看看能不能找到什麼！」

被爆炸炸飛並散落於四周的不是些還在燃燒中的殘破木板，便是一些在高溫下凝結成塊的煙土，其他並無異常發現。那火堆被炸得散開了，撲滅起來相對容易了一些，堂口弟兄在四周鏟了土，蓋在了火堆上，不多會，便把明火給壓制住了。

董彪隨手在地上撿了一塊長條形的木板，在尚冒著青煙的火堆灰燼中扒拉著，另有幾名堂口弟兄受到了董彪的啟發，跟著也找了根木棍或是長條木板，扒拉著灰燼希望能發現些什麼。董彪扒拉了幾下，突然愣了一下，隨即在扒拉出了一塊殘破木塊，像是得到了寶貝一般，用腳驅了兩下，急呼道：「濱哥，你來看下，這塊木頭可大不一樣啊！」

曹濱湊過身來，先是彎腰凝視，看過兩眼後乾脆蹲了下來：「這塊木頭顯然不是木箱上的，難道，這是……」

曹濱話未說完，又一弟兄驚呼道：「濱哥，彪哥，你們看，這是什麼呀？」

那位弟兄找到的是一塊外形極為怪異的石頭，尤其是那石頭的質地，看上去絕非是附近的山石，而更像是一塊來自於東方的玉石。

曹濱向堂口弟兄要來了一瓶水，澆在了那塊石頭上，待石頭降了溫度，曹濱將它拿在了手上仔細端詳。董彪插著腰也彎下了身來，盯住了曹濱手中的石頭，鎖眉凝目，一言不發。

剛從驚魂中緩過勁來的海倫來到了曹濱的身邊，不由問道：「湯姆，湯姆？你在看什麼呀？」

曹濱原本嚴肅的神情慢慢舒展開來，逐漸顯露出了笑容，而董彪也緩緩地直起了身，點了點頭。

「玉璽？」董彪試探性地問了一句。

曹濱點了點頭，應道：「應該是它！」

董彪不無遺憾道：「可惜了，被炸成了兩半，再經受了烈火高溫，又有些變形，不然的話，將另一半找到，說不定還能復原呢！」

這二人說的是漢語，海倫無法聽得懂，身為記者養成的好奇心促使她開口問道：「湯姆，傑克，你們在說些什麼呀？這塊石頭有什麼好看的呢？」

董彪換回了英文，回應道：「說起來話長啊，海倫，湯姆手中拿著的可不是普通的石頭，它是我們那邊皇上所使用的印章，代表著無上權力，也是這起鴉片案件中的核心，這其中的故事啊，你就去問湯姆好了，讓他跟你說上個三天三夜好了！」

像董彪這種能不正經便覺不正經的人豈肯放棄了調侃戲謔海倫的機會，在說到三天三夜的時候，他故意將三夜的單詞加重了語氣，並露出了詭異的笑來。

海倫果然上套，一對臉頰又一次飛上了紅暈。

曹濱也換作了英文，道：「你剛找到的那塊木塊，應該是裝著這玉璽的木匣，所以，同那些木箱的材質有所不同。耿漢將玉璽藏在了這批鴉片之中，倒也有著一種破釜沉舟的氣勢，不過，他是有些瞻前顧後，為了防止玉璽被盜，事先做了手腳安裝了炸藥，若是不經意便拿走玉璽的話，便會引發炸藥引信。」

董彪應道：「剛才發生的爆炸想必便是耿漢所為……這貨果然不簡單，人都死了，還能傷了那麼多的人，真是驚天地泣鬼神啊！」

海倫忍不住插話問道：「耿漢？耿漢是誰？是這批鴉片的主人嗎？」

董彪歪著嘴角嚴肅地點了點頭，道：「耿漢便是將這批鴉片藏在此地的人，但他又不是這批鴉片的真正主人，關於耿漢的故事啊，你還是問湯姆吧，他可以跟你講上整整一夜！」

同樣套路，海倫卻連續兩次中招，而這一次，浮現在臉頰上的紅暈則更加濃豔。

曹濱像是沒注意到這些細節，他仍舊沉浸在自己的思維當中，仍舊凝視著手中的玉璽殘塊，呢喃自語道：「不管怎麼說，咱們總算是得到了這枚玉璽，雖然損壞了，卻也能對孫先生有了個交代。咱們雖不信那什麼國運龍脈的說辭，但也希望那大清朝能隨著這枚玉璽的損毀而儘快消亡。」

董彪笑道：「濱哥，你在那嘮嘮叨叨說些什麼呀？人家海倫記者還等著你給她講故事呢！」

曹濱像是沒聽到董彪的話，站起身來向四周民眾大聲解釋道：「大家不要慌亂，爆炸的原因已經查明，是這批鴉片的主人在其中一個箱子中藏了一個寶貝，為了防止被人盜竊，在寶貝旁安放了炸藥。這只是個偶然事件，不會再發生。希望你們將我說的話向外傳播開去，另外，但凡在這場爆炸中受傷的人，醫藥費全部由我來承擔。」

這起爆炸原本就沒將人們嚇倒，再有了曹濱的這番話，人們更是有了底氣，搬運貨物的隊伍再次忙碌起來，而堂口的弟兄們也加強了警惕性，在火堆和人群之間隔離出了足夠的距離。

民眾們的參與激情不單只表現在貨物的搬運上，還有許多女性民眾和上了歲數的民眾搬運不了沉重的木箱，便返回了城裡，購買了大量的飲品水果等食品，送到了每一位參與搬運的人們手上。

夜色降臨，最後一個木箱也從巷道中搬運了出來，被扔進了火堆之中。比起曹濱的預期，要提前了一個多小時。

海倫始終陪伴在曹濱的身旁，董彪有意為他二人創造出良好的獨處機會，可是，當他離開之時，那曹濱便會有意無意地找些事情去做，而只有他陪在了那二人身邊的時候，那二人才有機會能說上那麼幾句話。

貨物全都搬運了出來，也都扔進了火堆中，巷道中的堂口弟兄做了細緻的檢查，確定了巷道中再無遺漏，於是便安放妥當了炸藥，並將引信接到了巷道口處。圍觀的人們眼見著鴉片已然清空，而數十堆火堆因為缺乏了燃燒物而逐漸勢微，人們被迫中止了參與激情，陸陸續續散開，返回到了城中。

董彪向海倫發出了鄭重的邀請：「海倫小姐，今晚我安良堂將設宴慶功，我現在鄭重邀請你參加，希望你能賞光。」

海倫沒有直接回答董彪，卻看了眼曹濱。

曹濱卻裝著沒注意到海倫的眼神，轉而對那些個堂口弟兄訓斥道：「你們也真是夠笨的，就那麼幾個木箱了，不知道將它們劈開了會燒得更快一些嗎？」

這境況若是對一個華人女子來說或許是個打擊，甚至會因此而生出惱羞情緒，但是，海倫是個不折不扣的西方女子，有的是她的潑辣，只見她直接來到了曹濱的面前，盯住了曹濱，大聲問道：「湯姆，傑克說你們安良堂今晚要設宴慶功，你為什麼不向我發出邀請呢？」

曹濱不得已只得作答道：「海倫，你有所不知，堂口生活方面的事情，一向都是傑克在負責，他要設宴慶功，我事先並不知情。」

海倫微微一笑，輕輕聳了下肩，歪著頭道：「可現在你已經知道了。」

曹濱苦笑道：「那好吧，海倫，我也向你發出邀請，希望你能和我們一同歡慶成功的喜悅。」

海倫笑道：「這才是朋友之間應有的禮節，湯姆，我們難道不是朋友嗎？」

曹濱點頭應道：「當然，我們當然是朋友。」

一旁的董彪看著只想偷笑，那海倫明明是對曹濱動了心，卻裝出了一副淡然的模樣，而那曹濱，明明感覺到了問題，卻偏要裝出一副木訥無感的樣子。這種事情要是擱在了少男少女的身上倒也罷了，可是，這倆人加在一塊都過了七十好幾歲了，卻仍舊如此忸怩做作，實在是太過違和。

董彪正尋思著該想個什麼法子幫他倆將這層窗戶紙給捅破了，尤其是對曹濱來說，都四十二三歲的人了，沒必要像年輕人那樣還要花前月下你儂我儂忒煞情多轟轟烈烈地談上一場戀愛方肯善罷甘休，若是看著順眼，那就點點頭，挑選個好日子先把事給辦了再說，若是看不順眼，那就搖搖頭，只當是個普通朋友，今後也儘量少見面以免尷尬。

可就在這時，一群堂口弟兄圍了上來，吵吵嚷嚷地要求董彪今晚必須大放血，要拿出堂口最好的酒來款待弟兄們。

也虧得那董彪沒來得及多嘴，不然的話，曹濱還真是難辦。

自打海倫報導了羅獵飛刀斬殺火車劫匪的新聞之後，曹濱跟海倫也打過幾次交道，可那個時候，海倫給曹濱留下的只是一名比較難纏的記者形象，因而，對海倫並沒有多少實質性的感覺。但這次卻有著明顯不同，在金山郵報的會客室中，當海倫出現在曹濱面前時，那副神態，分明是一個熱情追隨者見到了自己崇拜偶像時的表現。

每個人都有不同程度的虛榮心，曹濱混到了這個份上，仍舊無法完全擺脫了虛榮，因而，當他接觸到了海倫那充滿了崇拜色彩的眼神的時候，那一刻，他同樣對海倫充滿了好感。之後，海倫的每一次失態，事實上曹濱均看在了眼中。他雖然已經有二十年的時間沒想過男女之情，但這畢竟是人類的本能，即便再荒廢上十年，二十年，這種本能也不會消失殆盡，因而，注意到了海倫的那些個失態細節的曹濱，對海倫的心思自然是心知肚明。

只不過，要讓他喜歡上一個西方女子，其心理上的障礙卻是一時半會難以克服。

假若這個時候那董彪真的捅破了這層窗戶紙的話，曹濱定然會說出一個不字來，但當他說出這個不字的時候，心中又會有著強烈的不忍。

海倫也是萬般猶豫。

當她完全被曹濱征服的那一瞬間，她是真的想直接對曹濱表達出自己的愛慕，只是擔憂一旦說出卻遭到了曹濱的拒絕的話，那麼心中最為美好的幻想也就要隨之破滅了，這對海倫來說是絕難接受的。便在猶豫中，爆炸發生了，而在爆炸發生的同時，曹濱將她撲到在了地上，用自己的身軀保護了海倫未收到絲毫的傷害，那一瞬間，海倫倍感溫暖幸福，同時，也更加懼怕因為表白而遭拒後失去了跟曹濱相處的機會。

那麼，便只能裝作如此。

堂口弟兄們將剩下為數不多的木箱劈成了數半，加快了燃燒的速度，眼看著一個個火堆均消退了火苗，而圍觀的人們也已經消散殆盡，七十餘堂口弟兄便開始收拾物什，準備撤離。

騰出了空來的董彪終於再次得到了搞事的機會。

「海倫，你是打算坐我的車呢，還是坐湯姆的車？」董彪的笑容，說不出有多麼的詭異。

海倫攏了下額前的頭髮，笑道：「湯姆累了一整天了，你還忍心讓他開車嗎？」

董彪的笑容依舊詭異，道：「湯姆他就算累得睜不開了眼，也能把車開得穩穩當當，不過，我倒是希望你能坐我的車，因為……」

沒等董彪把話說完，曹濱已經開車來到了海倫身邊，按了下喇叭，指了指身旁的副駕座位，曹濱道：「上車吧，海倫，咱們先回去，把車騰出來還要回來接人呢！」

海倫臨上車之前，愉快地對著董彪扮了個鬼臉。

另有三名堂口弟兄坐上了後排座，這也意味著海倫失去了跟曹濱獨處的機會，不過這樣也挺好，省得自己不知道是該表白還是不該表白。

汽車行駛在了路上，曹濱考慮到了海倫的安全問題，於是道：「海倫，冒昧地問你一個帶有隱私性的問題，如果你不便回答的話，那就不必理會我。」

海倫帶著笑意回道：「你不會是問我的年齡吧？」

曹濱道：「哦，當然不會，我是想問你在金山是不是一個人居住？」

海倫平穩已久的心率因為曹濱的這句話再次突突起來，腦海中不禁產生了一連串的幻想，這是什麼意思呢？難道他是在確認我是不是獨身？

但見海倫沒有直接回答，曹濱連忙解釋道：「我是在擔心你的安全，海倫，掉包了上一批鴉片的那夥人此時應該已經知道了咱們聯手銷毀了更大一批的鴉片，很難保證他們不會因為惱羞成怒而傷害你，如果你是一個人居住的話，我的堂口弟兄很難對你實施保護，不如……」曹濱遲疑了片刻，像是下了不小的決心，才接著道：「如果你是一個人居住的話，不如搬到我的堂口來，我可以安排周嫂陪你。」

很顯然，海倫是誤會了曹濱的意思，好在是處於夜色之中，海倫的尷尬不至於被人覺察到。「謝謝你的關心，湯姆，但我想，他們還不會喪心病狂到這種程度，敢對一名記者採取報復行為。」

曹濱拿出了一根雪茄，剛準備劃著火柴，突然意識到在女士面前沒有徵得同意便點燃雪茄是一件失禮的事情，連忙轉頭看了眼海倫，問道：「我可以抽上兩口嗎？今天一整天都沒顧得上抽兩口雪茄，現在癮頭上來了，實在是抱歉。」

在得到了海倫的同意後，曹濱點著了雪茄，深深地抽上了一口後，道：「海倫，我必須提醒你，那夥人真的是喪心病狂，他們已經殺死了兩個人，其中一名是警察局的卡爾警司，另一名則是我堂口的一個小兄弟，接下來，我真的不知道他們還會將魔爪伸向誰。你原本可以不介入到這件事情中來的，是因為我你才寫出了那篇報導，所以，我必須對你的安全負責。」

對曹濱的建議，海倫實際上是非常欣喜接受的，能住進安良堂的堂口，就意味著能有更多跟曹濱見面相處的機會和時間，但是，對於一個女人來說，又始終克服不了內心中的那種矜持，於是，海倫下意識地第二次婉拒了曹濱。

曹濱稍顯失望，輕輕地歎了口氣，道：「我能理解你的難處，海倫，住到一個陌生的環境中確實是一件不愉快的事情，而且，我的堂口中幾乎全都是男性，對你來說，更是不方便。好吧，我再想別的辦法就是了。」

海倫頓生後悔之情，並暗自抱怨曹濱為什麼不再堅持一下。但這畢竟只是內心的想法，表面上當然不能有所流露。「我住在報社安排的單身宿舍中，我想，那兒應該是安全的。湯姆，你真的不必為我的安全擔憂，我是一名記者，我只是做了一名記者應該做的事情，那些人不會對我怎麼的。」

這種話若是被董彪聽到了，會立刻懟回去，但曹濱受到的西方文化的薰陶要遠大於董彪，此時他僅僅是淡淡一笑，並沒有接著海倫的話爭辯下去。

車子很快駛回了堂口，第一批回來的弟兄只有二十人不到，要想將所有弟兄全都載回來，那幾輛車還要來回再跑個兩趟，因而，為了節省時間，車子並沒有駛進大門，在門口處眾人下了車，換了堂口弟兄開車，便掉了頭回去接其他弟兄了。

年初的時候，為了追蹤火車劫匪一案，海倫多次來過安良堂的堂口想對曹濱做個專訪，可每次前來，卻都被擋在了大門之外，今天終於有機會走進這座神秘的大院，那海倫禁不住四下張望並略顯誇張地驚呼道：「這兒的環境可真美啊，能住到這兒來應該是一件非常幸福的事情。」

幾乎同時趕到堂口的董彪並不知道曹濱跟海倫說了些什麼，此時只是下意識地接道：「既然你喜歡，那不如就搬過來唄！你寫了那篇報導，說不定會遭人報復，住到咱們堂口來，不單可以享受這優美的環境，還可以順便保護了你的安全。」

海倫愉快應道：「你說的是真的嗎？」

董彪道：「當然是真的！」

海倫歡快道：「那我明天就搬過來。」

走在一旁的曹濱雖然表面上鎮定自若，但心中卻像是打翻了五味瓶，這是什麼套路？為什麼我要求了兩次都遭到了拒絕，而董彪只是隨口一說，那海倫就答應了呢？

羅獵回到了紐約堂口。在出發前往邁阿密的時候，羅獵將西蒙神父寫給凱文和神學院的兩封親筆信交給了趙大明保存，而從邁阿密歸來後，羅獵忘記了索要回來便跟著曹濱、董彪去了總堂主那邊，因而，他必須回到堂口找趙大明要回那兩封親筆信。

可是，趙大明卻不在堂口中。

「大明哥外出辦事去了。」紐約堂口的弟兄如是回應羅獵：「臨走前交代說，若是你回來了，就請你先在堂口住上兩天，等他回來跟你有要事商量。」

「要事？」羅獵一時間想不出趙大明還能有什麼要事：「他沒說什麼要事嗎？」

堂口弟兄回應道：「沒說，不過看大明哥的神情，不像是個壞事呢。」

羅獵琢磨了下，道：「秦剛呢？我不如先找他玩兩天，順便等著大明哥。」

那堂口弟兄道：「大剛哥前幾天剛被顧先生賜了字，又被大明哥安排去做了貨運大隊的大隊長，現在忙著呢，很難見到他的人影。」

羅獵無奈，只得在堂口中安心住下。

兩天後，趙大明歸來，聽說羅獵住在了堂口，顧不上旅途勞頓，立刻差人將羅獵請到了他的辦公室中來。「喝茶還是喝咖啡？」趙大明精神抖擻，只是臉色略顯灰暗顯示出了他身體的疲憊。

「喝茶吧，咖啡那玩意太苦了。」羅獵大咧咧坐到了沙發上，伸了個懶腰，打了個哈欠，道：「聽說你有要事跟我商量？」

趙大明親自動手，為羅獵泡了杯茶，連同自己剛煮好的一杯咖啡，端到了茶几上，回道：「是啊，這不剛回來屁股還沒將板凳焐熱，便把你請過來了嗎？」

羅獵笑了笑，也沒跟趙大明客氣，便開門見山問道：「什麼要事啊？」

「咱們兄弟倆聯手去偷樣寶貝回來。」趙大明口吻輕鬆地回答著羅獵，同時端起了咖啡飲啜了一小口，道：「很刺激的哦！有沒有興趣呢？」

羅獵搖了搖頭，道：「我師父雖然是盜門奇才，可是，我在他那裡根本沒學到任何偷盜技巧，大明哥，恐怕這次要讓你失望了。」

趙大明笑道：「我知道，鬼叔雖然收了你這個徒弟，但從未想過要將你帶入盜門，所以就根本沒打算傳授給你盜門絕技。不過，咱們這次要去偷盜的寶貝甚是特殊，你真不想知道那寶貝究竟是個什麼東西嗎？」

羅獵上來了好奇心，忍不住問道：「不會是那枚玉璽吧？」

趙大明故作神秘，微微搖頭。

羅獵急道：「你就說嘛！別賣關子了好不好！」

趙大明呵呵一笑，道：「那寶貝是個人，還是一個女人，年輕漂亮的女人。」

羅獵驚道：「偷人？偷女人？大明哥，你這是要準備作死嗎？這要是被顧先生知道了，還不得扒了你的皮抽了你的筋？」

趙大明苦笑道：「你想去哪兒了呀？要真是你所想像的，用不著顧先生責罰，單是你大明哥家裡的那隻母老虎就夠你大明哥喝上一壺的了。」

羅獵不好意思地笑了下，道：「那到底是怎麼回事呀？大明哥，我突然來了興趣了，趕緊跟我說說。」

趙大明再端起了咖啡，慢悠悠喝了兩小口，看到那羅獵已經著急的不行了，才開口說道：「其實呢，這也是總堂主交代下來的任務……」

羅獵猛地一怔，脫口道：「總堂主交代的任務？」

趙大明點了點頭，接道：「華盛頓有位參議院議員，他的女兒，和你差不多大，被人給騙走了，他求到了總堂主相助，總堂主便把這任務交給了我。」

羅獵道：「知道那女子被騙到哪兒去了嗎？」

趙大明道：「當然知道，不然的話，美利堅合眾國那麼大，就憑咱們這點人手，上哪兒找她去呢？」

羅獵略顯失望，道：「那有什麼好刺激的？找到那女子，帶回來就是了！」

趙大明輕歎一聲，道：「可是，那女子被騙去的地方，卻甚是特殊。」

羅獵又來了精神，趕緊放下了剛端起來的茶杯，問道：「什麼地方？」

趙大明淡淡一笑，回道：「加勒比海的一座島嶼。」

羅獵猛然一驚，道：「你是說那女子被海盜給劫走了？」

趙大明搖搖頭，輕歎道：「那地方雖盛產海盜，但騙走那女子的人卻跟海盜扯不上關係，唉，一個十七八歲的女子，正是風華豆蔻之時，當她被丘比特的小金箭射中了胸膛後，哪還有什麼理智呢？稀裡糊塗地便跟那個騙子去追求所謂的愛情去了。」

羅獵道：「不管是被劫還是被騙，那位議員先生又是如何知曉他女兒的下落的呢？」

趙大明起身去了書桌後，打開了保險箱，拿出了一封信來，回到了沙發上坐定，將那封信交給了羅獵。「他們騙去了議員先生的女兒，以此為要脅，要那議員按照他們的指令行事。不得不說，他們很有眼力，被要脅的那位議員背景十分深厚，在參議院中的影響力不亞於議長，只是他們提出的要求卻是那位議員萬萬所不能答應的。」

羅獵展開了書信，流覽了一遍。

信是用英文書寫的，內容很簡單，有一個叫做文森特的島嶼，一直以來都被大英帝國所控制，但島上的人們幻想著能夠獨立，希望這位議員先生能夠向美利堅政府施加壓力，支持他們反抗大英帝國的統治。

「那些人也真是愚蠢，難道他們不知道美利堅合眾國和大英帝國始終是穿一條褲子的嗎？」羅獵看完了信，將信放回到了信封中，交還給了趙大明，道：「騙走議員先生女兒的一定是個白人，說不定就是個英國佬，你說，他們這是何居心呢？哪有自己人要反抗自己國家統治的道理呢？」

趙大明道：「無非就是利益二字！他們雖然屬於統治階級，但卻不是統治者，假若他們能推翻了大英帝國的統治，那麼他們所獲得的利益將會更大。這句話是總堂主委託駱先生轉達給我的解釋，我到現在也沒能完全弄明白這句話，不過我想，既然是總堂主的認為，那麼就一定有著他的道理。」

羅獵點了點頭，道：「沒錯，萬事萬物始終離不開利益二字，總堂主答應了那位議員的求助，不一樣也是因為利益二字嗎？」

趙大明笑道：「沒錯！我剛從華盛頓回來，跟那位議員見過了面，他現在正籌畫參加加利福尼亞州的州長競選，等咱們把他的女兒找回來了，而他又能競選上了加州的州長，那麼，西海岸無論是金山還是洛杉磯，只要是咱們看中的地塊，都能拿得下來，顧先生說過，不出三年，西海岸的地價至少能翻一倍，兄弟，這可是一筆天大的生意啊！隨隨便便一塊百十英畝的地，一進一出，根本不用費多大的力氣，就能賺到你玻璃廠五年也賺不來的利潤。」

羅獵不懂土地生意，對趙大明的預期也做不出準確的評判，但從感覺上講，認為趙大明還是有些誇張了，玻璃製品廠好歹也是個實業，只要踏踏實實地去做，把產品做得比人家優良，就不愁賺不到錢，要說一年所賺到的錢比不上買賣一塊地來得多或許還可信，但要說五年賺到的錢還比不上一塊百十英畝的地塊買賣，羅獵卻是打死也不願承認。

不過，這只是個小事，還影響不到羅獵的選擇。

想那趙大明就算吃了一百個豹子膽，也決然不敢謊冒總堂主的名頭，既然是總堂主交代下來的任務，那麼對於任何一個堂口弟兄，都有義務和責任去積極完成這項任務。本著這個想法，羅獵痛快地答應了趙大明：「賺錢不賺錢，能賺多少錢，那都是你們這些個做堂主的要考慮的事情，我是只管著花錢的主，大明哥，你就說吧，你打算怎麼幹？」

趙大明面露欣喜之色，道：「這麼說，你是願意跟大明哥聯手幹上一票嘍？」

羅獵笑道：「你都說是總堂主交代的任務了，我能拒絕嗎？」

趙大明道：「有你幫我，這事就成了一多半了。文森特島盛產蔗糖，咱們啊，就裝扮成一名糖業商販，去那邊談談生意，順便找到那女子並將她帶回來就是了。」

羅獵道：「你扮老闆，我扮跟班？」

趙大明擺了擺手，道：「你大明哥沒讀過幾本書，沒那份氣場便扮不來老闆，這老闆的角色啊，非你莫屬！我呢，能扮好一個跟班的就已經阿彌陀佛了。」

羅獵笑道：「說實話，上次去邁阿密，那闊少爺的角色我還真沒扮過癮，這一次剛好能趁機過足了癮。」

趙大明立馬進入了角色，拱手施禮，請示道：「請問羅老闆，除了小的趙大明，你還需要帶上誰？」

羅獵想了下，一個熟悉的人名跳將出來，最適合扮演跟班的肯定不是趙大明，而是那個古靈精怪的小顧霆。

第四章

小乞丐

一名小乞丐正在向旅客乞討，多數旅客都視而不見，
但一名熱心腸的旅客，從皮夾中拿出一枚十美分的硬幣
準備扔進那小乞丐捧著的一頂破氈帽時，
小乞丐神色一變，丟下了手中的破氈帽，
轉身就向相反的方向跑去。

文森特島位於加勒比海的東面，此島距離南美大陸僅有兩百海浬不到的距離。從紐約出發並沒有直達文森特島的遊輪，只能是坐船先到南美大陸，然後再換乘輪船登上該島，然而，在乘坐輪船前往南美大陸的時候，就必須在登船之前燒上一炷香，祈禱上帝保佑在輪船航經加勒比海的時候不要遇到那些要人命的海盜。

「還有一條路線可以選擇。」趙大明展開了地圖，拿著一支鉛筆指在了古巴的位置上，道：「我們先乘坐火車抵達邁阿密，然後從邁阿密坐船到古巴，議員先生在古巴有著相當不錯的人脈，可以幫助咱們借到軍方的船隻直接抵達文森特島。」

十年前，美利堅合眾國打敗了西班牙帝國，將西班牙的軍隊趕出了古巴，並扶持古巴成為了一個獨立國家。說是獨立，其實不過是換了一種殖民方式而已，美利堅合眾國保持了干涉古巴內政的權力，並在古巴境內建立了四個軍事基地，其中最大的一個軍事基地便設在了古巴最南端的聖地牙哥。

將在外，君命有所不受。那些個軍事基地的長官可不會顧忌你當地的政務法律，只要不是太過出格，本部這邊也會睜隻眼閉隻眼，只因為萬一當地出了什麼亂子，還要指望著這軍事基地的力量去平息，若是不能夠給予充分的利益空間，在關鍵時刻，又有誰會衝上去拚命呢？因而，通過人脈關係，在軍事基地中借到一條有軍方背景的船隻，這並非是一件多難的事。

「這路線選得不錯。」羅獵雖然不懂海事地圖，但也能看出來，從聖地牙哥出發前往文森特島，可以沿著海第、多明尼加以及波多黎各等諸多大島嶼的海岸線航行，再加上掛了軍方的旗號，不單可以保證了航行的安全性，還可以有效地威懾住那些個海盜。「那咱們就先去邁阿密好了。」

做出了途經邁阿密的路線選擇，羅獵不由得又想到了那個古靈精怪的小顧霆。不過，時間已經過去了大半個月，誰也不知道那顧霆還在不在邁阿密，即便還在，也不一定就能碰得上。說起來也是奇怪，那顧霆分明是李西瀘的人，完完全全屬於羅獵的敵對陣營，可是，每次想起他來的時候，羅獵不單沒有一絲的恨意，反倒總覺得自己有些虧欠於他。

趙大明見羅獵做出了選擇，下意識地調侃了一句：「你就不怕邁阿密那些莫西可幫派找你的麻煩麼？」

羅獵聳了下肩，回道：「我有那麼引人注目嗎？再說，李西瀘已經死了，那些莫西可幫派早就將他給忘了差不多了，誰還會真心誠意地想著為他報仇啊？」

趙大明笑道：「有你這話我就放心了，在華盛頓的時候，議員先生向我建議這條路線，我還在為你擔心呢！既然你自己都不擔心，那我也沒啥好怕的，咱們就確定了這條路線？」

羅獵點了點頭，道：「也沒有更好的選擇了，不是嗎？」

趙大明道：「那好，我馬上去跟議員先生聯繫，讓他幫咱們鋪好古巴那邊的關係，一旦得到回音，咱們立刻出發。」

最快最便捷的聯絡方式當然是電話，只是華人組織的社會地位低下，而私人電話資源相當緊俏，即便願意花高價，也找不到路徑可以買下一個電話線路。因而，那趙大明只能出門前往電話局跟遠在華盛頓的議員先生去聯絡了。

事實上，趙大明在華盛頓和那位議員先生見面的時候，那議員先生便就這條路線做出了妥善的安排，只是當時趙大明因為擔心羅獵而未能跟議員先生確定，現在打這個電話，並不需要那議員先生再做安排，只是告知他一聲而已。

打完了電話，趙大明順便去了趟火車站，買下了第二天前往邁阿密的三張火車臥鋪票。

「不就是咱們兩人嗎？你怎麼買了三張票呢？」回到了堂口，趙大明將買到的臥鋪票給羅獵看了，立刻遭到了羅獵的質疑。

趙大明笑道：「咱們怎麼著也得找個扛行李的吧？」

羅獵眨了眨眼，疑道：「你想帶上秦剛？」

趙大明點了點頭，道：「這兄弟腰圓膀闊，有著使不完的氣力，帶上他，咱們兄弟倆基本上就能空手趕路了。」

羅獵再看了兩眼那三張臥鋪票，愁眉苦臉道：「可你是不知道，秦剛那傢伙的呼嚕，打得那叫一個響啊，我保管這節火車上至少有一半的旅客會被他的呼嚕聲吵得睡不著覺。」

趙大明毫無吃驚神色，呵呵笑道：「我怎麼能不知道他這個毛病呢？當初顧先生將他派出堂口，說是對他的鍛煉，其實就是因為若把他留在堂口的話，會影響到別的弟兄休息。」

正說著，秦剛敲響了趙大明辦公室的房門。

「還真是說曹操曹操便到呢！大剛，趕緊進來，正說你打呼嚕的事情呢！」趙大明對著門口的秦剛招了招手，起身為秦剛倒了杯茶水。「要不，這一趟你就別去了，換個其他弟兄好了。」

秦剛接過趙大明遞過來的茶杯，順手放在了茶几上，看了眼羅獵，微微一笑，悶聲道：「咱可以坐著睡的，保管不會再打呼嚕。」

羅獵哼笑道：「你可別拿這種眼神來看我，我只是說了你那呼嚕打得大聲，可沒說不帶你去的話，從中作梗的人是大明哥而不是我，你要是有意見去跟他說，可千萬別衝著我說。」

秦剛實在，聽了羅獵的話，果然將頭轉向了趙大明：「大明哥，你把咱叫回來，不是只為了告訴咱你打算換人了吧？」

趙大明很想把這黑鍋甩還給羅獵，但抬起眼來卻看到了羅獵的一臉壞笑，心知要是跟羅獵鬥起嘴來，自己必然要落下個慘敗的結果，於是便只能苦笑道：「當然不會，再說了，你能解決掉了打呼嚕的問題，換了誰也比不上你更為合適，對不，羅獵兄弟？」

羅獵聳肩笑道：「這事啊，可別來問我。我患了失眠症，有大剛的呼嚕聲我是睡不著，沒有大剛的呼嚕聲，我也是睡不著。我只是為你大明哥考慮，你覺得合適那就合適，你覺得不合適，那就……」羅獵嘿嘿一笑，拍了下秦剛的肩，賣了個好給他：「但大剛兄可是我的老搭檔了，你覺得再怎麼不合適，我也會帶上他！」

秦剛自然向羅獵投來了充滿感激之情的一眼。

趙大明吃了個暗虧，頗有些憤憤不平，道：「你們金山堂口有彪哥這一張鐵嘴還不夠，居然又出了你羅獵這一口鋼牙銅齒，還讓不讓其他堂口弟兄活了？」趙大明做出了一副悶悶不樂且憤憤不已的樣子來，並摸出了香煙，點上了，猛抽了兩口，突然笑道：「我就在想啊，羅獵，你說你要是跟彪哥杠上了，誰能贏得了誰呀？」

羅獵一臉壞笑，懟道：「我倆隨便誰都能夠贏了你！」

趙大明被懟了個啞口無言，不知道該如何接話，更是失去了扳回來場面的信心。好在這時堂口弟兄過來通知，說後廚那邊準備好了飯菜，只等著他們幾個過去享用。趙大明趕緊抓住了機會，岔開了剛才的話題，帶著羅獵和秦剛去了飯堂。

火車票是明天下午的出發時刻，因而，當晚的這一餐可以放開了喝，即便喝多了，也不會影響到明日的行程，於是，趙大明便夥同了秦剛及另外兩名大字輩弟兄，向羅獵展開了「進攻」，想在飯桌上將羅獵鬥趴下，以挽回紐約堂口的臉面。

面對紐約堂口四位大字輩弟兄的輪番勸酒敬酒，那羅獵接受不是，不接受也不是，最後不得已祭出了董彪交給他的絕招來。「酒桌上只論輩分年齡，咱們都是同輩弟兄，各位都年長於我，小弟理應向各位兄長敬酒才是。只是小弟酒量淺薄，做不到面面俱到，只能是聊表敬意。」說著，羅獵拿起了茶杯，倒去了杯中的茶水，斟滿了一大杯酒，端了起來，接道：「這第一杯酒，咱們弟兄們是不是應該先敬總堂主呢？這杯酒我乾了，你們看著辦吧！」

那四位可沒想到羅獵竟然敢主動出擊，楞怔之餘，想到可不能在杯子大小上被人家給笑話了，趕緊照著羅獵那樣，倒掉了茶杯中的茶水，換上了滿滿一大杯酒。

這一杯，可至少有二兩之多。

敬完了總堂主，在趙大明的授意下，叫張大輝的弟兄又要向羅獵敬酒。

「稍等！」羅獵擺手擋住了張大輝，再次舉起了倒滿酒的茶杯，道：「這第二杯酒，應不應該同敬顧先生呢？」

顧先生之後還有曹濱，曹濱之後，還有別的堂口的長輩，只要羅獵提出來，那麼趙大明他們便無拒絕理由。

如此一招，羅獵自然難逃喝多了的結果，但紐約堂口的那四位也得陪著一塊喝多。

「想以車輪戰灌翻我？門都沒有！」羅獵在心中這樣想著，看著一籌莫展的趙大明，臉上禁不住又露出了壞笑出來。

三天後，羅獵、趙大明及秦剛三人來到了邁阿密。

正如羅獵所言，並沒有什麼人能夠記住他，也沒有多少人還能夠記住大半個月前在某幢別墅中發生的那場慘案。

邁阿密依舊是一副不死不活的蕭條落後模樣，整個城市很難見得到幾輛汽車，等在火車站附近的全都是些破舊的馬車和人力車，比起羅獵上次來到邁阿密時的感覺還要差了許多。這也難怪，坐遊輪的都是些有錢人，而乘坐火車的，大多數都是些窮人，因而，少量的嶄新且豪華的馬車，都等在了碼頭附近。

火車站位於邁阿密的北部，而港口碼頭卻位於邁阿密的南部，邁阿密雖然是個極小的城市，但因為是沿著海岸建造，所以成了南北走向的長條形，東西寬不過五六里，但南北長卻有二三十里。邁阿密並沒有多少風景可供遊玩，唯一可稱得上賞心悅目的便是它的海岸，而整座城市唯一的一條主幹道便沿著海岸，只需要坐著馬車走上一趟，那麼就這麼點風景也都盡收眼底了。

正因如此，那三人便沒有留下來住上一宿的打算，下了火車，便雇了一輛馬車趕去了碼頭，想著當天就乘坐上駛往古巴的遊輪。可是，雇來的那輛馬車馬瘦車破，吱吱嘎嘎走了一個多小時才趕到了碼頭，而下午最後一班遊輪已經於十分鐘前揚錨起航了。無奈之下，只能在碼頭附近找了家酒店住了下來，並買好了第二天上午起航的一班船票。

住進了酒店，稍作了修整，那天色也有些擦黑了，趙大明提出建議說晚餐乾脆就在酒店中解決算了，省得出去了找不到合口的飯店反而是白白遭累。坐了三天兩夜的火車，雖說是臥鋪車廂，有得坐也有得躺，想活動一下的話那空間也勉強夠用，但體力上的消耗還是蠻大的，三人都是疲態盡顯，因而對趙大明的提議均投出了贊成票。

洋人開辦的酒店，賣的當然是西餐，西餐若是做得好，吃起來也是相當愉悅的，只可惜，這家酒店的西餐做得實在是不敢恭維，再加上連做了那麼久的火車，大夥的胃口都不怎麼樣，羅獵僅僅吃了兩口，便搖著頭放下了刀叉。

趙大明跟著也將餐盤推到了一旁，道：「這城市也是沒救了，就這種水準的酒店居然能算得上邁阿密最好的酒店？」

羅獵笑道：「這當然算不上邁阿密最好的酒店了，上次我來，住的那家酒店才是最好的，對不？老秦？」

秦剛雖然也是吃不慣那餐盤中的食物，但仍舊埋著頭往口中塞填，聽到了羅獵的問話，連忙抬起頭來應道：「上次住的酒店跟這家也差不多。」

羅獵嚴肅道：「但是貴！」

秦剛怔了下，點頭道：「那倒也是。」

趙大明笑道：「又破還又貴，那算個什麼事啊？」

羅獵更加嚴肅，道：「這就是邁阿密，你愛來不來，不來滾蛋。」

趙大明歎道：「咱們明天一早就能滾蛋，可是，今晚這頓飯不吃飽怎麼能行呢？」

羅獵撇了下嘴，道：「那也只能是到外面碰碰運氣了。」

秦剛插嘴道：「咱們上次來的時候，吃的那家店不是挺好的麼？不如……」

羅獵抓起面前的叉子，敲了下秦剛的餐盤，道：「我說你個秦大剛，說話前能不能動動腦子啊？上次咱們住的是邁阿密的市中心，現在住的是最南端，距離那家店，至少有十五里路遠，為了吃頓晚飯跑那麼遠值得嗎？」

秦剛瞪大了雙眼愣了下，然後低下頭繼續扒拉著盤中的食物。

趙大明站起身來，道：「人為財死鳥為食亡，咱們仨今晚上就當回鳥好了，不就是十五里路嗎？為了這張嘴，拚了！」

羅獵一把拉住了趙大明，搖著頭歎了口氣，道：「拚什麼呀？不用拚！稍安勿躁，再挺個把小時，我保管能帶著你倆不用走幾步便能找到好吃的。」

趙大明將信將疑坐了下來，道：「你在這附近吃過？」

羅獵卻搖了搖頭。

趙大明失望道：「那你吹什麼牛說什麼大話呀？還是聽我的，趁著時間還早，還能租得到馬車。」

羅獵苦笑道：「這會租車倒是不難，可吃完了飯該如何回來呢？十五六里路，走回來啊？我可先跟你說清楚了，邁阿密這種小地方可比不上紐約，晚上過了七點鐘就很少有馬車可租，等到了八點鐘，那街上連個人影都難見到，更別說租車回來了。」

秦剛插嘴道：「那就算了，哪兒都不去，就在這兒勉強填飽肚子算了。」

羅獵白了秦剛一眼，道：「這話要是從大明哥嘴裡說出來也就罷了，畢竟他是第一次來這邁阿密，可你秦大剛是第二次來呀，而且，上次來的時候，我還帶著你四處轉悠了一圈，你怎麼就不記得那海邊上有不少的燒烤攤呢？海鮮燒烤，就算廚藝再怎麼差，只要食材新鮮，那味道總是能說得過去，不是嗎？」

秦剛猛地一拍腦門，嚷道：「咱怎麼把這事給忘了呢？當時咱跟小霆兒一人還吃了一串烤魷魚呢！」話剛說完，那秦剛再一怔，又拍了下腦門，抱歉道：「對不起啊，咱不該提到小霆兒這個叛徒。」

羅獵淡淡笑道：「提了就提了，沒啥對不起的，說實在的，小霆兒古靈精怪，還是挺招人喜歡的，只可惜走錯了道而已。」

趙大明再次站起身來，道：「就別提那小子了，一提起他來，我這滿肚子都是火氣。咱們也別在這兒乾坐了，去海邊走走，等那燒烤出攤了，就趕緊吃飽了回來睡覺，坐了那麼久的火車，我是真的有些受不住了。」

在沒進入扮演角色前，趙大明是三人當中理所當然的老大，老大拿出了堅定的口吻，做兄弟的二人只能遵從。結了賬，買了單，三人走出了酒店，晃悠到了海邊。

邁阿密的海岸真的可以稱得上是黃金海岸，除了碼頭這一帶，一路向北，好多處都是淺灘。淺灘形成的海浪甚是輕柔，配合著微微見涼的海風，確實能給人一種心曠神怡的感受。尤其是像羅獵、趙大明、秦剛三人，從已是寒風凜冽的紐約驟然間來到了如春天一般的邁阿密，不用再穿著厚厚的棉衣，且迎面吹來的海風也不再有刺骨的寒意，那感覺，確實美妙無比。

羅獵說的果然沒錯，沿著海岸線的主幹道旁確是有不少的燒烤攤位，兄弟三人就近選了一家坐了下來，先點了幾樣吃的嘗了嘗味道，感覺還不錯後，便安安心心地叫了好多東西吃了起來。

「夥計，還有沒有啤酒？給我們來上三大扎！」吃得合口，胃口也就開了，趙大明看到鄰桌的洋人喝著啤酒，忍不住也要喝上兩口。

有了冰鎮啤酒佐餐，那海鮮燒烤吃起來更是過癮，就在哥仨大快朵頤痛快喝酒之際，忽然聽到鄰桌的洋人罵起了人來。

羅獵轉頭看去，卻見一個小乞丐正可憐兮兮地向那桌洋人討要吃的，洋人並非每個人都有紳士風度，鄰桌的那幾個洋人便甚是粗魯，嫌棄那小乞丐打攪了他們，不單爆了粗口罵人，其中一個還對那小乞丐動起了手。

「小霆兒？」羅獵一聲驚呼，起身衝了過去，一把抓住了那動手洋人的手腕，將小乞丐護在了身後。「不准動手打人！他是我的朋友。」

那洋人甩開了羅獵，罵罵咧咧仍要動手，只不過目標已經不是那小乞丐而換成了羅獵，只是，未等羅獵再次出手，那秦剛已經衝了過來，一掌砍向了那洋人的手臂。

虧得秦剛的那一掌沒有砍實在，也虧得秦剛並沒有用上全力，饒是如此，那洋人也是吃痛到了不行。同桌的另外兩名洋人猛然起身，尚未來得及發難，便看到眼前有支黑洞洞的槍口對準了自己的額頭。

「這不過只是個誤會，先生們，請不要衝動。」趙大明雙臂展開，雙手各握了一把左輪手槍，笑吟吟地對那桌洋人道：「我想，你們一定不希望這美妙的夜晚卻被刺耳的槍聲所毀壞，對嗎？」

被趙大明的槍口指住了額頭的那倆洋人愣了片刻，歎著氣，乖乖地坐了下來。而那名吃了秦剛一掌的洋人更是沒了脾氣，從口袋中掏出了一疊美鈔，數出了三張一美元，放在了桌面上，然後帶著兩名同伴離去了。

羅獵轉過身來，可身後的那名小乞丐早已經跑得只剩下了一個模糊的背影。

趙大明收起了槍，緩緩搖頭，道：「那乞丐不是顧霆，羅獵，你認錯人了！」

秦剛跟著道：「大明哥說得對，咱看那小乞丐也不像是小霆兒，別的不說，就說這跑的姿勢，跟小霆兒就完全不同。」

羅獵歎了聲氣，苦笑一聲，道：「你要是十幾天吃不好喝不好睡不好的話，那麼，我敢保證，你跑起來的姿勢也會很怪異。」

不知是何原因，羅獵雖然堅信剛才的小乞丐便是顧霆，但終究還是沒能追出去。

酒店條件很是一般，床的舒適度更是一般，但邁阿密此時季節的溫度不冷不熱，且那酒店位於海岸邊上，隱隱海浪聲傳來，更有一種幽靜的感覺。更主要的原因在於趙大明開了三個單間，並把秦剛的房間安排在了另外一層，因而，這一夜對三兄弟來說，睡得都相當踏實。羅獵很難得沒有發作失眠症，吃完了燒烤，回到了房間，隨便沖了個熱水澡，躺在床上回想著那個小乞丐，想著想著，便進入了夢鄉。

第二天一早，三兄弟在酒店中吃過了早餐，退房之後，拎著行李，向碼頭走去。

邁阿密的夜晚很安靜，街上幾乎沒什麼行人，但邁阿密的早晨卻很熱鬧，尤其是碼頭一帶，人來人往比肩接踵，車水馬龍川流不息，跟二十年前的紐約頗有些相似。

人多自然走不快，但好在時間尚早，距離預定的航班還有一個多小時，兄弟三人自然不會著急，慢慢晃悠著前行，邊走邊領略著邁阿密獨有的風情。

前方不遠處突然發生一陣騷亂，接著，一個瘦小的身影從人縫中鑽了出來，在羅獵的眼前閃晃了一下，隨即又鑽進了人縫中去。「抓小偷！那小子是個小偷！」人群中響起了帶著濃烈的莫西可口音的英文。

「你倆先過去，我把那小子給抓回來！」羅獵向趙大明和秦剛交代了一聲。

趙大明剛想回應羅獵不要多管閒事，可是，那羅獵已經不見了身影。

秦剛歎道：「羅獵兄弟還是放不下小霆兒那小子。」

趙大明苦笑應道：「可剛才那小子，卻分明不是顧霆。」

秦剛再歎了一聲，道：「誰說不是呢，連咱這樣眼拙的人都能看出來，羅獵兄弟的眼神那麼好，怎麼會看不出來呢？」

趙大明道：「不管他了，等他抓到了那小子，自然能看得清楚。」

那小子甚是靈活，身形且瘦小，在人群中就像隻泥鰍一般鑽來鑽去，不多一會，羅獵便完全失去了目標，只能是悻悻然返回，追上了趙大明、秦剛二人。

「看清楚了？」趙大明叼上了一支香煙，一邊找著火柴，一邊問道。

羅獵頗為遺憾道：「沒追上，讓那小子給跑掉了。」

趙大明道：「那小子是個白人，怎麼可能是顧霆呢？」

羅獵頗有些不服氣，道：「那小子髒的黑不溜秋，你怎能看出他是個洋人呢？」

趙大明道：「你見過長著一雙藍眼睛的華人麼？」

羅獵回想了一下，卻不敢確定那小子是否長了一雙藍色的眼睛。

趙大明再道：「還有，這小子跟昨天的小乞丐也不是同一個人，別看穿的衣服都是破破爛爛的難以分辨，但腳上的一雙鞋子可是不同，昨天的小乞丐穿著的可是一雙涼鞋，但剛才那小子腳上穿著的卻是一雙布鞋，你說，都成流浪兒了，還能有替換的鞋子嗎？」

羅獵歎道：「經你這麼一提醒，我還真意識到了，大明哥，還是你觀察的仔細啊！」

趙大明笑了笑，道：「不是我觀察的仔細，而是你被心情所左右了，看得出來，你心中是真的惦記著那個顧霆，所以，只要有三分相似，你便信以為真，主觀上一旦有了這樣的想法，那麼，客觀上的所看所聽自然就會受到影響。」

羅獵道：「你說得對，大明哥，說實話，我很後悔當初把小顧霆給放了，他還小，只能孤身一人在邁阿密流浪，回不了家，實在是太可憐了，我當時就不該放了他，就應該將他帶回紐約。」

秦剛插嘴道：「小霆兒打小就生長在邁阿密，對邁阿密熟悉得很，一定能生存下來，再說，他也不小了，周歲都滿十五了。」

羅獵有些不快，道：「他再怎麼熟悉邁阿密，可他終究是個華人，在洋人眼中，咱們華人就是劣等民族，小霆兒孤身一人，還不是要飽受欺凌，就像昨晚一樣，挨了打受了欺負，都沒有人會安慰他一聲。」

趙大明道：「是狼就愛吃肉，是狗就愛吃屎，各有各的天命，那顧霆走錯了道，跟錯了人，老天爺非不讓他活下去，那也是沒辦法的事情。羅獵啊，你對他已經是仁至義盡了，也就不要再內疚。」

羅獵聳了下肩，苦笑道：「內疚也沒招啊！邁阿密雖然人不多，但也有將近五萬人，咱們也不可能挨個地認一遍，是不？」

秦剛突然冒出了一句感慨：「那可就得看緣分嘍！」

走過了這段熱鬧非凡的街道，前面拐了個彎，不遠處便是碼頭。拐彎之後，人群明顯稀鬆，哥仨加快了步伐，不過三五分鐘，便來到了碼頭。

不知是什麼原因，碼頭並未開放，等著登船的遊客排了一條長長的隊伍。

從冬季來到春天的這哥仨雖然脫去了棉衣，但仍舊習慣性地穿著毛衣，而升起了太陽的邁阿密的早上九點多鐘，氣溫已經升到了二十餘度，陽光照曬下，那哥仨難免有些覺得熱，於是便在路旁找了個樹蔭，等著碼頭開閘。

便在這時，羅獵的神情陡然一凜，低聲喝道：「我好像聽到了昨晚那個小乞丐的聲音！」

趙大明忍不住笑道：「你是著魔了不成？」

羅獵沒理會趙大明的調侃，向著長隊那邊走了幾步，並用手遮住了陽光，仔細地觀察。左右看了兩眼，羅獵的臉上忽地露出了笑容，嘀咕了一聲：「看你小子還往哪兒跑！」話音未落，人已衝出。

路旁樹蔭下，趙大明點了支煙，搖頭歎道：「這個羅獵，怎麼就那麼執拗呢？」

那支旅客排起的長隊的另一面，一名小乞丐正在向旅客乞討，多數旅客對小乞丐都採取了視而不見的態度，但還是被他遇到了一名熱心腸的旅客，為他掏出了皮夾。就在這名熱心腸的旅客從皮夾中拿出了一枚十美分的硬幣準備扔進那小乞丐捧著的一頂破氈帽的時候，那小乞丐的神色突然一變，丟下了手中的破氈帽，轉身就向相反的方向跑去。

但已經來不及了。

羅獵從隊伍的縫隙中衝了出來，只幾步便追上了那名小乞丐。「你還跑？我看你能跑到哪兒去？」羅獵一把抓住了那小乞丐的衣服後領。

小乞丐動彈不得，只能是可憐兮兮地轉過頭來，央求道：「羅獵哥哥，你答應放過我的！」

羅獵的臉上露出了燦爛的笑容，但嘴上卻是惡狠狠的口吻：「可我現在返回了，不想放過你了！」

小乞丐咬著唇，撲簌著雙眼，愣了片刻，終於沒能忍得住，哇的一聲痛哭開來。

羅獵也不嫌髒，將小乞丐攬在了懷中，道：「昨晚你小子戴了頂破氈帽，光線又不好，我還以為真不是你這個小光頭呢，幸虧今天又被我給遇上了，秦大剛那傢伙說得真對，能不能找得到你，還真的看緣分。」

小乞丐哭著道：「羅獵哥哥，我錯了！」

趙大明聽到了動靜，也趕了過來，看到了小乞丐，愣了下，道：「你還真是顧霆？」

小乞丐偎依在羅獵懷中，點了點頭。

趙大明疑道：「這才多半個月，你怎麼就成這樣子？看你身上這衣服破的……」

顧霆哽咽道：「我被人給搶了，還挨了好幾次打。」

二十多天沒剃頭，小顧霆的光頭上已經長出了指甲蓋長的頭髮，羅獵似乎很享受這種被短短頭髮扎著手的感覺，在顧霆的腦袋上搓來搓去，並戲謔道：「你活該！誰讓你欺騙羅獵哥哥的呢？這就叫報應，看吧，現在你又落到我手上了，哼，看我怎麼收拾你。」

趙大明道：「既然你羅獵哥哥不願意放過你，那也沒啥好說的了，大明哥再給你買張船票，跟我們一塊走吧。」

顧霆停止了哭泣，臉上卻還掛著淚珠，重重地點了點頭。

秦剛拎著笨重的行李，移動遲緩，到現在才趕過來，見到了顧霆，驚喜道：「小霆兒，還真的是你呀？」

顧霆可憐巴巴道：「大剛哥，小霆兒騙了你們，你打我一頓吧！」

秦剛呵呵笑道：「咱幹嘛要打你呀？羅獵兄弟都說了，要不是你，哪那麼容易就能找得到李西瀘呢？」

羅獵吩咐道：「別廢話了，趕緊打開箱子，給小霆兒找身衣服換上，穿我的或是穿大明哥的都成，反正都是大了幾碼，等到了古巴那邊，再給小霆兒買新的。」

顧霆居然害起了羞來，道：「羅獵哥哥，等上了船再換衣服可以嗎？」

羅獵瞪圓了雙眼，驚疑道：「喲呵，你個小屁孩還害什麼羞呀？」

顧霆咬著唇，怯怯地看著羅獵，一副可憐楚楚的模樣，但眼神中卻透露著倔強。

羅獵妥協了，道：「不換就不換，你不嫌醜，那羅獵哥哥也不嫌醜。」

碼頭終於開了閘，排著的長隊開始向前蠕動，趙大明氣喘吁吁地疾走回來，道：「頭等艙和特等艙的票全都賣完了，只剩下了普通艙。」

從邁阿密到古巴的哈瓦那港，直線距離僅有兩百八十海浬，海上航道不可能是一條筆直的直線，總是要繞過一些藏有暗礁的海面，因而，那航班在海上航行的路程要比直線距離多了四十海浬。遊輪在海上航行的速度約為每小時二十海浬，距離如此之近，中途並不需要靠岸補給，事實上，兩個港口之間也沒有可提供補給的港岸，因而只能是一口氣航駛到目的地，算下來，整個航行大約需要十五個小時。

也就是說，上午十點鐘啟航的遊輪，到了深夜一兩點鐘的樣子，便可抵達古巴的哈瓦那港。

正因為到港的時間有些不早不晚頗有些不便，其船票價格相比下午啟航的遊輪要便宜了一小半，不少旅客便是貪圖這點便宜而選擇了上午這班船，而這些貪圖便宜的旅客絕大多數都會選擇特等艙或是頭等艙，因而，當趙大明在遊輪臨啟航之前去購買船票，只剩下普通艙的船票。

昨天傍晚時，趙大明選擇了這班遊輪，倒不是貪圖它的便宜，而是不想在邁阿密久留。但等到上了船，知曉了到岸時間後，他登時傻了眼。「這大半夜的才到港，咱們住哪裡呀？」

面對犯了難為的趙大明，羅獵倒是相當坦然，道：「既然存在，就一定有其道理，放心吧，等到了港，自然能找到住處。」

秦剛放下了行李，卻從趙大明手上要過了那唯一一張普通艙的船票，道：「咱還是到那邊躺著睡吧，省得為了不吵到你們咱還得坐著睡。」想想也是有道理，於是，羅獵、趙大明便任由秦剛去了普通艙。

趙大明想起了剛才羅獵說的那句話來，鎖著眉頭問道：「你剛才那句話是怎麼說的來著？**既然存在，就有道理**，是嗎？」

羅獵道：「原話是**存在即合理**，是黑格爾寫在《法哲學原理》中的一句名言。」

趙大明唏噓道：「黑格爾是誰？法哲學又是個什麼意思？羅獵，大明哥真沒想到，你懂的居然那麼多。」

羅獵笑道：「哪有啊！這本書是總堂主借給我看的，我也是剛在火車上看到了這句話，覺得他說的特別有道理，於是便記住了。大明哥，你要是感興趣的話，我可以把這本書轉借給你。」

趙大明連忙擺手，道：「你可拉倒吧，讓你大明哥讀書，那還不如懲罰你大明哥不吃飯呢！」

可能也是因為便宜，趙大明於昨天買下的船票為特等艙。特等艙中只有兩個鋪位，因而，連著的三張特等艙船票必有兩張是同一個艙室，而另一張則在另一個艙室中。趙大明留下了兩張同一艙室的船票，拿起了另一張來，道：「我過去那邊了，把小顧霆就留給你了，好好收拾他吧，千萬別給我留面子。」

說句實在話，那顧霆雖然做下了如此錯事，但趙大明顧忌到顧浩然的臉面，並不想把事情鬧大，反而想著大事化小，小事化了。羅獵放過了顧霆，並將他甩在了邁阿密，其實對趙大明來說，確是一個不錯的結果，是生是滅，全看命運安排，也省得帶回了紐約，不管是如何處罰，都會傷及到顧浩然的臉面。

便是因為這種念想，趙大明並不希望羅獵能找得到顧霆，雖然昨晚上他也意識到那個小乞丐便是顧霆，但羅獵沒去追，他也就裝著沒認出來。但命運還是將顧霆帶到了羅獵的身邊，趙大明雖然頗有些不情願，卻也只能是捏鼻子接受現實。

趙大明離去後，艙室中便只剩下了羅獵和顧霆二人。羅獵指了指桌台下的兩個暖水壺，道：「自個先去打兩瓶熱水回來吧！」

顧霆乖乖地拎起了那兩個暖水壺，走出了艙室。

只是幾秒鐘，那羅獵也跟著出了艙室，遠遠地盯住了顧霆。這倒不是羅獵還在擔心顧霆會偷跑下船，而是羅獵心疼這小子這些天來受了那麼多的苦遭了那麼多的罪，不想讓他在船上再被人欺負。

顧霆很快便打了兩瓶熱水回來，剛一進艙室，羅獵便吩咐道：「毛巾都給你拿好了，先將就著擦擦身子吧，等到了哈瓦那，住進了酒店，你再痛快地洗個澡。」

顧霆卻突然漲紅了臉，支支吾吾，扭扭捏捏，就是不肯脫下他那一身破爛得不成樣子的衣褲。

「你小子是怎麼了？就這麼想當乞丐麼？」羅獵現出了慍色，而且，這慍色並不像是裝出來的。

顧霆囁啜央求道：「羅獵哥哥，你能不能先出去一會，我從小到大，從來沒在別人面前脫光過衣服。」

羅獵氣道：「羅獵哥哥是別人嗎？趕緊脫了，別逼我動手哈！」

顧霆居然紅了眼眶，撲簌著雙眼就要落下淚來。

羅獵心頭一軟，歎道：「行了，行了！都快長成個大男人了，還動不動就哭鼻子，丟不丟人啊？我這就出去，行了吧？你抓緊擦洗，擦洗乾淨了，把這身衣服換上，再把你那身乞丐服給扔了！」交代完，羅獵起身出了艙室，並將艙室門幫顧霆關上了。

自打十年前美利堅合眾國的軍隊將西班牙人趕出了古巴，這兩國間的貿易往來便逐漸熱乎起來，畢竟那古巴名義上雖是一個獨立國家，但實質上卻是處在美利堅合眾國的控制之下。也正因如此，美利堅合眾國的公民前去古巴非常的方便，隨便買張船票便可以踏上古巴的國土，而到了那邊，古巴的海關對來自於美利堅合眾國的公民幾乎沒有任何的限制。

但反過來，古巴人民若是想進出美利堅合眾國的話，就沒有那麼簡單了，三查五審是必須的手續，同時還要向美利堅合眾國住古巴領事館抵押相當數目的資產。

如此便造成了兩國之間貿易往來的主動權完全掌握在美國人手中的現實情況，表現在了這遊輪之上，便是幾乎所有的旅客都是美利堅合眾國的公民，而且，絕大多數都是準備去古巴撈上一筆的大小商販。

商人的嗅覺總是十分敏銳，羅獵只是在甲板上晃蕩了十分鐘不到，便被一位四十來歲的肥胖男人給盯上了，並主動過來向羅獵搭訕。

「不，先生，我想你看走眼了，我不過是個普通的商人，而且從未跟古巴那邊做過生意，這次過去只是想考察一下。」本著多一事不如少一事的原則，羅獵只想將那胖子客客氣氣地搪塞過去。

那胖子根本不信，主動遞上了自己的名片，並笑道：「我在這條航道上來來往往已經有三年多了，卻是第一次見到華人商人，在你們的國家有這麼一句話，叫做『沒有金剛鑽，不攬瓷器活』，你既然坐上了這條船，就說明你在古巴那邊一定有著深厚的關係。」

那胖子在說到「沒有金剛鑽不攬瓷器活」的時候，用的居然是中文，而且發音相當清晰準確，這使得羅獵對面前的這個胖子產生了些許興趣，不由得拿起了那胖子的名片，看了兩眼。「羅布特・哈空，紐約沃瑪貿易商行經理……我想知道，你去過我們中華是嗎？你會說我們中華話對嗎？」

羅布特的臉上呈現出甚是遺憾的神色，道：「不，雖然我一直神往那個古老的國度，但一直沒有機會能夠親身領略到它的神秘，我學過中文，但說的相當糟糕。」

羅獵疑道：「可是，剛才你說的『沒有金剛鑽不攬瓷器活』的這句中文，說的卻是相當之好，這又是為什麼呢？」

羅布特臉上的遺憾退去，換作了驕傲出來，道：「我喜歡這句話，所以就在這句話上下了苦功。年輕的中華先生，能得到你的讚美，我感到非常榮幸。」

十個字的一句中文，搭起了羅布特和羅獵之間的緣分，二人相談甚歡地交流了幾分鐘，從談話中羅獵得知，那羅布特的沃瑪商行主營的商品便是古巴的雪茄，而近些年來，從古巴走私雪茄的人越來越多，羅布特的生意一落千丈，被逼無奈，他也加入了走私大軍，只可惜出師不利，第一筆價值一萬七千美金的貨物便被扣押在了古巴哈瓦那海關。

「諾力，如果你能幫助我將這批貨物解禁出來，我願意支付給你一千美元的酬勞。」羅布特認定了羅獵在古巴有著特殊的關係，借著那十個字的緣分，厚著臉皮向羅獵提出了他最為迫切的需求。

羅獵突發奇想，若是能拉著羅布特一塊登上文森特島的話，那麼，就著他那一張洋人的臉龐，自己這邊的身分豈不是隱藏得會更加實在麼？在心中得到了肯定的答案後，羅獵道：「我們在哈瓦那確實沒什麼關係，我們的關係在聖地牙哥那邊，不過，幫你解禁了被扣押的那批貨倒不是什麼大問題，因為我們的關係是美利堅合眾國在聖地牙哥的軍事基地方面的人物。」

聽到羅獵如此一說，那羅布特的兩隻眼睛立刻放出了異樣的光芒。

美利堅合眾國在古巴的軍事基地有四處，而聖地牙哥的軍事基地則是四個當中最大的一個，甚至可以理解為另外三個軍事基地不過是聖地牙哥基地的分支。若是能找到聖地牙哥軍事基地的人打上一聲招呼的話，那古巴國的哈瓦那海關定然不敢違抗。

羅布特原本就認定了面前這位年輕華人在古巴定然有著非同凡響的人脈關係，只是沒想到，這層關係居然如此深厚。不過，羅獵散發出來的淡定氣質以及充滿自信的口吻告訴了羅布特，這並非是說大話。

「不過……」但見羅布特的神情已然激動起來，羅獵卻突然轉變了話風，遲疑道：「不過，我怎麼向哈里斯將軍說起這件事呢？說咱們只是在船上萍水相逢的朋友？還是說我看中了你答應的一千塊酬金？」羅獵無奈地搖頭苦笑，接道：「無論怎麼說，都會被哈里斯將軍恥笑的啊！」

「哈里斯將軍？」羅布特驚呆了。

羅布特是子承父業，其父老哈空先生原本是西班牙人，早年來到古巴淘金，是許多美利堅合眾國的雪茄商人在古巴的供應商。生意做順暢了之後，老哈空認識到僅僅作為一名供應商賺到的利潤實在是太少了，於是便趁著大移民的浪潮去了紐約，創建了沃瑪商行，從而打通了雪茄的整個供應銷售鏈條，並一舉成為紐約最大的一家雪茄貿易商行。

小哈空，也就是羅布特，一直以來在父親的手下只負責在美利堅合眾國內的雪茄銷售，直到三年前老哈空去世，羅布特才將古巴這邊的雪茄供應業務掌管了起來。

三年的時間，足以讓羅布特充分瞭解了古巴的國家現狀，也理所當然地知曉羅獵口中所說的哈里斯將軍乃是聖地牙哥軍事基地的最高長官。

他原本以為，那羅獵在聖地牙哥軍事基地的關係最高也就是達到校級軍官的水準，卻沒想到，羅獵的關係居然會是代表著最高權力的哈里斯將軍。

震驚之餘，羅布特開始積極地為羅獵同時也是為自己思考措辭理由：「是的，你說得很對，面對哈里斯將軍的時候，若是說我們只是萍水相逢的話，將會是一個極為尷尬的場面。不過，你可以向哈里斯將軍介紹我說是你多年的朋友……」

羅獵搖了搖頭，打斷了羅布特，道：「一就是一，成為不了二，哈里斯將軍目光如炬，我欺騙不了他，也不敢欺騙他。」

羅布特犯起了愁雲。羅獵的話意很明確，萍水相逢就是萍水相逢，硬性地裝作是多年的朋友，其中必然會有許多破綻，而哈里斯將軍能夠坐在如此高位，一定有著其過人之處，冒然撒謊，只有壞事可能，絕無成事機會。

「不如這樣。」就在羅布特倍感失落之際，羅獵端出了自己的計畫：「我們呢，到了聖地牙哥後，會向哈里斯將軍借艘船去往文森特島，我們聽說那邊的蔗糖以及香蕉非常便宜，想去考察一番，你什麼都不用說，只管跟著我們過去，用實際行動向哈里斯將軍證明我們之間是合作夥伴的關係，等我們從文森特島回來的時候，順便跟哈里斯將軍說一聲你還有批貨被扣押在哈瓦那海關，我想，這種小事根本用不著哈里斯將軍出面，隨便安排個下屬打聲招呼，那哈瓦那海關還不是得立刻解禁放行麼？」

羅布特驚道：「你們向哈里斯將軍借船？會是軍艦麼？」

羅獵笑道：「聖地牙哥駐紮著那麼大的一支艦隊，可不單只有軍艦，它那裡還有許多用於運輸物資的船隻。」

羅布特依舊是驚詫得睜大了雙眼，道：「那也是相當了不起的事情。」

羅獵淡定道：「也沒啥大不了的，我們的大股東跟哈里斯將軍是世交，這點小忙，哈里斯將軍還是很樂意相助的。」

羅布特感慨道：「感謝上帝恩賜，讓我結識了你。諾力，我真的不知道該如何表達我激動的心情，我願意一切聽從你的安排，還有我願意將我的酬金再提高一倍。」

羅獵拍了拍羅布特的肩，道：「我對你的酬金並不感興趣，羅布特，我願意幫助你只是因為你會說中文，而且那句話說得相當標準，我希望你能夠把中文堅持學下去，等我們下次見面的時候，可以用中文交流。」

羅布特深吸了口氣，鄭重點頭，道：「我一定，我保證等我們再次見面的時候可以用中文交流。」

羅獵笑道：「等哈里斯將軍為你向哈瓦那海關打過了招呼，那麼，你羅布特就可以成為哈瓦那海關的座上嘉賓了，從今往後，你的貨一定是暢通無阻，到時候，你可要為我提供最優等的古巴雪茄，我有很多朋友都很喜歡古巴雪茄。」

羅布特連連點頭，應道：「那是當然，我十分樂意為你效勞。」

羅獵想起了該趟航班半夜抵港的事情來，忍不住問道：「羅布特，有件事我想向你諮詢一下。」

羅布特畢恭畢敬道：「你請問，我一定會如實回答。」

羅獵略加沉吟，道：「這船抵達哈瓦那港的時間是深夜一兩點鐘，我是第一次前往古巴，不知道在這樣的時間還能不能找得到酒店入住？」

羅布特殷勤道：「這事就包在我身上，等船到了岸，你們只管跟我走就是了。」

顧霆悄然出現在了羅獵身旁，擦洗乾淨了的顧霆恢復了之前的那種細皮嫩肉招人喜愛的模樣，只是身著羅獵的衣衫頗有些寬大，襯得他的身軀更顯得弱小。

跟羅布特做完了約定，羅獵跟他握手告辭。

待羅布特離去之後，羅獵將顧霆攬在了懷中，伸出了手掌，揉搓著顧霆剛長出短髮來的後腦勺，笑道：「還是小光頭摸起來更舒服些，等到了那邊，羅獵哥哥要做的第一件事便是將你再變回小光頭來。」

顧霆溫順地偎依在羅獵懷中，怯聲問道：「羅獵哥哥，你還生小霆兒的氣嗎？」

羅獵揪了下顧霆的耳朵，笑道：「羅獵哥哥要是還在生你氣，會把你帶上船嗎？」

顧霆道：「可是，小霆兒畢竟用槍指過你的頭。」

羅獵再捏了下顧霆的鼻子，道：「羅獵哥哥當時確實很生氣，沒想到你竟然如此執迷不悟，在敗局已定李西瀘已死的局面下，你仍舊要做困獸之鬥，說真的，要不是羅獵哥哥不忍心對一個小孩子下手，你可能就得逞了。」

顧霆仰了臉來，看著羅獵，道：「羅獵哥哥，你是不是說錯了呢？你應該說要不是你不忍心，小霆兒可能就已經被你給處決了，不是嗎？」

羅獵呲哼了一聲，道：「就你那點小心眼還想騙過羅獵哥哥？我收回了那把槍，隨後才發現，槍中根本沒有子彈。你用了一把沒有子彈的槍在那種場合下指住了我的後腦勺，不就是想求死嗎？」

顧霆垂下頭來，囁啜道：「你對小霆兒那麼好，可是小霆兒還要害你，小霆兒知道做錯了事，沒臉再活在這個世上了。」

羅獵對著顧霆的腦門來了一個爆栗子，笑道：「傻小子，你以為求死就能彌補你的過錯嗎？做錯了事，就應該勇於面對，要知錯就改，羅獵哥哥看得出來，你本質並不壞，只不過是上了李西瀘的當。」

顧霆卻搖了搖頭，再次仰起了臉，看著羅獵，道：「小霆兒不是上了李西瀘的當，小霆兒只是想報恩。」

羅獵驚疑道：「報恩？你是說那李西瀘對你有恩是嗎？」

顧霆點了點頭，長出了口氣，道：「在邁阿密的時候，小霆兒的爸爸媽媽得罪了當地勢力，是李西瀘救下了小霆兒一家，小霆兒的媽媽也姓李，小霆兒便認了李西瀘做舅舅。」

羅獵歎道：「知恩圖報是對的，可是，你也得分清對錯啊？助紂為虐，可不是一個正確的報恩方式，小霆兒，今後可一定要接受教訓啊！」

顧霆紅了眼眶，垂頭哽咽道：「小霆兒不會再犯錯了，小霆兒已經替爸爸媽媽還完了虧欠李西瀘的情，小霆兒也算是報答了爸爸媽媽的養育之恩。」

羅獵忽地笑開了，摩挲著顧霆的腦袋，戲謔道：「那你欠羅獵哥哥的，打算怎麼還啊？」

顧霆倏地漲紅了臉，躲在了羅獵懷中，弱弱道：「羅獵哥哥想讓小霆兒怎麼還都可以……」

羅獵輕敲著顧霆的腦門，笑道：「那就罰你一輩子都要做羅獵哥哥的小跟班！」

顧霆的臉頰漲得更紅了。

船的航向是一路向南，而南方的氣溫是越來越高，剛登船時，海風吹在身上還有些涼爽的意思，而這會，那海風卻失去了降溫的作用，身上仍舊穿著毛線衣的羅獵禁不住身上滲出了汗水。「走了，回艙室，羅獵哥哥出了一身汗，也要擦洗一下了。」

回到了艙室，顧霆連忙拎著暖水壺去為羅獵打熱水，待回來之時，那羅獵已然脫去了上衣，露出了半身的腱子肉，那顧霆看到了，急忙將頭轉向了一邊，同時，再一次漲紅了臉頰。

一路風平浪靜，遊輪比預定時間提前了半個小時抵達了哈瓦那港。

羅布特最先下船，早早地等在了海關的關卡處，見到羅獵等人走了過來，連忙令他的隨從去幫忙拿行李。

羅獵已經將結識羅布特以及他那靈光閃現的計畫告知了趙大明，並得到了趙大明的由衷稱讚，可秦剛並不知情，眼見著有人上來搶奪他手上的行李，立刻吹鬍子瞪眼就要跟對方動粗。羅獵連忙喝止，並介紹道：「這位是羅布特先生，是咱們在糖業生意上的合作夥伴，這一次咱們去文森特島考察，羅布特先生原本是安排不過來時間的，但他克服了種種困難，還是追了過來，巧的是，我們居然乘坐了同一艘輪船。」

這種介紹，其破綻大到了沒譜，但趙大明和秦剛卻立刻表現出了完全相信的神態，不單跟羅布特熱情地握了手，還對羅布特說了一番熱情洋溢的讚賞之詞。羅布特沉浸於幻想當中，自然看不出趙大明及秦剛的表演痕跡，還信以為真地認為是羅獵的身分及地位使得這二位隨從人員不敢有絲毫的懷疑。

羅布特的沃瑪商行在哈瓦那設有分支機構，工作人員已開著車等在了海關之外。可是一輛車坐不下那麼多人，而半夜時分，港口處根本見不到什麼可以租用的車輛。

「諾力，我的朋友，你們先上車好了，去西萊頓大酒店，我跟他們有協議，一定能為你們提供最好的服務。」羅布特一邊說著，一邊為羅獵打開了車門。

羅獵也不客氣，率先上了車，並招呼趙大明他們跟著上了車。

羅布特再轉到了司機那邊，叮囑了幾句，然後撤開身子，目送汽車駛離。

第五章

最偉大的愛情是放手

在美好幸福與痛苦煎熬之中掙扎，海倫最終選擇了放棄。
曾經有那麼一位偉大的詩人和哲學家說過，
最偉大的愛情不是獲得，而是付出，不是擁有，而是放手。
這之前，海倫對這句話只是懵懂，
而如今，卻有了刻骨銘心一般的深刻認知。

開車的小夥看樣子是個當地人，當地很少有華人居住，因而，當地人絕無可能聽得懂中華話。於是，坐在車上，羅獵和趙大明放心大膽地說起了中華話來。

羅獵道：「那胖子起初跟我搭訕的時候，我還不想理他呢，幸虧我脾氣好，沒直接拒絕他，不然的話，咱們現在還在碼頭那邊傻著呢。」

趙大明應道：「也虧得你小子能想出這麼一招來！咱們這半夜三更的能有個安排固然是不錯，但更重要的還是羅布特真的能起到大作用，文森特那邊雖不是些窮凶極惡的海盜，但為了自身的利益，做起事情來，只怕比海盜還要凶惡。」

羅獵道：「可不是嘛！海盜畢竟還有海盜的規矩，但騙走議員先生女兒的那些個人，可就沒了底線，只要能達到目的，估計連親爹親娘都不會相認。」

趙大明道：「有了羅布特作掩護，咱們的真實意圖便可以藏得更深，至少不會那麼早就被人家給懷疑上了。」

顧霆插話問道：「羅獵哥哥，咱們去那個文森特島是幹什麼呀？很危險麼？」

羅獵摸了下顧霆的頭，笑道：「怎麼？你怕了？」

顧霆頑皮地吐了下舌頭，縮起了脖子，道：「小霆兒才不怕呢！有羅獵哥哥在，小霆兒什麼都不怕。」

羅獵道：「沒什麼太大的危險，咱們過去只不過是要找到一個女子，然後將她帶回紐約，這趟任務就算完成了，你說簡單不簡單呢？」

顧霆答非所問，道：「女子？她有多大？長得漂亮麼？」

另一側的趙大明象徵性地給了顧霆一巴掌，笑罵道：「你小子才多大啊？就開始想女人了？」

那顧霆倏地一下紅了臉，垂下了頭去。

西萊頓酒店距離碼頭沒多遠，車子很快就來到了酒店門口，下了車，羅獵換作了英文，對那開車的小夥表示了感謝。那小夥卻聳了下肩，用西班牙文回應道：「對不起，我的英文不是很好，老闆交代過我，要我幫你們開好了房間再去接他。」

虧得身邊有個顧霆，給羅獵、趙大明還有秦剛做了翻譯。

西萊頓酒店的條件還算可以，至少要比在邁阿密的那家酒店好了不少，而且在價格上還便宜了一些。這便是國與國的差距，像斯萊頓酒店這樣的條件，若是放在了紐約，最多也就能算上個二流酒店，但在哈瓦那，卻成了最頂級的酒店。從美利堅過來的商人們來到了貧窮落後的古巴，當然要選擇最為頂級的酒店，因而，那西萊頓酒店早已經掛上了客滿的招牌。

司機小夥跟酒店的前台交涉了好久，但最終也是無奈，只能把事先為羅布特預定的兩間房間讓給了羅獵他們。

羅獵頗有些不好意思，對那司機小夥道：「羅布特先生將他的房間讓給了我們，那他怎麼住宿呢？」

司機小夥說不好英文，但能聽得懂。羅獵話音剛落，他便用西班牙文回應道：「公司旁邊還有家酒店，條件差了點，但一定會有房間。」

顧霆將司機回話翻譯了，並央求道：「羅獵哥哥，咱們不如住到那家酒店吧。」

羅獵疑道：「為何？」

顧霆對著秦剛努了下嘴。

趙大明會過意來，對顧霆的建議表示了堅決的支持。若是四個人住兩間房的話，那羅獵自然會跟顧霆住在一起，而他便只能忍受那秦剛雷鳴一般的呼嚕聲了。雖說那秦剛練就了一身坐著睡覺的功夫，可是，這兄弟坐著睡覺的時候也學會了打呼嚕。

可是，那司機小夥卻不同意，說是老闆羅布特會因此處罰他的。

就在羅獵跟司機僵持之時，酒店前台卻表示說還有一間豪華套房沒有預定，只是價格貴了些，一個套房要趕上三間標準房的價格。

那司機毫不猶豫，便替羅獵他們接下了這間豪華套間。

虧大了！等天亮了就要繼續趕路，算下來在房間中最多也就是能待上個五六小時，卻要付出三間房間的錢。

羅獵還在猶豫，那司機小夥已經拿到了房門鑰匙，並解釋道：「羅布特先生說了，在這兒的消費，全都算在他的帳單上，希望你們能夠度過一個愉快的夜晚。」

恭敬不如從命，再說，能幫羅布特解禁了那批扣押在海關中的雪茄，其價值，又哪裡是幾間豪華套間的費用所能比擬。

趙大明從司機手中接過三把鑰匙，開始分配：「我和大剛各住一間，羅獵，你帶著顧霆去住那個豪華套間吧！」

這應該是最合理的安排了，羅獵對趙大明的分配沒有絲毫意見，可是，那顧霆看上去卻是悶悶不樂。

進到了房間，羅獵首先試了下盥洗間中有沒有熱水，確定有熱水供應後，出來命令顧霆道：「趕緊的，脫了衣服洗澡去！」

顧霆應了聲，卻沒立刻脫衣，而是一頭鑽進了盥洗間。

嘩啦啦的水聲響了十五六分鐘，那顧霆穿著板板整整地走出了盥洗間。

羅獵驚疑道：「你還沒洗？這麼長時間，你在裡面都做了些什麼？」

顧霆委屈道：「小霆兒洗了呀！」

羅獵伸著脖子來到了顧霆身邊，摸了摸顧霆的一頭短髮，發覺確實是濕漉漉的，這才緩和了臉色，嘟囔道：「你小子也真是有毛病，都是個大小夥子了，還那麼害臊？」說著話，羅獵開始脫起了衣服準備洗澡。

顧霆卻呲溜一下鑽進了裡屋。

待羅獵洗完澡出來，那顧霆似乎已經睡著了。

看著他仍舊板板整整地穿著一身衣服，羅獵頗為無奈地歎了口氣，很想叫他起來脫了衣服睡覺，可又心疼叫醒他，於是便搖著頭為顧霆蓋上了被子。

坐了一整天的船，雖然是風平浪靜，那輪船仍舊有著輕微的晃動，這種晃動，對人的體力消耗也是有著蠻大的影響。再加上時間確實很晚了，那羅獵真切地感覺到了疲憊，倒在了床上之後，順利地進入了夢鄉。

第二天醒來時，顧霆已經起了床，坐在外間屋的窗前正在看風景。見到羅獵從裡屋出來，莞爾一笑道：「羅獵哥哥，你醒來了？」

羅獵內急，一邊往盥洗間走，一邊招呼道：「你怎麼起得那麼早呢？」

顧霆抿嘴笑道：「還早哩？大明哥哥都過來敲了兩次門了。」

解決了內急，再洗漱了一番，回來後，羅獵看了眼房間中的座鐘，不禁啞然失笑，都已經快十點鐘了，果然不能算早。

「你吃過早飯了？」羅獵回到了裡屋，開始穿衣。

顧霆傻愣愣看著羅獵，道：「沒呢，大明哥哥說等你起床了一塊吃。」

羅獵穿好衣服，笑道：「那要是我睡到了下午，你們也要等我一塊吃早餐啊？」

剛穿上了鞋，趙大明第三次過來敲門。顧霆跑過去為趙大明開了門。

「我說，你還真能睡……」一進了屋，趙大明便嚷嚷道：「趕緊去吃飯了，人家羅布特都要等急了。」

羅獵笑道：「有什麼好著急的呢？是他在求著咱們，你看他敢說一聲不滿麼？」

趙大明瞪起眼，道：「他不敢說那我還不敢說嗎？這都幾點了？我就不餓嗎？」

古巴的形狀就像是海裡的一條大魚，頭對著東南的方向，尾巴甩向了西北。聖地牙哥位於魚頭，而哈瓦那則位於魚尾，之間的距離差不多有一千五百里。

事情並沒有緊急到需要晝夜兼程的地步，羅獵、趙大明和羅布特三人輪番開車，走走停停，到了第三天的中午時分方才趕到聖地牙哥。

趙大明沒有直接將車子駛向軍事基地的方向，而是進入了市區，在市區中打聽了十多回，終於找到了一間名為粉紅公主的酒吧。羅布特見狀，心中不禁升起了疑問，但在臉面上卻是極力地壓抑著自己。趙大明觀察到了這個細節，解釋道：「羅布特，別小看這間酒吧，它可是從外界通往哈里斯將軍辦公室的唯一通道，不然的話，你冒然闖進美利堅合眾國的軍事基地，是會被子彈打成篩子的。」

羅布特聳了下肩，裝作內行道：「我當然知道！」

此時的羅布特實際上頗為無奈，他並不相信在這間看似普通的酒吧中能夠約到哈里斯將軍，可是，已經走到了這個地步，即便是上當受騙，那也得看到最終的結局。

羅獵也有些納悶，跟議員先生保持聯繫的是趙大明，他並沒有參與，因而並不知道議員先生是怎麼安排跟哈里斯將軍的聯絡方式，但羅獵信任趙大明，知道他在這種事情上絕不會亂來，因而便提高了些許警惕性，跟著趙大明走進了酒吧。

中午時分，酒吧也是剛開門，裡面並沒有多少客人，趙大明直接來到了吧台，向酒保問道：「威廉在哪？告訴他，從紐約來的朋友要找他。」

那酒保抬起臉來看了趙大明一眼，一言不發，轉身去了後面。

不多一會，一個留著絡腮鬍的中年男子迎了過來，離老遠便張開了雙臂，並招呼道：「紐約來的朋友，你好嗎？我就是威廉。」

趙大明和威廉做了禮節性的擁抱，並從懷中取出了一封信件，交給了威廉。

威廉打開了信封，取出了信件，仔仔細細看了一遍，然後點頭微笑道：「將軍前天就讓人帶話給我了，你們先坐一會，喝上一杯，我這就去聯繫將軍。」轉過身來，威廉吩咐酒保，為這邊五人調上一杯具有古巴特色的雞尾酒。

等待的過程中，羅獵問道：「大明哥，那威廉到底是個什麼人？」

趙大明笑著反問道：「你看他像是個什麼人？」

羅獵搖搖頭，不確定道：「我說不準，但我能感覺到，他肯定不是個普通人。」

趙大明瞥了眼羅布特，改作了英文，道：「威廉確實不是一名普通人，他的真實身分是軍事基地情報處的特工，同時也是哈里斯將軍辦公室的對外窗口，非軍事關係，只有這個窗口才能聯繫上哈里斯將軍。」

羅布特又冒充起了內行，點頭應道：「嗯，我已經看出來了，威廉走路的姿勢，確實有著軍人才有的風采。」

趙大明接著叮囑道：「這是一項秘密，我們大股東只交代了我，就連我們小老闆諾力先生都不清楚，所以，羅布特，我希望你能夠為威廉保守住這項秘密。」

羅布特驟然嚴肅起來，道：「請放心，我一定不會張揚出去的。」

不一會，威廉回到了大夥面前，向大夥敬了杯酒後，道：「將軍那邊已經知道你們到來的消息了，我想，來接你們進入基地的車輛現在已經出發了。不過，基地距離這兒有三十英里，汽車至少要行駛一個小時，請各位稍安勿躁。」

從哈瓦那開來的車是羅布特的，誰的財產誰操心，聽了威廉的話，別的人只是點了點頭，那羅布特卻有了擔憂，不由問道：「哈里斯將軍派車來接我們，那我們的車如何處理呢？」

威廉聳肩笑道：「你可以開著它，跟在後面一起過去呀。」

羅布特鬧了個大紅臉，不好意思地低下了頭。

威廉關切問道：「你們一路奔波，想必還沒吃午飯吧，我這兒條件有限，只能供應一些糕點，你們隨便吃點，等到了將軍那邊，自然會有大餐在等著你們。」說著，威廉向吧台的方向打了個響指。

吧台處的酒保心領神會，隨即便端來了六七樣點心糕點，每一樣至少兩份，擺滿

了一張檯面。雞尾酒的度數不高，可以權當飲料，喝著吃著聊著，時間不知不覺便過去了一個小時。威廉始終陪著，不時抬起手腕看下時間，待到了一個小時的時候，威廉站起身來，道：「將軍派來的車子應該快到了，我們可以收拾一下，準備出發。」

羅獵這邊並沒有什麼好準備的，幾件行李都扔在了車上，大夥都是空手下車，只要能開著車跟著，那麼便是說走就能走的狀態。真正要準備的卻是威廉，他指揮著店裡的人從後面搬出了幾件貨物，堆放在了酒吧的門口。

剛準備妥當，兩輛車頭處插著美利堅合眾國國旗及聯邦海軍軍旗的車子便駛了過來。車子剛剛停穩，便從上面跳下來一個穿著海軍軍裝肩扛少校軍銜的軍官，徑直來到了威廉的面前，「啪」的一聲，來了立正敬禮。

威廉卻是很隨意的回了一個軍禮。

羅布特看到了，心中不免一震。這就說明那威廉的軍銜必在少校以上，只有上級軍官在向下級回禮的時候，才能如此隨意。羅布特在震驚之餘，不禁暗自慶幸，慶幸自己剛才在懷疑對方的時候並沒有發作，不然的話，自己將會落下一個難以收拾的尷尬境地。

軍用車都是向汽車廠商特殊定制的，要比普通的汽車寬大許多，威廉吩咐酒吧的夥計們將那幾箱貨物搬上了第二輛車，並親自陪著羅獵和趙大明上了前一輛車。那名少校軍官隨即將秦剛、顧霆請上了第二輛車，而羅布特只能是開著自己的車跟在了最後，三輛車駛出了市區，向著海邊的軍事基地疾駛而去。

「你們是將軍的尊貴客人，這一點，我兩天就已經得到了指令，可是，那個胖子到底是怎麼回事？」威廉從副駕的位置上轉過身來，向後排座的趙大明問道。

趙大明如實回道：「他叫羅布特，是紐約的一名販賣雪茄的商人，我們在邁阿密駛往哈瓦那的遊輪上結識了他，我們認為，在文森特島上，有一個洋人面孔做為我們的合作夥伴，可能對隱藏身分有著幫助作用，所以，我們就把他給帶來了。」

威廉思考了片刻，道：「好吧，你們有權力對你們的行動計畫做出調整，事實上，我必須承認，你們做出的調整確實有利於你們的計畫。不過，我想那羅布特之所以願意和你們一同登上文森特島，應該不是單純地想和你們共同考察文森特島的蔗糖和香蕉吧？」

趙大明點了點頭，道：「確實如此！是這樣，那羅布特有一批雪茄被扣押在了哈瓦那海關，我們對他做出了承諾……」

威廉爆發出爽朗的笑聲，打斷了趙大明，道：「這好像是一樁無本生意，我的朋友，當將軍告訴我說，來完成這項任務的是一幫中華人的時候，請原諒，我當時是持有懷疑態度的，但現在我不得不為我當時的態度向你們道歉。會做無本生意的商人，那才是真正的商人，現在，我對你們即將到來的文森特島之行充滿了信心。」

羅獵插話問道：「威廉，這麼說，羅布特被扣押在哈瓦那的那批貨你可以幫助解禁咯？」

威廉道：「這種事用不著麻煩將軍，等你們勝利歸來的時候，我會給哈瓦那那邊打個電話，告訴他，羅布特是我們基地的雪茄供應商，他們扣押的雪茄是我們聖地牙哥軍事基地的軍需物資。」

羅獵喜道：「我會跟羅布特說，讓他送你幾箱最頂級的雪茄。」

威廉笑道：「最頂級的古巴雪茄價值不菲，我們已經利用了羅布特，幫他一個小忙也是應該，就不要再讓他破費了。」

趙大明道：「可你這個電話打過去，對羅布特來說，將會是長期受益，讓他破點費，我認為也是應該。」

威廉搖了搖頭，道：「即便是長期受益，那也是他拿命拚來的，是他理所當然應該得到的，而我們，只不過是打了個電話而已。」

趙大明道：「威廉，我被你感動到了，謝謝你，威廉。」

威廉輕歎一聲，道：「不，趙，我的朋友，應該說是你們先感動到了我，議員先生遇到了麻煩，而將軍又不便出面解決，只有你們不計得失甘冒危險挺身而出，這份情，議員先生會銘記於心，將軍他同樣會銘記於心。」

羅獵好奇問道：「威廉，冒昧地問一句，議員先生和哈里斯將軍，他們究竟是什麼關係？」

威廉回道：「他們兩個是從內戰的死人堆裡爬出來的戰友，兄弟，他們還是彼此兒女的教父，更親密的一層關係是，將軍的女兒嫁給了議員先生的兒子。」

金山下了入冬以來的第一場雪。

瑞雪的潔白掩蓋了城市中所有的骯髒，在銀裝素裹的世界中，人們不免生出了祥和安寧的幻覺來。那一千八百噸煙土的燃燒現場亦是一片皚皚，乍一看，又或是仔細看，卻是和周圍的景象沒什麼兩樣，當日的那種人山人海群情振奮的場面或許還存在於人們的記憶當中，但隨著時間的推移，絕大多數人的記憶定然會逐漸模糊起來，終於被這一場大雪所完全覆蓋。

海倫並沒有遭遇到任何的報復性為，因而，借宿於安良堂的堂口似乎失去了意義，更讓她感覺到無聊的是雖然她與曹濱在物理的距離上近在咫尺，可是在情感上仍舊是遠在天涯。她要上班，每天出門的時候，曹濱仍舊在酣睡，而等到她下班之後，那曹濱一定將自己鎖在了書房當中，一周的時間，猶如白駒過隙，一晃而逝，又猶如螞蟻翻山，度日如年。

這一周，海倫只見到了曹濱一面，而且還是匆匆而過。

喜歡一個人是美好的，是幸福的，每當想起他來的時候，心中總是有一種甜美的感覺。喜歡一個人同樣是痛苦的，是煎熬的，見不到他的時候是思念，見到他的時候卻是惆悵。

在美好幸福與痛苦煎熬之中掙扎了一個禮拜，海倫最終選擇了放棄。

曾經有那麼一位偉大的詩人和哲學家說過，最偉大的愛情不是獲得，而是付出，不是擁有，而是放手。

這之前，海倫對這句話只是懵懂，而如今，卻有了刻骨銘心一般的深刻認知。她選擇了放棄，便是最大的付出，是錐心一般的放手。

離開堂口的時候，海倫沒有跟任何人打招呼，她生怕自己挺不過任何一句帶有挽留成分的話來。但現實卻如此殘酷，那些個看到她拎著行李箱離去的男人們果真沒有一人能走過來跟她說上一句挽留的話，只是笑著點了點頭，就好像他們早已經知道，自己遲早都會灰溜溜離開一般。

這樣也是挺好。

至少不會干擾了自己的決心。

二樓的那間書房中，燃燒著通紅火苗的壁爐發出了木炭炸裂開的嗶剝聲響，一個身影立於窗簾之後，將落地的窗簾挑起了一道縫隙，默默地看著窗外雪地中留下的海倫的兩行腳印。呼出來的熱氣撲到了窗戶的玻璃上，終究凝結成了一片窗花，視線因此而模糊，那身影的主人卻懶得伸出手來擦拭一下，只是幽幽地歎了聲氣。

董彪安坐於書房的沙發上，摁滅了手中的煙頭，緊跟著也歎息了一聲，輕聲道：「濱哥，你這又是何苦呢？」

曹濱放下了窗簾，坐到了董彪的對面，端起面前一杯涼透了的茶水，淺啜了一口，苦笑道：「她是個洋人！」

董彪再點了根香煙，噴了煙圈出來，凝視著緩緩上升又不斷改變著形狀的煙圈，歎道：「洋人又如何？艾莉絲也是個洋人，你為何不反對呢？」

曹濱放下了茶杯，拿起了靠在煙灰缸上的半截雪茄，猛抽了兩口，讓雪茄再次燃起了明火。「艾莉絲只是個特例，並不是每一個洋人都像艾莉絲那樣善良。」

董彪搖了搖頭，道：「可海倫絕對是一個正直的人，正直的人，一定是一個善良的人。」

曹濱長歎了一聲，道：「正直絕不可能和善良劃等號！」

董彪無奈道：「但你不試試，又怎麼能斷定她不是一個善良的女人呢？」

曹濱道：「等試出答案了，是不是已經晚了呢？」

董彪再抽了口煙，反問道：「等真的晚了，你會不會後悔呢？」

曹濱愣住了。

董彪彈了下煙灰，接道：「二十年了，濱哥，自從大嫂走了以後已經有二十年的時間，終於又有了一個能讓你動心的女人，可你怎麼能如此怯懦呢？不就是一個種族的問題嗎？洋人是看不起咱們華人，但是濱哥啊，咱們自己可不能看不起自己啊！」

曹濱舉起了雪茄，放在了唇邊，卻緩緩地搖了下頭，臉上露出了苦澀的笑容。

董彪繼續道：「她是帶著絕望離開的，濱哥，如果你不追上去，我敢保證，你將會永遠地失去她。」

曹濱放下了雪茄，端起了茶杯，揭開了杯蓋，刮著早已沉到了杯底的茶葉。「塞翁失馬，焉知非福？她無法放棄她記者的事業，而我也永遠不可能真正擺脫江湖的束縛，就像是兩條不同方向的直線，即便在某一刻交會，形成了一點刻骨銘心的印痕，但終究還是要各奔東西。人生漫漫，又何必為了一時的歡愉而帶來無盡的煩惱？」

董彪強道：「那如果她願意為了你而放棄她的事業呢？」

曹濱微微一怔，隨即苦笑反問：「你覺得有這個可能嗎？」

董彪回敬了一個反問：「如果真有這個可能呢？」

曹濱長歎了一聲，道：「這一個禮拜，我做過三次相同的夢，她放棄了她的事業，而我，也將安良堂交給了你，我們去了一個美麗的海島，在那兒，只有涓涓溪流和遍地的鮮花，再也聽不到槍炮之聲，再也看不到刀光劍影……」曹濱微微閉上了雙眼，深吸了口氣，再緩緩吐出，當他重新睜開雙眼時，眼眶中竟然有了些晶瑩的淚花：「即便她能做得到，可我能做得到嗎？」

董彪沉默了。

曹濱再拿起了雪茄，默默地抽了兩口，似乎是難以平復胸中的鬱悶，起身走到了窗前，打開了一扇窗葉。一股寒風迎面撲來，吹落了窗櫺上的積雪，飄落在了曹濱的臉頰上。「沒有個十年八年，安良堂能夠完全轉型嗎？能夠完全脫離江湖嗎？且不說甚遠，只說眼下，安良堂能得到安寧嗎？埃斯頓還有和他勾結在一起的那夥人能善罷甘休嗎？人在江湖，身不由己，二十年前，我只認為這句話不過就是矯情，只要自己足夠強大，又怎麼能身不由己呢？可是，二十年走下來，我卻不得不承認，再怎麼強大，你也永遠做不到能夠主宰這個世界，隨時隨地都會出現更為強大的敵人，你只能如履薄冰膽戰心驚地走著每一步路。」

董彪忽地笑開了，道：「濱哥，說遠了，這跟海倫沒多大關係。」

曹濱吐出了胸中的鬱悶，關上了窗，回到了原來的位置上，淡淡一笑，道：「怎麼沒關係呢？當你真正喜歡一個女人的時候，首先要做到的便是不能讓她跟著你而擔驚受怕，對嗎？」

董彪無法反駁，只能以點頭應對。

曹濱接道：「所以，放棄才是我最正確的選擇。」

董彪鎖緊了眉頭，沉思片刻，困惑道：「濱哥，我真的佩服你，明明一開始我覺得自己占足了理，可怎麼說著說著，我就被你帶偏了呢？等等，讓我捋一捋思路。」

曹濱笑道：「你啊，就別再費這個心思了，**是你的，永遠是你的，任何人都搶不**

走，不是你的，你永遠也得不到，即便是已經擁有，但遲早也要失去。」

董彪抱住了腦袋，長歎了一聲，哀道：「好吧，我承認，在講道理上你能甩我幾條街，我說不過你，我也不打算跟你說下去了，可我董彪是個認死理的人，我認定了海倫是最適合做我大嫂的女人，你不去把她給追回來，那我替你去，你生氣也罷，不生氣也罷，反正就這麼著了，大不了你打我的板子就是了！」話未說完，那董彪已然起身，就要往門外走去。

曹濱依舊安坐，只是沉聲喝道：「你敢?!」

那董彪像是被點了穴一樣，楞在了門口。

曹濱指了指對面的沙發，沉聲道：「你給我回來坐這兒！」

董彪咬著牙，喘了幾口粗氣，卻還是乖乖地回到了原來的位置上坐了下來。

「你那不叫行好，那叫添亂！」曹濱摁滅了雪茄，起身換了杯熱茶回來，道：「你當我真的捨得放手嗎？阿彪，我是不敢啊！我生怕再重複了二十年前的那場悲劇，我不能再有軟肋被對手抓在手中，我為什麼要送走羅獵？你當他真有收拾殘局的能力？我們兄弟二人，風風雨雨走過來，早已將生死看淡了，可羅獵還年輕，他經歷的太少，我不忍心看到他有個三長兩短，這是我唯一的軟肋，現在我將他騙走了，消除了這唯一的軟肋，難道你非得給我再添上一條軟肋不成？」

董彪愣愣地看著曹濱，敲了敲腦門，道：「那你早說嘛！」

曹濱哼了聲，道：「我為什麼要早說？」

董彪忽地笑了起來，道：「我知道了，這肯定是你剛剛想出來的理由，對不？」

曹濱跟著笑開了，道：「你別管是我什麼時候想出來的，我就問你，這個理由充分不充分？」

董彪收起了笑容，點點頭，道：「其實這理由並不充分，只是勉強可以接受。」

一場大雪讓埃斯頓、斯坦德和庫柏三人的焦慮心情緩和了不少。環境固然能夠影響人的心情，但更重要的因素則是在下雪前的那天晚上，斯坦德終於等到了新聯繫上的買家的積極回音。

和他們三人的預想並不一樣，在聯繫買家的過程中，斯坦德差點沒愁出一個精神崩潰出來。十五年前，在美利堅合眾國販賣鴉片尚且不屬於違法行為，那個時候，只要說你手中有貨，那麼買主便會紛迭而至。斯坦德當時僅是個尉官，且無貨源，但那時候的海軍少不了要為這些個鴉片商幹點私活，因而斯坦德也就有了機會結交了許多買家。

可是，該死的參眾兩院居然立下了法律，在全國範圍內禁止公民吸食鴉片，更不用說販賣鴉片了。美西戰爭後，禁煙運動再一步升格，聯邦政府成立了聯邦緝毒署，重拳出擊，將矛頭對準了全國範圍內的鴉片商。一時間，風聲鶴唳，所有的鴉片商均轉為了地下交易的模式。

當初跟斯坦德有過合作的那些鴉片商，除了李西濾坦莉雅這一夥之外，其他人對斯坦德拋出來的橄欖枝多數都採取了視而不見聽而不聞的態度。因為這些個人都知道斯坦德是名軍人，跟金山警察局的埃斯頓還有著極為緊密的關係，天知道這是不是他們設下的一個圈套，誰也不願意為了眼前的利益卻把自己的身家性命搭了進去。

連著一個禮拜的時間，斯坦德聯繫了近十個買家，要麼是石沉大海連聲響都聽不到，要麼便是遭到婉拒，對方會謊稱自己早已經脫離了這個行當。

就在斯坦德一籌莫展之際，紐約的一個買家終於傳遞來了積極的回音。對方表示出了對斯坦德的信任，願意以每盎司十五美分的價格一口吃下這批貨，但必須答應他們一個附加條件。對方同時還表態說，附加條件只能是當面交流，如果斯坦德這邊願意談判的話，對方會立刻派代表前往金山。

比起李西濾出的一盎司十四美分的最高價，這家買主直接開出了一盎司十五美分的收購價來，也就是說，這批貨可以多賺七萬美元，這絕對是一件大好的喜事，對方提出附加條件也是完全可以理解，於是，斯坦德當即便答應了對方見面詳談的要求。

大雪紛紛揚揚下了一整夜，到了第二天早晨尚未停歇，斯坦德顧不上雪厚路滑，開著車先去警察局接上了埃斯頓，隨即便趕去了庫柏的軍營。還是在那間包房中，斯坦德向埃斯頓和庫柏二人通告了昨晚上跟紐約那位買家的溝通情況。

「那人叫鮑爾默，十多年前，我還是一名上尉的時候就跟他有過合作，不過，我們之間算不上有多熟悉。這一次我對他原本沒抱有多大的指望，但沒想到，他卻給我傳遞來了最為明確的意向。」斯坦德做了總結，臉上神情盡顯了得意之色。

庫柏道：「能找到買家確實是一件值得慶賀的事情，既然我們有希望將這批貨成功脫手，那麼，我仍舊建議要放過湯姆和傑克二人，我們要的是美元，他們的性命對我們來說，一文不值。」

埃斯頓道：「如果能夠安安穩穩地賣掉那批貨，拿到我們應得的貨款，我當然支持你的建議。湯姆和傑克二人很不簡單，他們有著狼的嗅覺獅的力量，想除掉他們確實不是一件簡單的事情。但問題是，如果我們不能除掉他們的話，我們就無法做得到將那批貨平安運出金山，送到指定的交貨地點。」

庫柏笑了下，道：「我有辦法！我已經買通了我的軍需官，需要交貨的時候，他可以簽字派出車隊，將貨從斯坦德的軍港中提出來，並運送到該死的交貨地點。那個湯姆，還有傑克，如果他們知趣點的話，便會睜隻眼閉隻眼放我們一馬，要是他們仍舊糾纏不休的話，那麼我完全可以以干擾軍事行動的罪名將他們就地槍決。」

斯坦德道：「庫柏，你的軍需官可靠嗎？還有，你買通了他，代價高嗎？如果必須分給他一份的話，那麼我想，還不如幹掉湯姆傑克二人來得划算呢！」

庫柏道：「如果能輕而易舉地幹掉他們的話，我當然會選擇這個簡單的辦法，但問題是，拉爾森失手了，我不知道我們還能不能找得到比拉爾森更為優秀的獵手。你總不至於讓我派出軍隊，在光天化日之下去攻打他安良堂的堂口吧？還有，我和我的軍需官只是做了個交易，我放棄了追究他貪贓枉法的權利，換來他和我的合作關係，這不會影響到你們二位的利益，受損失的僅僅是我庫柏一人。」

庫柏的軍需官仗著上面有人，從來不把庫柏放在眼中，只顧著自己吃獨食。庫柏甚是惱火，但礙於那軍需官的背景後台，卻也是無可奈何。但後來出現了一次很偶然的機會，讓庫柏抓住了那小子的小辮子。庫柏很沉穩，在抓住那小子的小辮子後並沒有直接發作，而是順藤摸瓜，掌握了那小子更多的證據。在關鍵時刻，庫柏向那小子攤了牌，要麼跟他合作，要麼就到軍事法庭上把事情說清楚。

那小子當然是選擇了前者。

但對庫柏來說，這卻是一筆不小的損失，不然的話，他完全可以敲上那小子一筆不菲的竹杠。

聽到了庫柏略帶怨氣的回應，埃斯頓和斯坦德再也無話可說，只能是壓制住自己的想法，而對庫柏的提議表示了贊同。

從上尉軍銜退役的埃斯頓其戰略格局和戰術素養只能定格在上尉這一等級的水準上，而到了警察局之後，對付的盡是些個人犯罪，對那些個江湖幫派根本就是束手無策，因而，其戰略格局及戰術素養只有下降的份，絕無上升的可能。而斯坦德雖然貴為准將，但他的實權職位卻是一級艦的艦長，軍艦做為獨立的作戰單位，在海戰中只是一個個體，很難有戰略格局的體現，雖兼了個艦隊副司令長官，但畢竟時日尚短，其戰略格局已是有待於提高。

而庫柏則不同，身為一團之長，他很明白很清楚自己的戰略目標是什麼，需要用怎樣的戰術才能以最小的代價來達到自己的戰略目標。很顯然，他們想達到的戰略目標只是將貨賣出去，把錢拿回來，這個戰略目標絕對不包括幹掉曹濱、董彪二人。

這就像是在戰爭中，本團接受的任務是攻下A高地，而在向A高地的進攻路線上守著了敵軍的一個連，那麼，做為指揮官就必須權衡利弊，是必須先擊潰這個敵軍連還是可以先繞過這個敵軍連的防守。若是選擇了前者，就很有可能被這個敵軍連拖住了本團大部隊，不能在規定的時間內拿下A高地，也就等於自己在戰略上徹底失敗。

這個時候，完全可以派出同樣的一個連來鉗制敵軍，而大部隊則繞過該連的防守區域，直接向A高地發起攻擊，待拿下了A高地之後，再折回頭來收拾這個敵軍連。

A高地便是將貨賣出去，把錢拿回來，而曹濱、董彪二人，便是守在半道上的那個敵軍連。

庫柏是一名優秀的軍事指揮官，他當然會選擇先拿下A高地然後再折回頭收拾那個敵軍連的戰術，他甚至認為，等己方拿下了A高地之後，那個敵軍連也就失去了存在的意義，可能根本不需要他再折回來收拾便會主動潰敗。

而埃斯頓和斯坦德二人顯然沒有庫柏想的深想的遠，更沒有庫柏想的那麼細緻，他們兩個只是糾結於曹濱、董彪二人對他們的敵視態度，認為不除掉此二人，他們便不會得到安寧，卻全然忽視了戰略目標的獨立性以及完成戰略目標的戰術的重要性。

不過，看到埃斯頓和斯坦德二人雖然有些不情願，但還是接受了自己的觀點，庫柏也是頗為欣慰。剛好時間上又到了該吃午飯的時刻，於是庫柏安排俱樂部為他們準備一頓豐盛的午餐。

吃喝之時，埃斯頓突然想起了什麼來，手持刀叉，卻呆若木雞。

庫柏笑問道：「埃斯頓，你這是怎麼了？是不是舌頭被自己咽到肚子裡去了？」

埃斯頓漠然搖頭，憂慮道：「我忽然想起來了，那個叫鮑爾默的紐約買家，應該是比爾‧萊恩的部下，而咱們手上的這批貨，原本就屬於比爾‧萊恩。」

斯坦德笑道：「那又能怎樣？冤有頭債有主，偷走他的貨的人並不是我們。」

庫柏跟道：「斯坦德說得對，如果不是我們，這批貨早已經化為了灰燼，因此，那鮑爾默不單不應該抱怨我們，恰恰相反，他應該感激我們才對。」

埃斯頓搖了搖頭，道：「我所擔心的並不是這些，而是他提出的附加條件。」

嚴格說，鮑爾默並非是比爾‧萊恩的部下，他跟比爾‧萊恩應該算作是合作夥伴的關係，只是在他們的合作過程中，一直以比爾‧萊恩為主導。

當比爾・萊恩準備接受漢斯的計畫，把自己的身家性命全都押在這場賭局當中的時候，鮑爾默並沒有被紙面上的利益所沖昏了頭腦。漢斯的計畫聽起來美妙無比，但他卻缺乏對那東方神秘國度的瞭解，且堅定利益越大風險越大的原則，因而並沒有投入到這場豪賭中來，只是象徵性地拿出了五萬美元參了小小的一股。

五萬美元雖然也是一筆鉅款，但不至於令鮑爾默傷筋動骨，所以，當比爾・萊恩生病住院隨後又下落不明，他辛苦創建的鴉片商業帝國也隨之崩塌之際，鮑爾默卻倖存了下來。

雖然得以倖存，但鮑爾默的日子並不好過。比爾・萊恩為了這場豪賭，幾乎把市場上能夠搜刮到的貨源全都搜刮了個一乾二淨，導致他遭遇了組織尚在卻無貨可賣的尷尬境地，只能是花高價從別的管道購進品質等級都略差於南美貨的莫西可貨。

比爾・萊恩從醫院中消失，做為老搭檔的鮑爾默隨即便明白了這隻老狐狸的招數，那時候，他認為以比爾・萊恩的功力和實力，收拾一個來自於劣等民族的漢斯應該是輕鬆自如綽綽有餘。可是他真的沒想到，比爾・萊恩竟然一去不復還，緊接著便得到了金山方面傳來的消息，說金山警方查獲了史上最大一件鴉片走私案。

看到了案件所涉及到的走私鴉片的數量，鮑爾默動起了心思。他判斷到比爾・萊恩應該是折在了金山，而那個漢斯，應該仍舊周旋於金山各方勢力，因為他很清楚，比爾・萊恩為這場豪賭搜刮來的貨源絕不是兩百噸，而是駭人聽聞的兩千噸。鮑爾默動的心思則是前去金山，找到漢斯，暗中支持他奪回那剩下的一千八百噸貨物的掌控權。且無需太多回報，只要漢斯能分給他兩成的貨物，便已經足夠讓他接替比爾・萊恩而成為紐約最有實力的鴉片商。

只可惜，那漢斯在金山藏得太深了。自己這邊雖然不斷地通過特殊手段向漢斯透露了一些資訊，但漢斯似乎都沒能捕捉到，或者，那漢斯根本沒打算跟他合作。

失望中，鮑爾默帶著手下返回了紐約，之後，又親自去了趟南美，借著之前和比爾・萊恩合作的基礎，爭取到了一些貨源。可是，南美那邊的存貨也已經被比爾・萊恩搜刮了個一乾二淨，而新貨，則要等到來年的四五月份。

從南美歸來的第三天，鮑爾默收到了一封電報，電報來自於金山，卻不是他留在金山的眼線發來的情報。看到了電報內容，鮑爾默內心中泛起了一陣狂喜。兩百噸的優質貨源足以令他登上事業的高峰，而且，對那發來電報的人，鮑爾默也是頗為瞭解，再加上他清楚知曉這兩百噸貨的來龍去脈，因而他根本不會認為這是個圈套騙局。

在準備答覆對方的時候，鮑爾默靈光閃現，構思出另一幅更加令人振奮的藍圖出來。

比爾・萊恩創建的鴉片商業帝國已經分崩離析成了十數支規模不一的團夥勢力，鮑爾默有心將他們整合在一起，無奈於自己的威望尚且不足服眾。而此時，他們中的大多數也知道了在過去的幾個月中金山那邊究竟發生了什麼，大夥對那個漢斯固然是恨得咬牙，但沒有人會認為漢斯能殺得了比爾・萊恩，他們當年的首領，一定是栽在了金山安良堂的手上。

若是能夠借此機會，利用發來電報的斯坦德的力量鏟平金山安良堂，為比爾・萊恩報了仇雪了恨的話，那麼，他必將成為昔日那幫弟兄們心中的英雄，屆時，將他們整合在一起便有了基礎可能。

如果能夠達到目標，那麼，他勢必會成為第二個比爾・萊恩。

一盎司十五美分的價格並不算高，他目前進的莫西可貨都達到了一盎司十七八美分，而且對方還明確說了，可以在任何一個指定地方進行交易。刨去了運費，再刨去運輸中的風險，這樣算下來，這批貨的進價要比現有管道便宜了三成以上，因而，在安排代表準備前往金山的時候，鮑爾默調整了自己的想法，如果對方能夠按他的意思順利剷除了金山安良堂的話，那麼他願意將收購價抬高到十八美分一盎司的價位上來。

為了能彰顯出自己的誠意和重視，鮑爾默想到的最合適的代表人選便是他的親兒子，康利・鮑爾默。康利年輕，尚不足而立之年，但他卻極為沉穩，性格上比起那些四十歲的男人都要穩重，而且，其心思頗為縝密，有時候連他這個做父親的都有些自愧不如。

康利默不作聲聽完了父親的整個構思，再沉吟了片刻，終於做出了自己的評判：「這是一個很棒的計畫，但中間還是存在幾個問題，最首要的一點便是資金。且不按一盎司十八美分的價格來計算，就按一盎司十五美分來計算，我們要是想吃下這兩百噸的貨，就至少要準備一百萬的資金，可現實卻是我們的賬上，連一半都不夠。」

鮑爾默道：「這並不是問題，等我們和他們達成了交易，我可以將這批貨預售出去一部分，不光是咱們缺貨，萊恩先生的那些老部下同樣缺貨。」

康利點了點頭，道：「很好，資金的問題既然能夠解決，那麼就不再是一個問題，我收回我剛才的質疑，但接下來的一個問題，卻不是那麼好解決。」

鮑爾默道：「你是想說貨物運到紐約後的存儲問題嗎？」

康利聳了下肩，道：「既然你打算將這批貨預售出去一部分的話，那麼，存儲問題也不是一個大問題，我想說的是，如果他們接受了我們提出的附加條件，但很可惜，他們行動失敗了，那麼，我們只能眼睜睜地看著那批貨被別人拿走或是化成了灰燼。」

鮑爾默不由得倒吸了口冷氣。

康利所提到的這個問題，確實是他沒有考慮到的。他知曉斯坦德的軍方背景，而且十多年前曾經跟斯坦德有過一次合作，那時候的斯坦德便已是海軍陸戰隊的一名上尉。十多年過去了，鮑爾默相信，斯坦德在軍中的地位至少要上了兩個台階，所以，他堅信，只要是斯坦德下定了決心，便一定能夠拿出足夠的實力來鏟平金山安良堂。因而，在他的決策中，交易的前提條件是斯坦德必須先鏟平了安良堂。

之所以會做出這樣的決策，鮑爾默的目的只是想將斯坦德的潛能給逼出來。但是，他卻忽略了世事無絕對的道理，萬一那斯坦德失敗了，自己必然會落個竹籃子打水一場空的結果，甚至還有可能陷入泥潭而無法自拔。

「提醒得好，康利，你能想到這一點，我很欣慰，但我更想聽到你的解決辦法。」怔過之後，鮑爾默露出了笑容，他想借此機會來考驗一下康利的能力。

康利淡淡一笑，道：「我的意見是將交易價格壓低到一盎司十二美分，不帶有任何附加條件，當然，我們會向他提出鏟平金山安良堂的要求，他們若是完成了，那麼，我們可以將最終結算價格提高到一盎司十八美分。父親，一盎司上漲六美分，對兩百噸的貨來說，其總價要超過四十萬美元，我想，那位偉大的軍官一定會為了這額外的四十萬美元而傾盡全力，而我們卻是穩賺不賠。」

鮑爾默的神情從欣慰不覺間轉變成了讚賞，他微微頷首，道：「我接受你的建議，康利，還有什麼問題嗎？一併說出來。」

康利道：「我並不贊同你要整合比爾·萊恩舊部的想法，剷除金山安良堂，提高父親你的威望，這一點非常好。但是，再往下走，想利用這份功勞來整合比爾·萊恩舊部的話，可能不會那麼順利，即便整合成功了，對你來說，也不過是徒有虛名罷了。比爾・萊恩能控制住他的那些部下，依靠的是他穩定的貨源，而你卻不具備這樣的資源條件，因此，你不可能真正控制了他們。而他們，一旦惹了麻煩，勢必來找你擦屁股，你只會更加勞苦，卻多不了多少實際上的好處。」

話聽起來不那麼順耳，但其中的道理卻是顯而易見，鮑爾默在心中感慨著自己兒子的成熟，但在臉上也不過就是微微一笑：「那你認為我該怎麼做才是最有利的呢？」

康利沉吟了片刻，道：「如果那位偉大的軍官先生無法賺到一盎司六美分的激勵的話，那麼說什麼都是徒勞的，但如果他做到了，我認為，對父親來說，最有利的事情是將威望轉換成實利。」

穩！

鮑爾默對康利的評價只有這麼一個字，但對於本身所處的行當來說，穩，才是最終要的。

海倫搬回了報社的單身宿舍。

宿舍沒有火爐，自然是寒冷潮濕，窗戶框早就變了形狀，雖然關緊了，但卻有些漏風，吹在身上，更是讓人感覺到冰冷難耐。海倫沒有心思去上班，孤零零一個人躺在了宿舍的單身床上，她想睡上一會，可是，一閉上眼睛，腦海中便立刻浮現出曹濱的音容相貌來。

海倫無奈，只得睜開眼來。

但睜開了眼，看到了宿舍中的陳設，海倫卻禁不住跟她在安良堂的那間臥房作對比。在這之前，海倫將自己全身心地投入到了新聞記者的事業當中，根本顧不上照顧好自己，在生活上是能將就便將就，能省略就省略，以至於自己的宿舍怎麼看也不像是一個女人的寢室。而在安良堂，曹濱卻為她置辦了好多好多女人的生活用品，雖然那些用品並不是曹濱親自購置的，但畢竟是他安排給周嫂的。

海倫坐到了書桌前，桌面上的混亂不堪登時讓她產生了煩躁的情緒，她一時情緒失控，伸出胳膊，將桌面的雜七雜八全都扒拉到了地上。隨著一陣雜亂聲響起，海倫愣了片刻，然後伏在了桌面上，雙肩劇烈地抽搐起來。

從學校畢業做了一名記者，到今天已經是第九個年頭了。剛進入報社，被同事嗤笑沒有專業素養的時候，海倫沒有哭。有了獨立採訪權，被採訪對象所辱罵的時候，海倫沒有哭。為了能揭露犯罪事實，海倫深入到罪犯窩點被涉嫌犯罪者用槍指住了頭的時候，海倫仍舊沒有哭。她曾經以為自己已經練就了鋼鐵一般的意志，她曾經以為自己可以笑著面對任何困難，可是，在這一刻，在這種微不足道的感情挫折面前，海倫卻哭了。

哭的形式有很多，可以嚎啕大哭，可以嚶嚶抽咽，總歸是要發出聲來才能夠將情緒宣洩出來。但海倫卻是在無聲地抽慟著，無聲說明她在拚命地壓抑著自己，抽慟表明了她的情緒已然崩潰，這是一種無奈的悲傷，是一種充滿了悔恨的悲傷。

年過三十的海倫不可能沒愛過。哪個少年不多情？哪個少女不懷春？海倫也年輕過，也曾有過花一般的年紀，她暗戀過某個男孩，她也曾被某個男孩傷到了心，但那時候，她從來沒像現在這樣絕望過。

摔在地面上的鬧鐘仍舊在滴滴答答地走著，鬧鐘上的時針已經越過了正上方的位置，一早起來就沒吃過東西的海倫終於感覺到了腹中的饑餓，可是，她卻是一點胃口都提不起來。

「篤，篤，篤。」

門口處傳來了敲門聲。

海倫不想搭理，此刻，她誰都不想見到。

「篤，篤，篤。」

門外的人並沒有放棄。

海倫猶豫了一下，或許是報社的同事前來找她，可是，心中卻有一個陌生的聲音吼了起來：「讓那該死的工作見鬼去吧！你需要的是愛，是生活！」

那聲音很陌生嗎？那分明就是自己的聲音啊！

愛？生活？

似乎唾手可得，但當伸出手來的時候，才發現它原來是遙不可及。

「海倫，我知道你在裡面，再不開門的話，我就要將門撞開了！」門外傳來了熟悉的男人的渾厚聲音。

是傑克？

真的是傑克！

也不知道是出於什麼原因，海倫陡然間來了精神，她連忙清了嗓子，儘量保持了正常的嗓音，回應道：「是傑克嗎？」

董彪在門外應道：「不是我還會是誰？還有誰敢威脅說要撞開海倫大記者的房門？」

海倫手忙腳亂地攏了下頭髮，又去了水盆架旁拿起了一條毛巾擦拭著臉頰，可整一個禮拜不在，那毛巾已近乾透了，根本擦不淨臉上的淚痕。「傑克，稍等一會啊，我，我剛從床上起來。」

水盆中沒有一滴水，而旁邊的水瓶中亦是倒不出一滴水來，海倫焦急地四下張望，當她看到了窗戶的時候，終於想到了辦法。推開窗，海倫抓了把雪放在了毛巾上，再去擦拭臉頰，果然乾淨了許多。

放下了毛巾，正準備去開門，海倫又看到了那一地的狼藉，再收拾肯定是來不及，海倫苦笑了一聲，搖了搖頭，轉過身為董彪開了房門。

第六章

遇見真愛的勇氣

近十年的記者生涯，將海倫磨煉成放得開豁得出的女人，
只是，當她遇到真愛的時候，才會生出瞻前顧後的忸怩表現。
而董彪這番話則徹底打消了她的顧慮，
既然湯姆是動了心的，那還有什麼好顧忌的呢？
只管向前衝鋒就是了，大不了被他多拒絕幾次而已。

房門外，董彪冷得又是跺腳又是搓手，進了屋來，忍不住嘮叨了一句：「這屋裡怎麼比外面還冷啊！」不等海倫作答，那董彪左右看了一眼，忍俊道：「我說，大記者啊，這就是你的寢室？這條件，能住人嗎？」

海倫面帶慍色回敬道：「我不是人嗎？我在這間房間中可是已經住了九年了。」

「九年？」董彪冷哼了一聲，剛想懟上一句，卻看到了海倫臉上殘留的淚痕：「你剛才哭了？」

海倫嗔怒道：「哭怎麼了？喜怒哀樂原本就是人之常情，你有限制我的權力麼？」

董彪陪笑道：「我哪敢限制大記者啊？萬一你把這事捅到了報紙上，說我是大男子主義，不尊重婦女，那我豈不是吃不了兜著走嗎？」

人是一個很奇怪的動物，就拿海倫來說，她在曹濱的面前，雖然也能做出落落大方的姿態，說起話來也是有板有眼，可無論如何卻掩蓋不住她內心中的那份拘謹。但是在跟董彪相處的時候，卻是極其放鬆，就像是交往多年的朋友一般，有什麼說什麼，無需遮掩，更不必偽裝。

放鬆下來的海倫臉上也有了些許的笑容，她甩了甩頭髮，回敬董彪道：「你不覺得晚了麼？你威脅我要撞開我的房門，嘲笑我的寢室不是人能住的，還要限制我的情感宣洩，傑克，你的罪狀可是不少啊，你就等著上報紙吧。」

董彪聳了下肩，笑道：「那我不就成了臭名昭著的男人了麼？可是，這樣一來，就勢必會影響到湯姆的名聲，而你，遲早要嫁給湯姆的，所以，你的這種行為是搬起石頭砸……」董彪沒能把話說完，因為他看到了海倫呆住了，且流出了兩行熱淚。

「海倫，不帶你這樣的啊，你又不是演員，怎麼能說哭就哭呢？」

海倫用雙手抹去了臉頰上的淚水，苦笑搖頭，道：「傑克，我當你是朋友，你可以不安慰我，但你卻不能這樣傷害我。」

董彪笑道：「傷害你？我為什麼要傷害你？我說了什麼話傷害到你了？」

海倫擠出了一絲笑容，道：「你知道，我愛湯姆，可他並不愛我，所以，我希望你今後不要在我的面前提起他。」

董彪做出了一副無奈且委屈的神態出來，誇張道：「海倫，我來見你，可是冒著極大的風險，要是被湯姆知道了，他會打斷我一條腿的。我冒著這麼大的風險來找你，只是想告訴你關於湯姆的一個秘密，可是，你卻不讓我在你的面前提起他，哦，天哪，那好吧，我現在就回去好了。」說罷，董彪作勢就要離去。

海倫急忙叫道：「傑克，你站住！」

董彪轉過身來，斜倚在門框上，似笑非笑道：「怎麼了？大記者，反悔了？」

海倫輕蔑一笑，道：「我早晨出來的時候就沒吃東西，現在很餓，而你又耽誤了我這麼多時間，你是不是應該發揚你的紳士風度，請我共進午餐呢？」

董彪做了個請的手勢，道：「在下非常榮幸。」

跟曹濱聊完之後，沒達到目的的董彪開著車偷偷溜出了堂口，怎奈路上均是厚厚的積雪，車子行在上面根本不敢提速，因而，熬到了臨近中午，董彪才趕到了報社。在報社中，董彪沒能找到海倫，於是，他施展開了他的忽悠大法，將海倫的一名同事給忽悠暈了，從而成功的套到了海倫的宿舍地址。

不過，董彪也算來得及時，因為拖著行李的海倫雖然一早就離開了安良堂的堂口，但她卻是步行回到的宿舍，因而，在宿舍中尚未哭個痛快，那董彪便敲響了她的房門。

開著速度跟步行差不多的車，董彪帶著海倫找到了一家餐廳。

餐廳的環境甚是優雅，非常適合情侶的約會，董彪環顧了一圈，尷尬笑道：「海倫，我帶你來這種地方吃飯，若是被湯姆知道了，他一定會醋意大發，將我的另一條腿也得打斷。」

侍者將二人帶到了靠窗的一張餐桌旁，董彪為海倫拉開了座椅，待海倫坐定後，又從侍者手中接過了菜單，遞到了海倫的手上。

海倫並沒有打開菜單，直接點了一份牛排和一碗蔬菜湯，並道：「有這些對我來說已經足夠了。」

董彪笑道：「那怎麼能行呢？我第一次請大嫂吃飯，要是如此寒酸的話，會被人笑掉大牙的！」

海倫怔道：「你叫我什麼？」

董彪很是無辜道：「大嫂啊？我不是說過了嗎？你遲早都會嫁給湯姆，而湯姆是我的大哥，我當然要管你叫大嫂了！」

海倫苦笑搖頭，道：「傑克，求你了，別在那這件事跟我開玩笑了，行嗎？」

董彪正色道：「我什麼時候跟你開玩笑了？你看我像是開玩笑的樣子嗎？」

倔強如董彪，但凡他真心認定的事情，即便是十頭牛也絕無可能將他拉回來。

曹濱的軟肋之說，看似道理十足，實則根本站不住腳。

通過卡爾提供的線索，再經過曹濱的排查分析，早已經認定了軍警勾結在一塊盜走那批貨的人便是埃斯頓、斯坦德和庫柏三人。而反過來想，那三人既然動手殺了卡爾，並派出了殺手想對曹濱、董彪直接下手，就說明對方應該已經意識到自己早已經暴露了。只不過，他們仰仗著曹濱、董彪一時半會找不到充分的證據而能夠耐心地將這場遊戲進行下去。

這種格局下，對方只能有兩種選擇，一是保持目前的平衡狀態，並盡可能地藏匿起各項證據，只要保證曹濱、董彪無法獲得證據，那麼，他們便可以高枕無憂，繼續逍遙自在。二便是再次派出殺手，對曹濱、董彪實施暗殺，而且必須保證一擊致命，不然的話，那殺手若是落到了曹濱、董彪手上，也就相當於將證據拱手送出。

因而，那些人肯定不會向海倫下手，除非，他們瘋了。

董彪能想明白的問題，那曹濱自然更不用多說，因而，再一早他們兄弟二人的相談中，曹濱被逼到了牆角，這才想出了所謂的軟肋之說。而董彪則鐵了心要來找海倫談一談，替曹濱說出曹濱的真實心聲，因而，他才沒有跟曹濱繼續糾纏下去，勉強認同了曹濱的所謂軟肋之說。

「二十多年前，濱哥愛過一個女人。」點完了餐，侍者先為二人倒上了紅酒，董彪端著酒杯，輕輕地搖晃著，向海倫說起了曹濱的故事：「那時候，濱哥才剛剛二十歲，他們愛得很深，當他們在一起的時候，即便是山崩地裂海嘯襲來，也不會干擾到他們的耳鬢廝磨。可是，對一個江湖人來說，是不可能過上平靜生活的。在一場江湖廝殺中，我們的對手毫不顧忌江湖規矩，竟然劫走了濱哥的愛人，並以她為人質，脅迫我們繳械投降。濱哥的愛人為了不拖累濱哥，挺起了胸膛撞上了敵人的尖刀。」

海倫吃驚道：「那她……死了麼？」

董彪端起酒杯，淺啜了一口紅酒，然後繼續搖晃，道：「那把尖刀刺中了濱哥愛人的心臟，她沒能來得及跟濱哥說上最後一句話便咽了氣，從那之後，濱哥便再也沒有正眼瞧過其他的女人。已經整整二十年了，我以為他再也不會尋找到他的愛情了，但我卻沒有想到，當你出現在他的面前時，這一切居然全變了。海倫，你應該相信我，我和湯姆做了二十年的兄弟，我十八歲不到便跟著闖蕩江湖，沒有誰能比我更瞭解湯姆，當我第一次看到了他看著你的那種眼神的時候，我便完全清楚了，湯姆他對你動心了。」

一抹紅暈悄然飛上了海倫的臉頰，她剛想說些什麼，卻被不知趣的餐廳侍者所打攪，待侍者為二人上了第一道菜後，董彪卻沒給海倫說話的機會。

「這一個禮拜，你住進了我們堂口，湯姆他雖然故意躲著不肯見你，但我卻能感覺到，他比以往任何時刻都要開心，甚至，快趕上我那第一個大嫂還活著的時候了。你應該理解他，他之所以要躲著不肯見你，只是因為他心中還有道坎沒能過去。」董彪邊說邊用刀切下了一塊肉，再用叉子叉住了，放進了口中，胡亂嚼了兩下後便吞了下去，喝了口紅酒，接著道：「雖然過去了二十年，可是他仍舊忘不了當初的愛人，他需要時間來適應新的感情，一個禮拜顯然是不夠的，像他這種人，要是不虛偽個一兩月，哪裡能對得起他那副光輝形象啊！」

海倫默默地吃著頭道菜，卻趁著董彪不注意，偷偷地抿嘴笑了下。

「今早你離開的時候，他就在書房中，他從來沒有睡懶覺的習慣，哪怕是頭天晚上睡得再怎麼晚，第二天也一定是天一亮就起床，我們這些練功的人，是一天也不能把功夫給落下了，而早晨空氣清新，是練功的最佳時間，所以，每天當你起床的時候，濱哥已經練完功回到了房間。所以，今天早晨，是我陪著他在書房中目送著你離開堂口的。」董彪吃起西餐來很像那麼回事，食物切割得並不大，只是放進了嘴巴裡後，卻懶得咀嚼。

海倫再偷笑了一下，隨後抬起了臉來，盯住了董彪，斥道：「湯姆他不攔住我也就算了，可你為什麼不出來攔住我呢？」

董彪笑道：「皚皚白雪中，一個落寞的絕色美女留下了兩行孤寂的腳印，這場景是多麼的淒美，我又怎麼忍心打破這種意境呢？」

海倫噗嗤笑道：「你是當著湯姆的面不敢這樣做吧？」

董彪做出了鄙視的神情，道：「你既然知道，為何還要責備我？是故意讓我出醜麼？」

海倫剛剛開朗起來的神情突然間暗淡了下來，唏噓道：「我真羨慕那個女人，能被湯姆愛了那麼長的時間，如果湯姆能這樣待我的話，我寧願現在也能有一把尖刀刺進我的胸膛。」

董彪放下了酒杯，舉起了餐刀，笑道：「尖刀是現成的哦！」

海倫被逗笑了，借著餐巾擦嘴掩蓋了一下，道：「可惜你並不是湯姆的敵人。」

西餐的頭道菜只是開胃，分量並不足，董彪不過三五口便把菜吃完了，而海倫那邊也吃了個差不多。餐廳的服務水準頗高，就在這二人剛放下刀叉時，侍者送上了午餐的主菜。

董彪喝盡了杯中的紅酒，又向侍者要了一杯。紅酒雖然是醒過的，但董彪仍舊習慣性地端著酒杯搖晃著。「你拎著行李離去的時候，濱哥就站在書房的窗簾後，直到你的身影消失了很久，他才轉過身來回答了我的問話。他跟我扯出了好多歪理來搪塞我或是反駁我，但是，有這麼一句，他卻默認了。」

海倫帶著幸福的笑意追問道：「你問了他什麼問題？」

董彪吃了口菜，喝了酒，道：「其實，這句話我已經說過了，不過，你喜歡聽，我也樂意再重複，海倫，你是湯姆在這二十年的漫長時間中唯一一個讓他動了心的女人。」

海倫嬌羞地垂下頭去。

董彪接道：「他還跟我說了件事情，這一個禮拜，他有三次做了同一個夢，他夢見和你一起去了一個海島，海島上有著涓涓溪流，有著遍地的鮮花，唯一的不足便是那島上除了你們兩個之外，並無第三人。不過我想，這種遺憾不足最多也就是一兩年，因為你們可以生下來一大堆小屁孩！」

海倫嗔怒道：「傑克，你又在拿我說笑！」

董彪收起了笑容，頗有些嚴肅道：「海倫，既然你不願被我說笑，那麼我就向你說些嚴肅的話題，聽我一句勸，千萬不要放棄，要主動進攻，我保證，那湯姆在你如潮水般的攻勢下，絕對撐不過一周的時間。」

海倫怔了下，皺起了眉頭，道：「可是，我已經離開了，你讓我怎麼好意思再回去呢？你們堂口有那麼多的兄弟，他們會笑話我的。」

董彪笑了笑，道：「我既然來找你了，自然就會為你想到了辦法。」

海倫驚喜問道：「什麼辦法呢？」

董彪道：「採訪！你是記者，有權力採訪任何一個人。我們可以約好時間，我把你帶進湯姆的書房，殺他一個措手不及！」

海倫卻搖了搖頭，道：「不好，萬一他生氣了，會責罰你的。」

董彪笑道：「你擔心個什麼呀！就他那種虛偽的樣子，即便生氣，那也是裝出來做做樣子的，你就放心好了，只要你再次出現在他的面前，他一定會欣喜若狂，哪裡還會顧得上生氣呢？」

近十年的記者生涯，早已經將海倫磨煉成了一個放得開豁得出的女人，只是，當她遇到了真愛的時候，才會生出瞻前顧後的忸怩表現。而董彪這番話則徹底打消了她的顧慮，既然湯姆是動了心的，那還有什麼好顧忌的呢？只管向前衝鋒就是了，大不了被他多拒絕幾次而已。

打定了主意後，海倫徹底輕鬆了下來，跟董彪約道：「你不怕他生氣，那我就更不應該怕他生氣，傑克，我想好了，就按照你說的辦法來，你看，我什麼時候去採訪他比較合適呢？今晚可不可以？」

董彪立即豎起了大拇指來，讚道：「大嫂就是大嫂，有魄力！那就說定了，今晚七點鐘，我準時到堂口大門處接應你。」

海倫隨即又考慮了一下，道：「不行，雪這麼大，等採訪完了，我是找不到車回來的，還是等到明天白天吧。」

隨時可以跟除了曹濱和總堂主之外任何一人不正經的董彪此時爆發了他的不正經本質：「還回去嗎？直接拿下，就睡在他那裡了不行嗎？」但見海倫臉色一變，董彪急忙改口道：「我是說，你的房間還給你保留著呢！」

威廉親自帶領了七八名水手駕駛著船隻將羅獵等五人送往了文森特島。

「你們有三天的時間去營救議員先生的女兒，三天後的下午三點鐘，我會駕駛船隻等在這個碼頭。」正前方已經顯露出了文森特島的輪廓，估摸著最多半個小時，船隻便可以靠岸，威廉向羅獵和趙大明做了最後的交代：「你們千萬不要指望島上的英國佬，在文森特島的問題上，英國佬已經不再相信美利堅，如果你們的真實身分暴露了，不管你們做出怎樣的解釋，那幫英國佬都會要了你們的命，而且還會上升到外交矛盾，這對議員和將軍來說，都是非常難堪的結果。」

羅獵笑道：「可騙走議員先生女兒的，不也是英國佬嗎？」

威廉抱歉道：「是我的表達不準確，我說的英國佬指的是島上的統治者，而不是劫走議員女兒的那幫投機分子。」

這世上最為誘人的便是金錢，而比金錢更為誘人的，恐怕便只有權力了。文森特島屬於大英帝國的領地，身為英國人，在文森特島上自然是屬於特權階級。

但是，只享有特殊權利卻不能滿足那些具有投機心理的冒險商人，他們籌畫著想把文森特島獨立出來，擺脫大英帝國的統治，如果能達到目的的話，那麼，他們這些人就將成為當地民眾心中的英雄，並可以順理成章地成為獨立出來的文森特國家的第一任管理者，從而擁有至高無上的權力。

這幫人起初聯繫到了美利堅合眾國的某些勢力，並且達成了一致意見，可是，當參議院在面對這項議題的時候，遭到了參議院領袖級議員亞當・布雷森的反對。亞當・布雷森原本是驢黨推舉的議長人選，只可惜在議會大選中驢黨敗給了象黨，亞當・布雷森沒能如願坐上參議院議長的寶座。

那幫投機分子的計畫遭受了挫折之後，便琢磨著怎麼樣才能翻盤回來，直接跟亞當玩硬的顯然是不合適的，因而，他們只能跟亞當玩起了計謀。

亞當和哈里斯將軍同歲，都是過了花甲之年的老者，但亞當卻在四十五歲那年上演了一場綻放第二春的故事，於第一任妻子病故六年後，娶了第二任妻子，並誕下了一個可愛的女兒。

中年得女的亞當自然把小女兒視作了掌上明珠，而已然成長為了亭亭玉立的花季少女的女兒，卻成了那夥投機分子對付亞當的突破口，他們派出了一個英俊少年，騙去了亞當小女兒的歡喜，並將她騙到了文森特島上。隨後，那夥投機分子便向亞當發出了要脅，如果亞當不改變他的政治觀點的話，那麼，這輩子他再也見不到自己的女兒了。

亞當不甘心只是一名議員，距離參議院的下次選舉尚有三年之久，而驢黨又有更合適的人選去擔當總統的職位，因而，亞當便把他的目標定位在了他的出生州，加利福尼亞的州長競選上。

眼見競選即將開始，亞當當然不能輕易改變政見。女兒被人家給騙走的事情更不能曝光，不然就會被競選對手抓住機會而大做文章，到時候只會落下一個說不清道不明的詬病，而被選民們所誤解。

因而，亞當只能求助於歐志明。

歐志明和亞當是多年的好友，也是亞當聘請的私人法律顧問，因而，對亞當的相求，歐志明不管是從道義上還是情感上，都無法說出一個不字來。

得知歐志明答應出手相助，哈里斯將軍頗為感動，做為亞當的戰友、兄弟及親家，在亞當遇到如此困境的時候，第一個站出來的人理應是他。可是，他卻無法挺身而出。

哈里斯掌握的是軍方資源，要說戰鬥力，他隨便派出幾名海軍陸戰隊的小夥，就要比歐志明的那些手下強出不少。可是，萬一這些海軍陸戰隊的小夥在文森特島上行動失敗或是被英國佬抓住了某些證據的話，那麼這漏子捅得可就大了去了，這必將上升為兩國之間的矛盾，而哈里斯和亞當的前途也必是戛然而止。

威廉肩扛上校軍銜，是基地情報處的主官，同時也是哈里斯將軍的嫡系親信。當遇到哈里斯將軍不便出面的事情時，總是由威廉來親自負責處理，因而，在軍事基地中，哈里斯將軍只是跟羅獵、趙大明二人做了簡短的交流，其餘時間及其餘事項，全是由威廉親自陪同並親自辦理。

「如果我們提前完成了任務，怎麼做才能和你取得聯繫呢？」趙大明提出了一個極為現實的問題。

如果到了約定的時間沒能將亞當．布雷森的女兒帶出來，那麼只能承認是任務失敗，這就沒啥好說的了，直接撤離回去再重新想辦法就是。但不能排除時機提前出現，而又被他們及時把握住了，比約定時間提前了好幾個小時甚至是一天的時間便將亞當．布雷森的女兒從那夥投機分子的手上奪了回來，若是沒有船隻及時接應，最終導致人再被對方奪回去的糟糕結果，那就相當遺憾了。

威廉輕歎一聲，道：「那你們只能是游回聖地牙哥了！」

趙大明聳了聳肩，苦笑了兩聲。

文森特島是英國佬的島，船隻能不能進港靠岸，什麼時候能進港靠岸，能在港口停留多久，那都是英國佬說了算的事情。美利堅合眾國聖地牙哥軍事基地的軍用運輸船需要停靠文森特島的港口碼頭，英國佬不會拒絕，但也不能夠隨時來隨時走，必須要提前申請，得到了批覆之後方可執行實施。在出發之前，威廉已經和文森特島上的英國佬確定了停靠計畫，自然不能說改就改。

「問題不大！」羅獵狡黠笑道：「威廉，你就按照原計劃執行就是了，我們一定會準時安全地登上你的船隻。」

威廉神情嚴峻，點頭應道：「我對你們充滿了信心！」

羅獵再一笑，道：「威廉，我能不能提一個額外要求呢？」

威廉應道：「你儘管提，只要我能做得到，就一定會答應你。」

羅獵點了點頭，道：「等我們把議員先生的女兒解救回來，你能不能帶著我們登上軍艦參觀一下呢？」

威廉不假思索應道：「當然可以，我不單可以帶你們登上艦艇，還可以帶著你們在大海上航行馳騁。」

羅獵樂道：「那我能不能挑選一艘最喜歡的軍艦呢？」

威廉應道：「除了將軍的旗艦，其他的艦船，任你挑選。」

船隻終於到港，停泊穩當後，羅獵率先上了岸。

文森特島的面積並不大，從海事地圖上看，南北長不過六十里，東西寬不過四十里。島上的居民也不多，總數超過不了三萬人，其中約有一半是加勒比土著民族，另一半則是大英帝國從非洲領地移民過來的奴隸族群。至於島上的英國佬，滿打滿算也不到一千人，其中九成以上為大英帝國的軍人。

大英帝國同美利堅合眾國有著千絲萬縷的關係，在眾多國際事務中，他們兩個總是能保持了沆瀣一氣共同進退的態度出來。然而，就算是親密到了父子或是夫妻的關係，兩個主體之間也不可能不產生矛盾。而文森特島的問題便是那兩國之間的一個矛盾點。

美利堅合眾國視加勒比海地區為自己的後花園，十年前收拾了日漸沒落的西班牙帝國之後，美利堅合眾國的信心陡然間爆棚起來，有那麼一些國會議員認為美利堅合眾國應該乘勝追擊，一舉拿下整個加勒比海區域的控制權，從而成為整個北美大陸的真正霸主。

這種思想顯然是觸碰了大英帝國的根本利益，此時，美利堅合眾國的經濟規模已經追上了全球霸主大英帝國，但在軍事力量上還遠不如大英帝國那般強大，因而，在大英帝國的外交施壓面前，美利堅合眾國隨即便認了慫，只能是保持美西戰爭之後的勢態，同大英帝國共同享有加勒比海區域的利益。

去年的秋天，文森特島上突然鬧起了獨立運動，慫了七八年的美利堅合眾國立馬嗅到了機會，一些國會議員躍躍欲試，想借此機會試探一下大英帝國的態度，個別激進者甚至已經跟文森特島上的勢力取得聯繫，偷偷資助了他們不少的金錢以及武器。

彼時，大英帝國正為歐洲大陸的德意志帝國的崛起而焦頭爛額，日漸式微的大英帝國無暇顧及萬里之外的文森特小島，而且，大英帝國在許多大事上需要美利堅合眾國的支援，因而，在文森特島的問題上，大英帝國採取了保持沉默的做法。

這便使得那些目光短淺的美利堅合眾國的國會議員們產生了良機就在眼前的錯覺。但是，更多的國會議員們保持了冷靜的頭腦，他們看得更深更遠。

美利堅合眾國不應該只追求成為一個區域性霸主，它的目光應該更加深遠，它的志向應該更加宏大，它應該追尋著當年的西班牙帝國和眼前的大英帝國的發展軌跡，去實現全球霸主的偉大理想。

一個文森特島或許可以撬動大英帝國在加勒比海地區的統治地位，但對全球範圍的利益來說，加勒比海域雖重要，但比重實在太小。志在全球的這些國會議員清醒的認識到，此刻的美利堅合眾國更應該跟大英帝國緊密地結合在一起，這樣才能夠在全球事務中獲得更大的利益。亞當•布雷森便是這些有遠見的國會議員的代表性人物。

遠見自然會戰勝短淺，不過幾個月的時間，那些吵吵嚷嚷要支持文森特獨立運動的傢伙們便消停了下來，而文森特島上的那些投機分子失去了外部勢力的支持，也只能在明面上按捺住，在背地裡繼續積蓄力量。

對於文森特島上的統治者們來說，這個過程卻是令他們大為不爽。美國人的行為讓他們感到憤怒，而自己國家的沉默態度更令他們感受到了被拋棄的那種絕望，因而，在勢態看上去已然平息之後，島上的統治者們對任何一方的人都持有深刻的懷疑態度。

不過，對於羅獵、羅布特這一行懷揣著大把美元的商人，他們還是表現出了應有的熱情。

文森特島上幾乎沒有工業，一多半的土地種植了甘蔗，另一少半的土地種植了香蕉，島上唯一的工廠便是一家蔗糖加工廠。無論是甘蔗園還是香蕉園，又或是那家蔗糖加工廠，都掌握在英國人的手中，這種結構原本是非常美好的，英國農場主在英國佬的統治下享有特權，他們可以勾結在一起對島上的加勒比原住民以及遷移過來的非洲奴隸實施極限剝削，從而獲得最大的利益。

但統治者們決然想不到，那些在他們庇佑下賺得是盆滿缽溢的英國農場主們居然會鼓動當地原住民和非洲奴隸鬧起了獨立運動。而這幫子投機分子在幕後隱藏得實在太深，令這些統治者只有如此的感覺，卻抓不到一絲一毫的證據。勢態在明面上平息下來之後，那些農場主們居然不約而同地宣稱週邊市場發生了巨變，蔗糖和香蕉的價格遭遇了斷崖式的墜落，以目前的價格向外賣貨的話，恐怕賣得的錢連運費都不夠，既然賣得越多虧得越多，那還不如讓甘蔗和香蕉爛在地裡算了。

統治者們明知這是謊言，但就是沒辦法應對，因為他們在過去的時間內只會貪圖享樂，從未接觸過蔗糖和香蕉的商業管道。農場主們不賣貨，那麼他們就賺不到外快，更令人擔憂的是，原住民和非洲奴隸們若是因此挨了餓，一定會再次爆發動亂。

威廉在發給文森特島的船隻停靠申請中已經寫明了隨船同行了五名來自於美利堅合眾國的商人，他們登島的目的是想考察島上的蔗糖產業和香蕉產業，如果可行，這些商人會跟文森特島簽署一份長期採購的合同。

對此，島上的統治者們是將信將疑。

他們肯定不願意相信美國人，尤其是美國軍人。但他們又不願意失去這次機會，因為，如果能夠打開島上蔗糖及香蕉的銷路，那麼，那些暗中作對的農場主們便再也沒有了招數，只能是乖乖繳械投降。

因而，在他們向羅獵等五人展示了應有的熱情之時，同時還保持了極高的警惕。

文森特島上的最高統治者便是那一千人不到的軍隊最高長官，雖然只是一個團一級的軍事單位，雖然這個團的編制還差了一個營，但這並不影響他被任命為文森特島的總督。

總督名為約瑟夫・亨利，其家族有著部分皇家血統，祖上亦是世襲公爵，只不過約瑟夫・亨利並非是亨利家族的正統血脈，因而，混到了四十多歲，才混了個大校軍銜和一個不知名小島的總督名號。

約瑟夫・亨利在自己的總督府親自接見了羅獵一行，剛打上照面，臉色便倏地一下閃出了懷疑之色。不可迴避的一個原因便是膚色問題，尊貴的具有皇家血統的大英帝國的總督大人怎麼能夠親自接見一幫低劣的黑頭髮黑眼珠黃皮膚的中華人呢？另一個懷疑的原因則是年齡問題，看那為首的小子，其年齡最多也就是二十歲，乳臭未乾，何以擔當大任呢？

約瑟夫一閃而過的懷疑之色沒能逃得過羅獵的眼睛，他在心中冷哼了一聲，隨即做出了伸手要雪茄的手勢來，同時叫了一聲：「羅布特……」

羅布特急忙上前，為羅獵遞上了雪茄，並拿出了一支鑲金的打火機來，為羅獵點上了雪茄。

噴出一口煙來，羅獵似笑非笑道：「總督大人，你要不要來上一支呢？羅布特是紐約最大的雪茄商，他的雪茄，可是古巴雪茄中的頂級貨哦！」

能搭乘美利堅合眾國聖地牙哥軍事基地的軍用運輸船隻的人物定然不簡單，約瑟夫雖然從心裡看不起黃皮膚的中華人，但礙著聖地牙哥軍事基地的面子，約瑟夫必須是捏著鼻子熱情相待。而羅獵的似笑非笑不卑不亢且略帶調侃意味的問話，使得約瑟夫不得已而重新打量起眼前的這位年輕人。

約瑟夫是個識貨的人，認得出羅布特拿出的雪茄每一根至少價值一美元，有些人為了裝腔作勢完全可以用這種雪茄來充當門面，並顯示出一美元一根的雪茄對他來說是稀鬆平常的模樣來。不過，但凡偽裝，必有痕跡，而約瑟夫身為貴族，自然能看得出那人是否偽裝。羅布特是貨真價實的紐約最大雪茄商，這種頂級雪茄在市面上的價值確實要超過一美元，但對他來說，其進價也不過就是二十五美分，再加上他有求於羅獵的思想念頭，因而，掏出雪茄時的神態中沒有絲毫的捨不得或是珍貴的感覺。同時，扮演著羅獵跟班的趙大明掌管著紐約安良堂幾百萬美元的資產，其身上透露出來的氣質亦是非同凡響。

如此二人對羅獵均顯露出了畢恭畢敬的神態，更是將羅獵襯托出了非凡的氣場。

「恭敬不如從命！」約瑟夫也算是經驗老到，不動聲色間便轉變了對羅獵的態度。接過羅布特遞過來的雪茄，再就著羅布特遞過來的火點燃了雪茄，點煙的同時約瑟夫已經抽了一口，他隨即閉上了雙眼，讓煙在口中打了兩個轉，緩緩吐出後，又對著那飄散在空中的青煙深吸了一口，同時讚道：「果然是頂級的雪茄！」

羅獵呵呵笑道：「看得出來，你是個行家，既然你喜歡，那就多留幾根吧。」

羅布特心領神會，立刻從背包中拿出了五大盒精美包裝的雪茄，擺到了約瑟夫的面前。

一大盒中又分了十個小盒，每只小盒中只有一根雪茄，五大盒便是五十根，市面價值絕對超過了五十美元。

身為總督，約瑟夫的薪水也就是一個月五十英鎊，換算成美元也就是九十多不到一百，而羅獵一出手便是價值五十美元的禮品，其闊綽程度，使得約瑟夫不得不對他刮目相看。

「謝謝羅老闆的饋贈！」再說起話來的時候，約瑟夫的口吻中多了許多尊重：「我得知你們前來文森特島的目的是採購蔗糖和香蕉，冒昧的問一句，你們計畫的採購量會是什麼等級的呢？」

談起了正事來，羅獵呲哼了一聲，反問道：「請問亨利先生，貴島上一年的產量有多少呢？」

約瑟夫居然支吾了起來，很顯然，他對這方面的資料並不清楚。

羅獵笑道：「來這兒之前，我打聽了一下，文森特島大概有五千英畝的耕地，其中六成左右是甘蔗園，剩下的四成則種植了香蕉。一英畝地可產十萬磅的甘蔗或是六萬磅的香蕉，如此算下來，貴島一年可產三億磅的甘蔗和一億磅的香蕉，我算你們掌握了最先進的熬製蔗糖的技術，二十磅甘蔗能夠熬製出一磅蔗糖，也就是說貴島一年可以向我們提供一千五百萬磅的蔗糖以及一億磅的新鮮香蕉。這點產量對我們來說最多也就能滿足了三成左右的需求，當然，我們最終決定採購多少量，還要看你們的價格有多大的競爭力。」

這番話說出來，不單是約瑟夫愣住了，那羅布特的神情也是十分驚詫，而趙大明、秦剛及顧霆三人表面上雖是若無其事的模樣，但內心中卻是驚愕無比。

這羅大少爺信口拈來的數據是真是假呢？要是隨口胡吹的，豈不是要壞事麼？

約瑟夫將羅獵一行安頓在了總督府客房中休息，自己找了個暫時離開一下的藉口，勿需多想，他肯定是找相關部下核實羅獵說出來的那些資料去了。

趙大明頗為緊張問道：「羅獵，你小子怎麼能知道那麼多事情的呢？」

羅獵極為嚴肅回道：「我是你的老闆，有跟班這樣稱呼老闆的嗎？」

趙大明愣了下，苦笑著改過口來：「請問老闆，你剛才說出來的那些資料，是你隨口編出來的嗎？」

羅獵聳了下肩，嚴厲道：「趙先生，你有權力對你的老闆提出質疑，但你必須要尊重你的老闆，不然的話，我會考慮解雇你的。」

趙大明噗嗤一笑，卻被秦剛攔住了：「大明哥，老闆說得對，咱們這些做跟班的，就必須要尊重老闆。」

趙大明陡然醒悟過來，站起身正色道歉道：「我錯了，少東家！」

雖說他們以中文交流，這些從未去過中華也極少見過中華人的英國佬肯定是聽不懂，自然不必擔心隔牆有耳。但是，深入虎穴之中，稍有不慎便會導致滿盤皆輸，若是不能夠完全進入所扮演的角色的話，只怕遲早都會露出馬腳出來。

見到趙大明意識到了問題所在，羅獵的神色也緩和了下來，道：「咱們大老闆提供的文森特島概況已經說得很清楚了，包括這島上的人口數量，人口組成，土地面積等等。」

這倒是實在話，總堂主在交給趙大明的資料中對文森特島的基本情況確實做了詳盡的描述，只是，那趙大明對這些資料並沒有上心。「那畝產量呢？我記得大老闆並沒有在資料中提及甘蔗和香蕉的畝產量啊！」

羅獵撇嘴道：「不知道不能打聽啊？咱們從哈瓦那來到聖地牙哥，用了兩天多的時間，中間吃了六頓飯，還為小霆兒買了幾身衣裳，遇見了這麼多的當地人，打聽一下甘蔗和香蕉的畝產量很難麼？古巴離文森特不遠，氣候條件也差不多，可能文森特更適合種植甘蔗和香蕉，那我就把畝產量往上多估一些就是了。」

趙大明不由歎道：「你還真是有心，看來，帶你來應該是我最英明的決定了。」

羅獵忽地板起了臉來，沉聲道：「怎麼說話的？」

趙大明連忙改口，道：「我錯了，是大老闆英明。」

約瑟夫招來了一幫幕僚，研究了好久，最終確定，那羅獵說出來的資料基本屬實，只是在蔗糖產量上有著不小的誤差。島上唯一的蔗糖加工廠根本吃不下那麼多的甘蔗，島上生產出來的甘蔗，有一多半要賣到古巴去加工成蔗糖。

資料完全吻合，這就代表了羅獵這一行人確實是有備而來，也只有帶著誠意而來的商人，才會在前來之時做足了功課。約瑟夫不由得又減輕了幾分內心中的懷疑。

「把他們帶去餐廳，就說我要和他們共進晚餐。」此刻的約瑟夫對羅獵等人雖然仍存疑慮，但信任的成分已是遠大於懷疑。「另外，把總督府的警備衛隊都撤了吧，他們應該是貨真價實的商人，不可能是美國人派來的特工。」

島上的耕地全都種植了甘蔗和香蕉，所需的糧食蔬菜全都從南美大陸運送而來，糧食倒還好，存儲了一段時間後並不影響食用，但蔬菜就不行了，尤其是肉類，不能保證新鮮，就絕對做不出美味佳餚。而大英帝國的人們雖然好吃，卻懶於鑽研廚藝，一年到頭，反過來倒過去也就那麼幾道菜。食材不新鮮，廚藝又不行，那晚餐的口味也就可想而知了。

約瑟夫為了表現出自己的熱情，為羅獵等人安排了最高等級的晚餐，頭盤開胃菜是魚籽醬海鮮拼盤和一道法式油浸鵝肝，主菜是英國人最愛的燻鱈魚塊和必不可少的黑椒牛排，主食稍微有些簡單，不過是一份濃湯配幾塊黑麥麵包，最後則是一道甜點。佐餐酒則是從英國本土運來的干紅葡萄酒。

菜做得挺花俏，但吃在嘴裡的味道卻很一般，趙大明出於禮貌，每道菜都算是基本吃完了，秦剛對吃不那麼講究，自然也能吃光了每一道菜。羅布特更不用多說，美國人在吃的方面上絕對是繼承了英國佬的所有缺點，有的家庭一道菜都能連著吃上一個禮拜。因而，面對這頓大餐，那羅布特自然是吃得滿心歡喜。

可羅獵卻是根本吃不下，而顧霆則效仿羅獵，每道菜也都剩下了許多。

「羅先生，是身體不舒服嗎？」約瑟夫注意到羅獵吃的有些艱難，卻根本沒往口味上想，因為，以他具有皇家血統的貴族口味認為這頓晚餐已經是相當不錯了。

羅獵喝了口紅酒，說實在的，這頓晚餐也就是這紅酒還算不錯了，「恕我直言，亨利，你聘請的廚師實在是很一般，我知道，在這海島上肯定得不到新鮮的食材，包括這些海鮮。」羅獵直言不諱，道：「一個好的廚師，一定會根據食材的優良與否，新鮮與否，來確定他的烹飪方法，比如說剛才那道燻鱈魚塊，鱈魚肯定不是新鮮的，在冰塊中應該也存放了很長時間，因而它的肉質已經有些鬆散了，肉汁也乾涸了許多，這時仍舊按照傳統辦法進行烹製的話，便會放大食材的缺點，假若廚師能夠事先醃製久一些，或許會將食材的缺點掩蓋住。另外，對這種不怎麼新鮮的鱈魚，就不能再用大火燻製，因為很難做出外酥內嫩的口感，而應該換作小火耐心燻烤，要把魚塊燻烤透徹，雖然口味口感都會發生變化，但至少能掩蓋住食材的不新鮮。」

約瑟夫認真地聽完了羅獵的講解，不由讚歎道：「真是沒想到，羅老闆對烹飪居然也有深刻的研究，說真心話，我真的是佩服之至。」

趙大明在一旁看著這一切，起初對羅獵的言行頗為不解，英國佬是講究紳士風度的，而做為一個紳士，最重要的就是要講究理解。別人設宴款待，即便那菜餚安排的不怎麼樣，出於禮節也應該做到將餐盤中的菜吃光吃盡。那羅獵卻不單每道菜都剩下了大半，還毫不客氣地詆毀人家廚師水準不夠，這絕對是大為失禮的舉止。而羅獵，並不是一個不懂禮節的人呀！

但再一細琢磨，趙大明隨即便理解了羅獵的深刻用意。

他扮演的可是一個少年得志的大老闆，以二十歲不到的年紀，是不可能白手起家創下一份可以一口氣吃下一千五百萬磅的蔗糖以及一億磅新鮮香蕉的商業產業，那麼，這個大老闆的身分只能是來自於家族。而一個嬌生慣養的公子哥，對吃的喝的自然會挑剔一些。

另外，如此失禮也一定是羅獵這小子的故意之舉。

蔗糖的市面價劃成十美分一磅，而香蕉，在市面上花八美分便可以買到十磅，一千五百萬磅蔗糖的市面價值是一百五十萬美元，而一億磅的香蕉則價值八十萬美元，就算進貨價打個對折，那麼文森特島這些貨物的總價值也要超過一百一十萬美元。而羅獵還吹牛說這只能滿足他三成的需求。

這麼大的老闆，在美利堅合眾國一定是頂級的富豪。

如果那約瑟夫較起真來，追問他們幕後老闆究竟是誰，恐怕破綻就會出現了。而羅獵的行為卻能很好的將此破綻圓過去。

只需一句話：這些貨不過是先運到美利堅合眾國，打上一個美國貨的洋標籤，然後再運往大清朝謀求暴利。

而來自於大清朝的公子哥，懂得那麼多的西方禮節嗎？

既然面前的這位英國佬都已經顯露出了對黃色皮膚的中華人的鄙視了，那又何必再對他講究禮節呢？

果然，在晚餐進行到了尾聲的時候，約瑟夫委婉且隱晦地向羅獵詢問起這些蔗糖和香蕉的銷路問題。

羅獵呵呵一笑，指了指自己的鼻子，道：「亨利，看不出來嗎？遙遠的東方有一個大清朝，那裡的人們對美國貨可是追捧之至啊！我們以前都是從美利堅合眾國的朋友那裡進貨，可是，美國佬很不夠朋友，他們給我們的報價實在太高，所以，我們美利堅合眾國的股東才建議我們到這兒直接採購。」

聽到了羅獵的這句話，趙大明長出了口氣，在暗中為羅獵喝彩的同時，也把自己在心中誇了一頓。

至此，約瑟夫心中的疑問基本上算是被消除乾淨了。「很好，羅先生，我想，晚餐後我們可以一邊享受著輕柔的海風，一邊商談好我們的交易價格。」

「哦，親愛的亨利，這不符合規矩，你不能這樣著急。」羅獵誇張嚷道：「我必須先驗貨！我知道，你們的甘蔗和香蕉都是最棒的，但我並不相信你們的蔗糖加工能力。另外，我可以向你直接下訂單，但我必須要認識那些將甘蔗和香蕉賣給我的農場主。」

羅獵的要求並不過分，也合乎商業交易規矩。

按照大英帝國的法律，像文森特島這樣的地方，各個農場主只需要交納每英畝兩英鎊的土地使用稅。這個稅額對農場主來說並不算高，因為不管是種植甘蔗或是香蕉，每英畝的產值都會在五十英鎊左右，這算下來，稅率也不過就是四個百分點。

但是，這些土地使用稅收繳上來後必須全部上繳國庫，而地方上所需要的費用，除了軍餉之外，其他一概是自行籌備。做為管理者，只需要將自己的管理政策上報至帝國海外事務管理局即可。

約瑟夫上報的管理政策是每英畝耕地另行徵收兩英鎊的地方發展費。如果僅僅是這樣的話，那麼農場主們也是相當愉快的，一英畝耕地的總費用僅有四英鎊，即便是收成不好的年份，每英畝的產值下降到了四十英鎊，那麼稅費的比率也不過就是百分之十左右。而且島上的勞動力又是如此的廉價，相比在其他地區還是大有利潤可賺。

可是，那不過只是約瑟夫要出來的一個手段。

事實上，按照約瑟夫上報的管理政策，六千英畝的耕地可以收上來一萬兩千英鎊的地方費用，這麼多的地方費用在維護港口碼頭設施，島上道路建設等方面已經夠用的了。

可是，這種夠用卻是剛剛夠用，基本上不會有剩餘。沒有剩餘，那對統治者們來說，又如何能夠發財？不能發財，誰又願意拋家捨業地來到這個海島上受苦受罪呢？

因而，約瑟夫又陸續推出了一系列其他的稅費。比如，雇傭勞工需要交納治安費，再比如，使用港口碼頭需要交納港口建設費，又比如，每一批貨物出港的時候，需要交納公平交易保護費……最終折算下來，農場主們每經營一英畝的耕地，需要交納的各項稅費的總和達到了十英鎊。而農場主們在每英畝五十英鎊的產值中則要支付出至少一半的成本，所得的毛利潤也不過是一英畝二十五英鎊左右。

人為財死鳥為食亡。

農場主辛苦一年，賺到的錢卻有一半要交到約瑟夫的腰包中，心理要是不失衡的話那才叫一個怪。因而，他們才會產生了鼓動當地原住民以及非洲農奴聯合起來鬧獨立的念頭及行動。

約瑟夫也意識到了這個問題，他有心將各項費用降下來一些，又擔心跟那些農場主們的矛盾已經到了不可調和的矛盾，如果降低的幅度不夠大的話，對矛盾調和基本無效，且降費就等於認慫示弱，而認慫示弱，只會令他們更加瘋狂。

而若是能控制住貨物的銷售管道，那局面可就不一樣了。他完全能做到將島上生產出的所有商品全部集中在一起銷售給羅獵他們，各項費用可以大幅消減，損失的金錢完全可以憑藉差價彌補回來。而掌握了銷售管道，那麼，對那些個農場主們，他就能絕對強硬起來，愛幹不幹，不幹就給老子滾蛋，老子手上只要有足夠的勞動力，六千英畝的耕地老子一個人拿下也不是不可能。

本著這種思想，那約瑟夫對羅獵的期望值陡然間便上升了好幾個台階，沒錯，羅獵已然成了他解決島上矛盾的一把利劍，因而，必須大加尊重。

「考察驗貨都是必須的，包括跟各個農場主見面交流。」約瑟夫面帶誠摯的微笑，耐心地做起了羅獵的工作來：「但今天已經很晚了，這些工作，只能是放到明天再做。但我想，這似乎並不影響我們共同關注一下交易價格的問題，我們不一定強求在今晚上就將這個問題談妥，但我希望，我們之間能夠就此問題相互瞭解一下對方的想法，你說呢？羅先生。」

羅獵笑道：「首先我想向你提個要求，我已經不再叫你為總督大人了，而改口叫了你亨利，為什麼會改口呢，是因為我真的很想和你成為生意夥伴，所以，我建議你直接叫我諾力，而我，也再次改口，叫你約瑟夫。」

約瑟夫笑著回應道：「很好，諾力，我非常願意接受你的建議。」

羅獵點了點頭，道：「關於交易價格的問題，我想這並不是一個很難達成一致意見的問題。實話實說，約瑟夫，在美利堅合眾國，優質蔗糖的市面價在十美分一磅左右，而上等的香蕉價格則是每十磅八美分，我們以前的供應商是以市面價的六折為我們供貨，我們很不滿意，我們希望能將供貨價壓低到市面價的四折。」

英鎊和美元不等值，大英帝國的計量單位跟美利堅合眾國的計量單位也有習慣上的差別，但在吃飯之前，約瑟夫已經帶著一幫幕僚進行過一場推算，對島上產品既往的銷售價格也是基本清楚。

盤算了片刻，約瑟夫得出了結果，即便按照羅獵開出的市面價四折的交易價格，那他也是大有賺頭，因為這之前的收購商開出的價碼，基本都在兩折半到三折之間。也就是說，他將獲得市面價一成到一成半的利潤空間。

有了這一成到一成半的利潤，那麼，即便他將每英畝六英鎊的附加稅費全部取消，那麼他也不會虧本。事實上他並不需要那麼做，只要將附加費用減消一半，相信那些農場主們就已經是歡呼雀躍了。

「看得出來，諾力，你很有誠意。」約瑟夫盤算清楚了，向羅獵舉起了酒杯，道：「我想，我完全可以滿足你的需求。」

「痛快，約瑟夫，那我們一言為定。」羅獵舉起酒杯，一飲而盡，道：「現在，我想我們可以結束晚餐，去享受一下加勒比海溫暖而輕柔的晚風了。」

既然是演戲，那就要演得逼真，此時，趙大明向羅獵這邊靠了靠，低聲用中文說道：「少東家，你不應該急於做出決定的，我感覺這交易價格還能夠往下壓一壓。」

羅獵沉下了臉來，用英文呵斥道：「決策權是掌握在你手中，還是掌握在我手中？」

趙大明隨即也換作了英文，回道：「當然是掌握在您手中。」

羅獵依舊陰著臉，道：「那麼，以市面價四折的價格收購，是不是大老闆定下來的？」

趙大明唯唯諾諾道：「是，不過，大老闆說的原話是最高四折。」

羅獵的雙眼冒出了怒火，喝道：「你在跟我咬字眼是嗎？最高四折，包不包括四折呢？」

趙大明道：「包括！」

羅獵冷哼了一聲，道：「那不就得了？做生意嘛，不能光想著自己賺錢而讓別人吃虧，要想著有錢大家一起賺，這樣才能把生意做得大做得久，這個道理，大老闆不是多次交代過我們嗎？」

趙大明似乎被嚇到了，抹了把額頭上被熱出來的汗珠，怯怯回應道：「您批評得對，是我的思想太狹隘了。」

羅獵轉過頭來，衝著約瑟夫道：「不好意思，讓你見笑了。」

約瑟夫對羅獵豎起了大拇指，贊道：「諾力，你說得太棒了，我非常認同你的觀點，有錢大家一起賺，這生意才會做大做久，我相信，我們之間的生意，一定會合作得非常愉快。」

羅獵面前還剩了一多半食物的餐盤，笑道：「沒錯，約瑟夫，雖然我批評了你的晚餐，但我必須承認，我還是被這頓晚餐所感動到了。食材不新鮮，廚師的廚藝欠佳，那都不是你的過錯，是受條件限制，而在這種局限的條件下，你卻拿出了最好的菜譜來招待我，所以，我非常樂意交你這個朋友，如果有機會在紐約見到你的話，我一定會回請你吃上一頓最正宗的最頂級的法蘭西大餐。」

約瑟夫道：「會的，諾力，一定會有這樣的機會的，我已經享用到了你饋贈給我的頂級雪茄，但我仍舊期盼能夠享用到你宴請我的頂級大餐。」

晚宴在一片祥和愉悅的氣氛中落下了帷幕。

約瑟夫心情大爽，親自駕車要帶著羅獵遊覽島上風光。

羅獵欣然接受。

當然，趙大明、秦剛以及顧霆這三個跟班是沒有資格陪同的，勉強能跟上車的，便只有送了約瑟夫五大盒頂級雪茄的羅布特。

趙大明很是擔心羅獵的安全，用眼神示意羅獵最好改變決定，但羅獵卻視而不見，拉著羅布特上了約瑟夫的車。

溫暖且輕柔的海風迎面吹來，耳邊則是陣陣海浪拍打著海灘的浪濤聲，道路兩旁是甘蔗或是一株株的香蕉樹，空氣中瀰漫著蔗糖的甜和香蕉的香，羅獵不由得閉上了雙眼，深深地吸了口氣，感受著那香甜的滋味。

停歇了一上午的雪在過了午時之後，又開始飄飄揚揚下了起來。

曹濱倚在書房的窗前，凝視著窗外的雪景。

距離他銷毀那一千八百噸鴉片的日子已經過去整整一個禮拜了，而埃斯頓、斯坦德及庫柏那些人並沒有展開實質性的報復行為。

這只能說明對方是一幫有腦子的傢伙。

在銷毀鴉片的那天早上，董彪遇到的那個身穿黑色皮夾克的幹練男子很顯然就是對方安排的殺手，在得知這一資訊時，曹濱判定他只要將鴉片銷毀了，那幫人必然會暴跳如雷而失去理智。只要他們做出過分的行為，那麼自己就有機會抓住他們犯罪的證據。

但接下來這一個禮拜的時間，卻讓曹濱感覺到了無比失望。

這種失望情緒的產生，不只是來源於那幫人的不作為，還有相當一部分來自於他自己。

董彪沒有說錯，海倫確實是他這二十年來唯一一個動了心的女人。曹濱很奇怪，這女人在年初的時候就曾接觸過，可那時卻是一點感覺都沒有，甚至還有些厭煩。這才過了九個月的時間，人還是那個人，而且比年初的時候還要老了將近一歲，自己怎麼就對這個女人動了心呢？

一大早，海倫在堂口的大院子中留下了兩行腳印，曹濱是眼睜睜看著這兩行腳印是如何被海倫一步步走出來的。海倫的步履很沉重，而注視著她的曹濱心情則更加沉重，整個過程中，曹濱一直在思考一個問題，他該不該追出去，將海倫攔下來，告訴她不要走，告訴她自己是喜歡她的。

回答這個問題是如此的簡單，要麼是該，要麼便是不該。

可是，就這麼簡單的一個問題，直到海倫的背影已經消失在了堂口的大門之外，他仍舊沒能回答出來。

這讓曹濱對自己不免產生了失望的情緒。

接下來，跟董彪的那番對話，曹濱自己也想不明白為什麼會找出那麼多的理由來反駁董彪。尤其是到了最後，那董彪起身要替他將海倫追回來的時候，他卻極為堅定的喝止住了董彪，現在想想，卻是悔不該當時。

董彪這兄弟的個性雖然粗魯了一些，隨性了一些，甚至可以說是莽撞了一些，但他在一早時說的那句話卻是無比的正確，以海倫那種要強的性格，如果此時不追出去的話，那麼他很有可能會失去她。現在想來，或許不再是很有可能，而是一定。

這使得曹濱加重了對自己的失望情緒。

董彪從書房中離去後，曹濱便在反覆地想著另外一個問題，自己該不該偷偷溜出堂口，去金山郵報的報社找到海倫，向她道歉，乞求她的原諒。

這個問題也是如此的簡單，要麼是該，要麼便是不該。

可是，一直想到了現在，那曹濱也沒能得出答案來。

早晨就沒吃東西的曹濱到了中午仍舊沒什麼胃口，但他還是吩咐後廚為他準備了四菜一湯。曹濱一個人顯然吃不了那麼多的菜，他原本打算是將董彪叫來，陪他喝點酒，聊聊心裡話。可是，堂口弟兄卻回答說，彪哥早就開車出去了。

大雪的天，這個阿彪開車出去的目的何在呢？相處了二十多年的兄弟情使得曹濱立時就想到了答案，這條強驢，定然是背著自己去替自己給海倫道歉去了。

那一刻，曹濱原本已有些灰暗的心裡陡然間閃出了一絲光亮來。

阿彪能成功嗎？

一個新的問題在曹濱的腦海中形成。

這個問題的答案同樣簡單，能，或者不能。

但和前兩個問題不一樣的是，曹濱迅速做出了答案，一定能！

因為阿彪在過去的二十多年時間裡從來沒讓他失望過。

曹濱堅信，這一次，阿彪一定也不會讓自己失望。

等待是一種煎熬，但同時又是一份希望。

曹濱怎麼也弄不明白，在生死面前都可以做到淡定自若的自己，為什麼在這時候居然有了種惴惴不安心神不定的感覺，他再也無法安坐，控制不住地要往窗前走來，他告訴自己來到窗前只是想看看雪景，但視線卻不自覺地總是定格在大門的方向上。

隱隱地聽到了一聲汽車喇叭的聲音，接著看到堂口的鐵柵欄門被堂口弟兄打開，再看到一輛黑色的轎車緩緩地駛進堂口，曹濱終於鬆了口氣。是阿彪沒錯。

曹濱隨即推開了窗戶，深吸了口氣，極力保持著沉穩，叫了聲：「阿彪！」

董彪將車停在了已經被大雪完全覆蓋住了的水池旁，抬起頭來，向著曹濱的方向看了一眼，隨即按了下喇叭，當做自己的回應。

曹濱招了招手，然後關上了窗戶。

不過是兩三分鐘，董彪便敲響了曹濱書房的房門。

曹濱輕咳了一聲，應道：「門沒鎖，進來吧！」

董彪推門而入，率先看到了茶几上擺放的四菜一湯還有一瓶白蘭地。「嵩考，你早說嘛，濱哥，不然我就不出去吃飯去了，在這兒陪你喝兩杯那多過癮啊。」

曹濱不露聲色道：「中午跟誰去吃飯了？」

董彪隨口應道：「一個朋友。」坐到沙發上，董彪隨手拿起了酒瓶，卻見到那瓶酒居然還沒有開封，於是樂道：「中午吃的西餐，那玩意根本吃不飽，濱哥，要不咱們再喝兩杯？」

曹濱起身來到了書桌後，拉了下貼在牆壁上的一根繩索，不一會，周嫂便出現在了門口。曹濱吩咐道：「周嫂，辛苦你一趟，把這幾盤菜幫我熱一下。」

周嫂還沒把菜端出去，董彪已然打開了酒瓶，先給曹濱倒了一杯，再給自己倒了一杯，二話不說，先灌了一氣。

曹濱道：「你還沒回答我，你中午跟誰去吃飯了？」

董彪笑道：「不是跟您說了嘛，一個朋友。」

曹濱道：「是男朋友還是女朋友？叫什麼姓什麼？」

董彪摸出香煙，點上了一根，噴著煙回答道：「你不認識，是我以前在賓尼的俱樂部認識的一個朋友，叫托尼，托尼・漢密爾頓。」

曹濱冷笑道：「阿彪，你知不知道你在撒謊的時候會有一個習慣性的動作？」

董彪驚疑道：「我摸鼻子了嗎？沒有啊！」

曹濱接著冷哼了一聲，道：「你上午從我書房中離去後便開著車離開了堂口。」

董彪點了點頭，道：「是啊！很多弟兄都看到了啊。」

曹濱盯了董彪一眼，道：「你去了金山郵報的報社！」

董彪抽了口煙，委屈道：「哪有啊？」

曹濱忽地笑開了，道：「阿彪，還不承認你在撒謊麼？去老賓尼的俱樂部，必須經過郵報的報社，你若不是純心撒謊，怎麼會忽略了這個細節呢？」

董彪瞪圓了雙眼，道：「大哥，我是說我跟之前在賓尼俱樂部中認識的一個朋友吃飯，我什麼時候說了我去到了賓尼的俱樂部了？」

曹濱一把奪下董彪剛拎起來的酒瓶，斥道：「話不投機半句多！這酒不喝了！」

董彪服軟道：「好了，好了，我承認，我是去了金山郵報的報社，而且，我找到了海倫，中午便是陪她吃的飯，怎麼了？要打就打，要罵就罵，但你得等我喝過癮了再來說這事。」

曹濱為董彪倒上了酒，自個也端起了酒杯，飲啜了一口，遲疑了片刻後，問道：「那結果如何？」

董彪裝傻道：「什麼結果？」

曹濱歎了口氣，道：「這就有些過分了哈，阿彪，這酒我都給你倒上了，那菜我也吩咐周嫂為你去熱了，怎麼從你嘴裡得到一句實話就那麼難呢？」

董彪跟著歎了一聲，道：「我這不是怕你傷心嘛！」

曹濱猛地一怔，失口問道：「她不肯原諒我？」

董彪默默地抽了兩口香煙，然後將煙屁股摁滅在了煙灰缸中，端起酒杯來，咕咚咚兩口喝了個乾淨，然後抹了把嘴，道：「我是在她的宿舍中找到她的，我找到她的時候，她正躲在宿舍中痛哭，而我在門外，卻根本沒聽到哭聲，直到她開了門，我看到了她臉上的淚痕，才知道她剛剛哭過。」

曹濱的神色黯淡了下來。

董彪接道：「她宿舍的陳設非常簡陋，看得出來，她將全部的心思都投入到了工作當中，所以，我敢斷定，濱哥你是她做了記者後唯一愛過的人。可是，你卻躲了她整整一個禮拜，她的心徹底涼了。而我一個局外人，怎麼可能僅憑三言兩語就能把她的心給暖熱了呢？」

曹濱道：「我能理解，謝謝你，我的好兄弟。」

董彪苦笑道：「就這麼句話便算了結了？濱哥，你不覺得你應該親自去找她，去把她的心重新焐熱嗎？」

曹濱長歎一聲，道：「我何嘗不想啊！可是……可是她還會原諒我嗎？」

董彪搖頭歎道：「我哪裡知道啊！你不親自去試一試，哪裡能得知會不會呢？」

曹濱拎起酒瓶，將自己的杯子倒滿，然後一飲而盡，像是下定了決心，卻忽然間又洩了氣，歎道：「今天的雪下得實在太大了，路上不方便，還是等明天再說吧！」

第七章

要人命的暴風雪

曹濱嚴峻的口吻使得董彪明白過來，
當前遇到的是一場足以要人命的暴風雪。
如果海倫已經上了路，如果那暴風雪趕在了
海倫抵達堂口之前撲襲到了金山，
那麼，海倫將很難逃過此劫。

雪下得確實很大，而且，越下越大。

海倫原本就有中午小憩一會的習慣，午餐時又喝了點紅酒，因而，當她回到宿舍的時候有了睏意。往常的午間小憩也就是二三十分鐘的樣子，但這一天，或許是因為酒精的作用，也或許是別的原因，她睡了好長的時間才醒來。

醒來時，屋裡的光線已經非常昏暗，海倫陡然一驚，從床上彈起，奔向書桌，抓起那只鬧鐘看了一眼。鬧鐘的秒針依舊邁著沉穩且堅定的步伐，最短的時針停靠在右下方五的數字旁，而最長的分針則直直地指向了正上方。

「哦，才五點鐘，應該還來得及。」放下了鬧鐘，海倫的臉上洋溢出了幸福的笑容。還有兩個小時，不過才六英里不到的路程，就算是步行，她也來得及在七點鐘準時趕到安良堂的堂口。

帶著幸福的笑容，海倫開始梳妝打扮。

梳個怎樣的髮型好呢？對著鏡子，海倫猶豫了片刻，除了把頭髮放開或是紮攏，她似乎並不會梳理出第三種髮型。

要不要塗點口紅呢？海倫翻出了她僅有的兩支口紅，可是，一支斷掉了，而另一支乾癟得好像已經塗抹不到嘴唇上了。海倫愣了下，這才想起這兩支口紅居然是自己三年前去紐約出差時在心血來潮的狀態下才購買下來的。

換一件什麼樣的衣服呢？海倫打開了自己的衣櫃，可是，除了一件棉衣之外，在這種大雪紛飛的天氣下，沒有什麼別的衣服可穿。

這一刻，海倫對自己很是失望。

她活得太不像是一個女人了，也難怪人家湯姆一個禮拜都不搭理自己。

海倫暗自下定了決心，等這場大雪過去之後，她一定要拿出一整天的時間，去逛逛街，把一個女人應該擁有的各種化妝品全都買回來，還要再給自己買幾件最為時尚的衣服，如果時間來得及，還要去一趟理髮店，好好地把自己的頭髮打理一下。

梳妝打扮過後，也換好了衣服，海倫準備出門的時候再看了一眼鬧鐘，心中頓時慌亂起來。沒怎麼注意，那時間居然已經過去了半個小時。匆匆忙忙出了門，來到了街上，海倫的心情更加慌亂，紛揚大雪中，街上連一輛汽車的影子都看不到，就更不用說能不能搭上計程車了。

再大的困難也不能退縮！

九年的記者生涯成就了海倫倔強的性格，她圍緊了圍巾，冒著風雪，向著唐人街的方向邁開了艱難的，但同時也是堅定的步伐。

安良堂二樓的書房中，董彪往壁爐中添加了木炭，木炭稍微有些潮濕，遇到了火焰，發出了痛並快樂的嗶剝聲。一瓶酒已經見了瓶底，七百五十毫升的白蘭地被董彪喝去了三分之二，而僅僅喝掉了三分之一的曹濱卻顯得酒意要比董彪還要強烈，仰躺在沙發上，雙眼迷離地似乎已經睜不開了。

「阿彪，你說我是不是有點慫啊？」酒意十足的曹濱說起話來還算是清晰。

董彪添完了木炭，回到了沙發上坐定，點了支煙，笑道：「你不是有點慫，濱哥，你是非常慫！這要換了我阿彪遇上了動心的女人，我才不會管她喜不喜歡我，我直接就把她弄上了床再說。」

曹濱歎道：「你是流氓，誰敢跟你比啊！」

董彪起身去了書櫃，找到了曹濱的雪茄盒，拿出一根雪茄，走回來，點了上火，遞給了曹濱，道：「你是流氓的大哥，只有你不想做的事，哪有你不敢做的事？」

曹濱接過點了火的雪茄，抽了兩口，依舊仰躺著，呆望著天花板，道：「你錯了，阿彪，我不敢做的事情實在是太多太多了。」

董彪笑道：「比如說，你現在就不敢爬起來再跟我喝上一瓶。」

曹濱突然坐起身來，迷離的眼神倏地一下凜冽起來，冷冷道：「你再說一遍？」

董彪樂道：「喲呵，好久沒見到你能被激將到了。」

曹濱卻忽地歎了口氣，重新癱了下去，道：「算嘍，菜都冷了，再喝下去一點意思都沒有。」

董彪歎道：「菜冷了可以再去熱，吃完了可以再去做，可要是心冷了，就很難再熱起來，要是人沒了，更別想追回來，濱哥，你說我說的對不對呢？」

曹濱茫然點頭，道：「對，當然對，你董大彪說的話，能不對嗎？」

董彪苦笑道：「可你卻放任那顆心冷了下去？看著那個人消失在你的視線中？」

曹濱盡顯頹態道：「那你說，我能怎樣？厚著臉皮去找她？像個十幾二十歲的毛孩子一樣去跟她解釋請求原諒？還要我像隻蒼蠅一般圍著她嗡嗡轉？」

董彪肅容回道：「你用錯詞了，濱哥，海倫是花，是金山乃至整個美利堅唯一一朵能被你所欣賞的花，不是一坨牛糞，蒼蠅隻會圍著牛糞轉，是嗅不到花香的。」

曹濱再次坐起身來，怒瞪著董彪，動了幾下嘴，卻沒能說出話來，終究是一聲無奈的笑。

董彪看了眼牆上的壁鐘，道：「五點半了，濱哥，既然你不願再喝了，那你就休息一會吧，我出去轉轉看看，等到七點鐘的時候，再回來陪你說話。」

曹濱仰躺在沙發上，有氣無力地擺了擺手。待董彪剛把房門拉開的時候，曹濱忽地坐起身來，喝道：「你等會！」

董彪停下腳步，轉過身來，道：「你還有什麼吩咐？」

曹濱鎖著眉頭，凝視著董彪，沉吟道：「你有事瞞著我！」

董彪聳了下肩，哼笑道：「我可全都招供了哦，哪還有什麼事情瞞著你呢？」

曹濱微微搖頭，道：「平時沒事的時候，你從來不會關心時間，而一旦當你關注時間的時候，就表明你肯定有事。說吧，到底是什麼事？」

二十好幾年的兄弟，而且始終處在並肩戰鬥的狀態，彼此之間已經到了瞭若指掌的地步，可以說，這兄弟二人對對方的瞭解甚至要超過了對自己的瞭解。

董彪自知出了破綻，是怎麼也瞞不下去了，只好坦白交代道：「七點鐘，我跟海倫約好了七點鐘，我要去堂口的大門處等著她，然後將她帶進你的書房。」

曹濱噌地一下站了起來，先是愣了會，然後衝到了窗前，揭開了窗簾，不由得搖了搖頭，轉過身來，凌空虛點了董彪幾下，氣道：「你啊，糊塗啊！」

董彪困惑道：「我怎麼就糊塗了呢？濱哥，我覺得在感情的問題上，你還不如人家海倫勇敢呢！你……」

曹濱打斷了董彪的嚷嚷，手指窗外，道：「這麼大的雪，海倫能叫得到車嗎？就算叫到了，那車能開得動嗎？」

董彪愣住了，囁嚅道：「我中午跟她約定的時候，雪已經停住了……」

曹濱搖了搖頭，道：「海倫是一個非常要強的人，她既然承諾了要過來，那麼就算天氣再怎麼惡劣，她也一定會來，可這雪下得那麼大，她怎麼來啊！」

董彪道：「我去接她。」

曹濱喝道：「你站住！要去，也該是我去！」

凜冽的寒風裹挾著片片冰冷的雪花將整個世界籠罩在了一片朦朧之中，路上的積雪至少有一英尺厚，一腳踩下去，腳脖子都不見了影子。海倫深一腳淺一腳地艱難跋涉，寒風吹亂了她的頭髮，冰冷的雪花總是往她的脖子裡鑽，似乎也想尋找到一個溫暖的落腳點。幸虧這是在城市中，若是換到了田野上，非得迷失了方向不成。

路上沒見到一輛車，起初還能偶見到一兩個行人，但走了一段路程後，便再也見不到一個行人了。道路兩側的商鋪全都打了烊，又因尚不到法定的點亮路燈的時間，因而，整條馬路上，視線所至，見不到星點燈光。

六英里的路程，海倫才走完了六分之一，卻已是精疲力盡。

後悔嗎？

海倫昂起頭來，拂去了額頭髮梢上的冰凌，露出了幸福的微笑。

還能堅持下去嗎？

海倫甩了甩頭髮，解開了圍巾，擦了下臉頰及脖子處混雜在一起的汗漬和雪漬，繼續向前邁開了大步。

終於將市區拋在了身後之時，海倫來到了一個三叉路口。她已經不知道自己走了多長的時間，她也算不清楚已經走完了多少的路程，她甚至記不起來在這個三叉路口前該是左拐還是右轉，她的體力已經完全耗盡，她的大腦已經出現了缺氧的跡象，她很想坐下來休息片刻，她甚至想不顧一切地躺在雪地中睡上一會。

但她還有著堅強的意志，她知道，此刻決不能停下來，不管是坐下來還是躺下去，她便會被無情的暴雪覆蓋住，她將再也沒有機會重新站起來。

她必須撐下去。

海倫使出了最後一點力氣，彎下腰捧起了一抔雪，在臉頰上揉搓了幾下，憑藉著短暫的清醒，她辨認出方向，應該是向右轉。

然而，當她踏上了右轉的那條道路的時候，腳下不知道被什麼東西墊了一下，腿上同時一軟，控制不住地摔倒在了雪堆中。

有獲得必有付出。九年的記者生涯，海倫獲得了事業上的成功，成為了金山郵報乃至整個金山新聞界中最有號召力的記者之一，但她同時也付出了健康的代價。

做為記者，吃不好喝不好饑一頓飽一頓乃是常態，為了趕稿，徹夜於燈下奮力疾書亦是常態，遇到了重大事件需要千里迢迢奔赴現場之時，晝夜顛倒，甚或連續幾天不眠不休，那也是常態。

二十幾歲的時候，仗著年輕，這些個傷害在身體上尚無體現，但女人一旦過了三十，那身子骨便再也比不上從前，積累下來的對健康的種種傷害便要逐一顯現。海倫三十有二，雖然自己也感覺到體力跟不上從前了，但她並沒有意識到自己的健康問題已經到了一個很嚴峻的狀態中，她還以為自己是二十多歲的時候，在如此的暴風雪中，可以輕鬆地走完這六英里的路程。

她顯然是高估了自己。

撲倒在雪堆中的海倫意識到了危險，她憑藉著堅強的意志力艱難地爬起身來，可沒走了幾步，卻又再次撲倒。

那一刻，她想到了放棄。

但在閉上雙眼的時候，曹濱的音容相貌不自覺地浮現在了眼前。海倫備受鼓舞，告誡自己一定不能放棄，一定要堅持走完這段路程，一定要完成自己對自己的承諾，一定要向曹濱發起潮水般的進攻，並將他徹底拿下！

可是，她再也積攢不出足夠的氣力來支撐她再次爬起。

每一年，金山都要來上一場或是幾場暴風雪。當暴風雪襲來之時，氣溫會驟然降至攝氏零下二十度甚至更低，風雪之大，常人根本無法在室外久留，更不用說行走在毫無遮擋的道路上。人們唯一能做的便是躲在家裡，有錢人可以烤著壁爐，窮人也要點燃一盆炭火。

今年的暴風雪來得比往常要早了一些，但來得越早，這暴風雪可能就更加凶猛。

董彪在回來的路上，那雪便已經重新飄落，寒風也要凜冽了許多，但他並沒有意識到這正是暴風雪來臨的徵兆。

曹濱卻意識到了。

因而，當董彪終於說出了實話的時候，曹濱的第一反應便是對海倫的擔憂。他不由得衝到了窗前，再看了一眼那漫天的灰濛濛透露著隱隱墨色的烏雲，確定了這必然是暴風雪即將來臨的前奏，這才真正斥責了董彪一句：「你真糊塗！」

如果海倫執拗前來的話，她必然會遭遇到這場即將襲來的暴風雪中，饒是他曹濱，也不敢嘗試在暴風雪中徒步行走六英里的路程，更何況海倫不過是一名弱女子，哪怕是距離堂口僅剩下了最後一英里的路程，只要是被暴風雪給追上了，她也絕無可能安然走完這最後的一英里。

生死面前，曹濱反而鎮定了下來。

「要去，也該是我去！」曹濱堅毅的神情告訴了董彪，他的決定不容遲疑：「你立刻組織人手，帶上雪橇、食物、火種，還有燃料、毛毯，隨後跟上。人不要多，挑最健壯的三五個人就夠了，多了只會更加危險。」

曹濱嚴峻的口吻使得董彪明白過來，當前遇到的不是一場普通的大雪，而是一場足以要人命的暴風雪。如果海倫已經上了路，如果那暴風雪趕在了海倫抵達堂口之前撲襲到了金山，那麼，海倫將很難逃過此劫。

曹濱下完了命令，隨即出了書房，去了臥室，他以最快的速度換上了衝鋒衣和雪地靴，並戴上了擋風鏡，然後穩步下樓，走進了風雪之中。

這種沉穩，似乎是裝出來的。

出了堂口的大門，曹濱加快了腳步，他甚至想飛奔起來，想趁著暴風雪尚未抵達之時多趕一些路程，但經驗告訴他，決不能這樣做，必須要保留住充分的體力，不然的話，當暴風雪來臨之時，自己也難以扛撐得下來。

僅僅走出了兩里路，剛剛離開了唐人街的範圍，耳邊便聽到了隱隱的狂風發出來的嗚咽聲，也就是稍一愣神的功夫，風勢便驟然猛烈起來。

狂風捲起了地上的積雪，混雜於天上墜落下來的雪團，將天地之間連成了一個白色的朦朧世界。雖然光線在雪地的映射下尚不覺有多昏暗，但可見度卻是急速下降，前方十米之外，幾乎無法視清任何物品。側頂著狂風，曹濱的步伐雖然堅定，但身形卻難免踉蹌。

「海倫！」曹濱按捺不住內心的焦慮，不由大聲呼喊。可是，那喊聲剛出了口，便被狂風吹散，以至於連自己都有些聽不清楚自己的喊聲。

憑著經驗，曹濱判斷前方不遠處便是通往市區的三叉路口，而此時，他依舊未能迎來海倫的身影，他忽然產生了疑慮，那海倫會不會在風雪中迷失了方向而走錯了道路？是該繼續前行，還是轉個彎過去追尋，又或是停下來等待後援的董彪趕到之後再做定奪，猶豫中，曹濱突然看到了遠處前方閃現出了一個黑點。

那黑點只是閃現了一下，便消失了，消失之後，再無閃現。

是錯覺嗎？還是幻覺？僅有十來米的能見度，自己又是如何看到遠處五十米開外的那個黑點的呢？

曹濱來不及多想，只能是奮力前行。

黑點再也沒有出現，但曹濱終於發現了五米外路邊的異樣。

道路旁，隆起了一個不高的長條型的雪堆。

「雪堆中埋著的一定是個落難的人！」曹濱踉蹌著撲了過去。他不希望那雪堆中埋著的便是海倫，他希望海倫還在道路上艱難跋涉，或是躲在了某個地方。但他又隱隱地感覺到，那雪堆下面埋著的很有可能就是海倫。

這可能就是所謂的緣分吧！

在漫天全都是雪片能見度僅有十米的情況下，那曹濱居然能看到第二次撲倒在雪堆中的海倫，雖然在曹濱的視線中只是成為了一個黑點，那也為曹濱指明了方向。暴風雪中，五十米的距離相當遙遠，若是頂風前行的話，很有可能是一段永遠也走不完的路程，好在曹濱的身子骨足夠強壯，更幸運的是其方向只是側頂著狂風。

但走完了這五十米，那曹濱也足足用了五分鐘之久。

扒開了雪堆，曹濱的眼眶中登時充滿了淚水。海倫已然昏迷，曹濱急忙貼過了臉頰，感受到了海倫微弱的呼吸，這才稍稍安心下來。暴風雪中，曹濱不敢逞強，只能是就地扒了個雪窩，用自己的背擋住了狂風，用自己的懷抱給予海倫以溫暖。

大約十分鐘後，董彪帶著後援隊伍終於趕來了。

用毛毯將海倫裹了個嚴實，放在了雪橇上，曹濱親自拉著雪橇，開始返程。

不過是三英里的路，這一來一回，足足用去了六個小時的時間，返回到了堂口，已經接近了深夜零時。

海倫原先住的那間客房早已經點燃了壁爐，可是，曹濱卻嫌棄那壁爐太小，房間中還不夠暖和。堂口弟兄又拿來了兩個炭火盆，曹濱的臉上這才有了滿意的神色。

「濱哥，回去休息吧，讓周嫂過來照顧海倫好了。」六個多小時沒抽煙，那董彪的煙癮上來了，頗有些猴急的模樣，可是，在海倫的房間中，他卻不敢當著曹濱的面把煙點上，只得想著趕緊把曹濱給打發了，然後能出去抽根煙過過癮。

曹濱擺了擺手，道：「你們都回去吧，我守著她。」

董彪道：「你這一來一回，體力也消耗得差不多了，還是回去休息吧。」

曹濱道：「哪來的那麼多廢話？」

董彪縮了下脖子吐了下舌頭，帶著堂口弟兄走出了房間，隨後又探回半個上身來，道：「濱哥，後廚那邊我留了個值班師傅，需要的話，打聲招呼就好了。」

曹濱擺了擺手，打發走了董彪之後，起身倒了杯熱水，再拿起一支小勺，坐到了床邊，耐心地，輕柔地，用小勺舀起了一小勺水，滴在了海倫的唇邊。海倫昏迷未醒，自然是緊閉著雙唇，滴在了雙唇間的水滴，順著唇角留到了下巴上。曹濱慌忙拿起毛巾，為海倫擦去了下巴上的水漬。

董彪其實說得沒錯，此刻的曹濱也是精疲力盡，如果此刻躺在床上，最多一分鐘他便可以進入夢鄉。但他仍不想回去休息，他想親自看著海倫轉醒過來，他更是想通過這樣的方式來懲罰自己，若不是因為他的原因，那海倫怎麼可能遭遇到這場劫難。

窗外，狂風的怒吼聲一陣強過一陣，窗戶的玻璃上結了一層厚厚的窗花，無法看清楚室外的雪片有多大多密集。房間內，壁爐中的火焰熊熊燃燒，兩個炭盆裡的木炭也是燒得通紅，曹濱放下了水杯，往壁爐中添加了木炭，回到了床邊，凝望著海倫的蒼白面龐，不由得長歎了一聲，呢喃自語道：「你一定要醒來，我向你保證，我再也不會躲著你，等忙過了這一陣，我就向你求婚！」

文森特島的夜晚令人心曠神怡，文森特島的清晨更是讓人神清氣爽。

一早起來，羅獵忍不住在海邊跑了一圈，隨後又練上了兩趟拳，出了一身的汗之後，才回到了總督府的客房。

此時，顧霆剛剛醒來。「羅獵哥哥，你昨晚睡得那麼晚，今早又起得那麼早，你不睏啊？」

「年紀大了，就不會那麼貪睡了。」羅獵精神抖擻，隨口回了一句，同時脫去了外衣，淘了條濕毛巾，擦拭著身子。

顧霆不自覺地用薄被蒙住了頭。

「還不起床？你這條小懶貓……」羅獵說出貓這個字的時候，心裡禁不住抽搐了一下，同時，耳邊縈繞起了艾莉絲的聲音來。大貓咪是艾莉絲對羅獵的特權稱呼，有時候，羅獵也會偷懶，便會被艾莉絲叫上一聲大懶貓。

顧霆從被子下閃出了半顆腦袋，看到羅獵已經換好了衣服，這才掀開了被子，翻身下了床。和以前完全一樣，顧霆依舊保持著和衣而臥的習慣。

「抓緊去洗臉刷牙，準備吃早餐。」羅獵吩咐道：「今天咱們要去的地方比較多，走的路自然也要多，早餐要吃飽吃好，不然的話，體力跟不上可沒人心疼你。」

顧霆吐了下舌頭，扮了個鬼臉，端著盆拿上了牙刷牙缸，鑽出了房間去。顧霆前腳剛走，趙大明便後腳跟進。

「今天是怎麼計畫的呢？」進了屋，趙大明大咧咧坐在了桌前。

羅獵剛好牆邊照鏡子，順手敲了敲牆，然後摸了把耳朵，對趙大明哼笑了一聲。

趙大明領會到羅獵的意思是告訴他隔牆有耳，不要忘記了自己所扮演的角色。

「哦，少東家，今天是如何安排的？」

羅獵照著鏡子把頭髮梳理整齊了，轉過身來，道：「咱們今天開始走訪各家農場主，我跟亨利說過了，我們今天單獨行動，不希望他們參與進來。」

趙大明道：「那亨利答應了？」

羅獵道：「不想答應也得答應！除非是他不想跟咱們做成這筆交易。」

趙大明笑道：「這筆交易的利潤那麼大，恐怕那亨利做夢都會笑醒。」

羅獵正色道：「你這個思想很不對頭！沒錯，他得到的利潤確實不菲，可咱們得到的不是更多嗎？你當我不知道他在中間能得到一成多的利潤嗎？但你要明白，咱們得到的，可是兩成的利潤啊！」

趙大明凜然道：「少東家批評的對，我知道錯了。」

通過這麼一段預熱，這弟兄倆完全進入了角色，而此時，顧霆已經洗漱回來，而秦剛亦是等在了門口。

「去叫羅布特，一起去吃早餐。」羅獵在前，趙大明、顧霆在後，三人走出了房間。

等在門口的秦剛回道：「咱去叫過了，這老兄說昨晚沒睡好，要再多睡一會，早餐就不吃了，讓咱們出發前叫他一聲。」

羅獵歎了口氣，道：「可以理解，他畢竟是住你隔壁，受到的影響顯然最大。」

島上的農場主並不多，約瑟夫列出來的一張表上只登記了十家，其中最大的一個農場主擁有一千一百英畝耕地，其餘九家均是五六百英畝或是四五百英畝的水準。

「少東家，咱們是先大後小，還是先小後大呢？」趙大明坐在了從亨利那裡借來的一輛車的駕駛座上，一邊熟悉著車輛，一邊向羅獵問道。

羅獵坐到了副駕的位置上，把打包回來的一份早餐丟給了後排座上的羅布特，道：「先大後小和先小後大都不對，最有效率的是先近後遠，走到哪算哪，反正都得把這個島轉上一整圈。」

趙大明打開了亨利提供的地圖，道：「還真是巧了，最近的一家應該就是最大的那一家。」

羅獵道：「是那個叫史密斯的一家嗎？」

趙大明點了點頭。

羅獵聳了下肩，道：「那好吧，就從他家開始。」

史密斯一家是島上資格最老的農場主。五十年前，現任農場主傑里史密斯的爺爺便來到文森特島上，最初的時候，老史密斯的本錢只夠經營一百英畝規模的莊園，五十年間，島上的農場主來來走走，而史密斯一家則紮根於此，勤勞耕作，熬走了四任總督，也成為了島上最大的一家農場主。

羅獵對史密斯的懷疑程度也是最深，一來是因為他在農場主中的號召力最大，二來則是他從約瑟夫那邊打聽到史密斯的膝下剛好有一個二十來歲的兒子。羅獵並不想一上來就去觸碰史密斯一家，他想先在別家那邊適應一下之後再來找史密斯一探究竟，但轉念再想，自己不太適應確實是個弊端，但那史密斯一家的準備性不足同時也是一個有利之處，反正遲早都要登門造訪，且利弊基本上可以相互抵消，那還不如乾脆利索地直奔最主要目標而去。

對羅獵一行的造訪，史密斯一家確實是準備不足。

十二月並不是收穫的季節，甘蔗已於十一月初便已經收割完畢，而當年的香蕉會晚一些，但大多數也到了該砍去根莖重新種植的時候了，因而，這段時間能交易的僅僅是一些存貨和少量香蕉。且為了對抗約瑟夫的橫徵暴斂，農場主們正聯合在一起使出了不收不種不雇傭勞工的策略，意圖激起當地原住民及非洲農奴的憤怒，對約瑟夫的統治掀起新一輪的反抗。

因而，這段時間登島求交易的客商並不多。

史密斯出於禮貌，還是熱情地接待了羅獵一行，將他們帶入了客廳，並吩咐家裡的下人煮了咖啡端了上來。

「各位是從美利堅合眾國而來？」登記表上的資料顯示史密斯只有四十八歲，但看上去，這個身體微微有些發福的男人卻至少有五十五歲。額頭正中已然敗了頂，而四周的頭髮也已斑白。

依照常規，羅獵舉起了手，羅布特立刻遞上了雪茄並打著了火。

「沒錯，我們來自紐約。」羅獵抽了口雪茄，但見史密斯好像沒注意到他手中的價值一美元的雪茄，故意拿起來舉到了空中晃悠了一下。「這位是羅布特先生，他手上的沃瑪商行，乃是紐約最大的雪茄經銷商。」

史密斯淡淡一笑，道：「文森特島並不產煙葉，更沒有人會製作雪茄，羅布特先生應該去的地方是古巴，而不是這兒。」

羅獵被懟，卻未惱怒，呵呵一笑，道：「羅布特先生的主營業務是雪茄，但同時也是我的合作夥伴，他看到我的銷售利潤豐厚，便主動參了我的股。」

這是羅獵昨晚躺在床上一時睡不著而想出的套路，用羅布特來引出自己有著豐厚利潤的銷售管道，從而激發出史密斯的興趣。羅獵相信，只要他報出市面價四折的收購價出來時，任何一個農場主的雙眼都會冒出異樣的光芒。

如此一來，不光能掩蓋了農場主們對自己身分的懷疑，同時還能激發出農場主們對約瑟夫的恨意。這兩項目標一旦達到，那麼，對羅獵來說也就有了充分的操作空間。比如，將農場主們召集在一塊開個會。人多嘴雜，難免就會有人說漏了嘴，那麼，羅獵只需要細緻聆聽，說不定就能尋找到布雷森女兒下落的線索。

羅獵的算盤在心中打得是劈啪作響，可是，那史密斯卻毫不買帳。這老傢伙只是淡淡一笑，道：「但凡到島上採購的客商，必須先跟亨利總督打招呼，沒有他的允許，我們這些農場主是無法和你們打成交易的。」

羅獵依舊在按照自己的原計劃進行，他回以微笑，道：「昨晚我便和亨利總督談過了，他答應我了，要將島上生產出來的蔗糖還有香蕉全都賣給我。」

史密斯端起咖啡杯來，同時向羅獵做了個請的動作，自己先飲啜了一口，放下了杯子，微笑道：「既然你已經跟亨利總督達成了交易，那又何必跟我交談呢？」

羅獵一時語塞，只能端起咖啡，藉著喝咖啡的機會來思考應對之策。

趙大明插話道：「我們登門造訪，主要有兩個目的，一是想檢驗一下島上的甘蔗和香蕉能不能達到我們的要求，二是想確認一下，亨利總督為我們提供的產量資料是否準確。」

史密斯點了點頭，道：「這倒是應該，各位請稍坐片刻，我這就去安排，拿來一些我莊園生產的甘蔗和香蕉，以供各位品嘗鑑定。至於產量嘛，等你們鑑定完了，我們再來確認好了。」史密斯言罷，起身就要走出客廳。

羅獵急忙攔住，並偷了個空隙，向趙大明投去了嚴厲的一瞥。

眼看著史密斯正在遠離自己設計的套路，而趙大明的插話更是帶偏了羅獵的節奏，那羅獵怎麼能不生氣呢。

「那什麼，事實上，昨天晚上在總督府的時候，我便已經品嘗過了貴島生產的甘蔗和香蕉，說句心裡話，品質確實不錯，完全符合我們的要求。」無法將史密斯帶入自己套路的羅獵想著乾脆把話挑明了。

「說實話吧，我們對產品非常滿意，但是，我們對亨利總督提出的交易條件卻不是很能接受。」羅獵端起杯子，喝了口咖啡，接道：「所以，我想來跟史密斯先生談談，看看能不能得到更好的交易條款。」

史密斯被羅獵攔住了，卻沒有回到座位上，而是站在了原處，道：「謝謝你的稱讚，不過，即便只是以待客之道來說，我也應該拿出一些甘蔗和香蕉來款待各位，抱歉了，各位，我只需要兩分鐘的時間。」

羅獵無奈，只得任由史密斯走出了客廳。

羅布特不知真相，把自己還真當成了陪同羅獵前來收購商品的客商，因而在史密斯離去之後，很是隨意地在客廳中走動了一圈，帶著好奇心，東看看，西瞧瞧。

秦剛知曉自己腦子來得慢，他把自己定位成了只是搬運行李的苦力，必要的時候會搖身一變成為保鏢，因而，對場面話也多是不去關心。顧霆能看得明白聽得懂，但因為年齡太小，不合適跟羅獵打配合，當趙大明無端插話的時候，他難免露出了些許煩厭的神色。

趙大明被羅獵剜了一眼，隨即便意識到了是自己多嘴，待史密斯離去後，他給了羅獵一個眼神，表明自己意識到了問題，再也不會犯同樣的錯誤。

眾人都不想說話，於是便在沉默中等了幾分鐘。

可是，當史密斯重新出現在客廳門口時，眾人全都驚住了。

史密斯的身後，居然站著兩名端著槍的原住民，而那兩名原住民的槍口，卻是正正的對準了羅獵他們，而同時，客廳兩側的窗戶中伸出了數支黑洞洞的槍口，全對準了屋裡的這五個人。

「你們並不是前來收購甘蔗和香蕉的商人，我的朋友，告訴我，你們來到文森特島的真實目的究竟是什麼？」史密斯單手一揮，從門外沿著他的兩側湧進來了數人，個個都端著槍，二對一，將羅獵等五人全都逼住了。

瞬間一驚後，羅獵隨即鎮定下來，他迅速回憶了一下，並沒有發現自己這邊有什麼明顯的破綻，於是便斷定，這或許是史密斯太過緊張而導致，為的就是能詐出他們的真實身分來。

「這便是你口中所說的待客之道嗎？如果是這樣，那我還真是開了眼，相比加勒比海盜來，你們簡直是有過之而無不及啊！」羅獵說著，露出了鄙夷的神態：「你說，我們不辭勞苦，跑到這破島上來，不是為了收購產品，那又是為了什麼呢？」

十條槍對付五個人，史密斯覺得已經足夠，於是便踱進了客廳，冷笑道：「如果我沒有猜錯的話，你們幾位，應該是為安妮・布雷森而來吧。」

羅獵苦笑道：「安妮・布雷森？請原諒，我從來沒聽過這個名字。」

史密斯道：「既然你說沒有聽過這個名字，那我想我有必要為你做下介紹，安妮・布雷森是美利堅合眾國參議院議員亞當・布雷森的掌上明珠，而亞當・布雷森這個人，各位應該都熟悉吧？」

羅獵聳了下肩，道：「我們是商人，不關心政治，對什麼議員不議員的更是沒興趣，所以很抱歉，我並不認識什麼國會議員布雷森先生。」

史密斯冷笑道：「我的朋友，你不覺得你的強詞奪理非常蒼白嗎？文森特島不是第一年產出甘蔗和香蕉，我的祖父五十年前就在這個島嶼上種植甘蔗和香蕉了，而在他之前，又有更多的農場主在經營甘蔗和香蕉種植產業。我想說的是，這個產業實在是太成熟了，成熟到了整個產業鏈條中全都是熟悉的面孔。而在這些熟悉面孔中，卻從來沒看到你們這些黃種人。」

羅獵呵呵笑道：「那是你有所不知，我們的銷售管道並非在美利堅合眾國，而是在大清朝。我們……」

史密斯打斷了羅獵，道：「這種鬼話拿去騙亨利那種白癡吧！你若是說只打算採購蔗糖，我倒是勉強可以相信，可是，那香蕉又如何能夠遠渡重洋銷往那遙遠的中華呢？」

羅獵道：「不等香蕉熟透便採摘下來，等運到了地方，香蕉剛好放置熟了，這樣簡單的辦法，你做為專業種植香蕉的農場主，不會不知道吧？」

史密斯放聲大笑。「不管銷往哪裡，香蕉都要提前採摘，若是等香蕉熟透了再採摘的話，那麼連打包裝船的時間都不夠便要發生潰爛。但是，香蕉採摘時間也不能無限提前，否則那香蕉無論放置多久也不會有香甜的口感。因而，那香蕉最多只能提前十天採摘。打包裝船需要一天半，貨船到港後卸船入庫又需要一天半，留給經銷商的海上運輸的時間也就是一個禮拜的樣子。我且問你，你收了貨物之後是否還需要先運到美利堅合眾國？再從美利堅合眾國運往那中華，這中間又需要多長時間？等你將收上來的香蕉運到了中華，早已成了一堆爛泥，我不知道，你做的是哪門子的生意？」

羅獵心中不免一凜，暗自心忖，原來破綻出在此處。

破綻往往都是出在被忽略的細微之處，就像千里之堤總是潰於蟻穴一樣，羅獵為這項任務已經做了充分的準備，只是在這個細節上沒有做更深一層的推敲，而問題恰恰就出在了這一細節上。

第八章

雷霆一擊

只有有思想的人在做事情的時候才會產生隱憂，
而隱憂一旦被戳穿，就立刻被放大。
自己被對方所控制，所有的掙扎反抗結果最多是同歸於盡，
而羅獵顯露出來的那雷霆一擊以及隨後表現出的淡定自若，
無不在告訴史密斯，任何的反抗都是徒勞，
同歸於盡的結果只能是幻想。

懊喪或是後悔根本沒有任何作用，對方既然發現了端倪必然要一追到底，就此坦白自己的真實身分和真實意圖顯然不甘，卻又想不到能有什麼理由可以圓過這個破綻，羅獵只能以頑劣來應對，寄希望於將時間拖延的久一些，或許就會因為鬆懈而給自己這邊送上反擊的機會。

「我們的船就不能從文森特島裝上了貨後直接航行去大清朝麼？」羅獵翻了下眼皮，說了句連自己都覺得有些不講理的理由。

史密斯捧腹大笑。「你為什麼不說用飛機將收上來的香蕉運往中華呢？那樣不是更快嗎？」

飛機可是個新鮮玩意，聽說過但從來沒見到過，據說，這種新鮮玩意不光能像鳥兒一樣飛上天去，而且，飛起來的速度還相當之快。

「你還知道飛機？不容易啊！」羅獵呵呵笑著，面對槍口，卻看不出他有多少緊張。「我以為，你們這些個農場主待在這封閉小島上，早就成了土鱉了呢！」

史密斯不怒反笑，向前邁了一步，道：「文森特島自然是比不上紐約了，但也不至於連飛機都沒聽說過，是嗎？事實上，我不單聽說過飛機，我還親眼見過飛機的飛行，別忘了，是我們大英帝國的子民發明了飛機。」

飛機確實是英國佬發明的，事實上，好多不敢想像的先進科技玩意都是英國佬發明的，即便這個發明人已經入了美利堅合眾國的國籍，那他的身上仍舊流著具有英國血統的血脈。羅獵暗喜那史密斯的思維已然被自己帶偏，若是能繼續胡謅八扯下去，說不定還真能等來反擊的機會。「沒錯，你們英國人就是聰明。」

羅獵適時送上去馬屁起到了作用，史密斯臉色倏地一變，冷笑道：「至少，要比你們這些黃種人聰明多了！從你們剛踏上文森特島的時候，我便知道你們絕不是正當商人，你們來自於紐約的幫派，你們幫派的名字叫安良堂。我說的，對嗎？」

羅獵點頭應道：「對！我們確實是安良堂的人，但是，安良堂的人怎麼就不能是一個正經的商人了呢？沒錯，安良堂既往做的都是江湖偏門生意，可是那大清朝的賣貨取道擺在了我們面前的時候，我們也不能不抓住，是不？我承認，在採摘香蕉的問題上，我是沒你那麼專業，甚至可以說是個外行，但我們有內行的人啊，從島上收上來的香蕉不經過美利堅合眾國，直接運去大清朝不就了結了嗎？」

羅獵並不認為他說出來的這個不太講理的理由能站得住腳，但他需要用這樣的帶有強詞奪理歪攪胡纏的言語來干擾史密斯，如果他的情緒發生了變化，激動或是麻痹，都有可能給羅獵創造出反擊的機會。別看對方人多，只要自己秉承了老祖宗留下的擒賊先擒王的訓誡，那麼主動權必然回到自己的手上。

可能是站累了，也可能是史密斯對自己太有自信，他居然繞進了客廳深處，坐在了他原來的座位上。「別說這種鬼話了！我說過，只有亨利這個蠢貨才會相信你。能橫渡太平洋的只有美利堅合眾國的萬噸級巨輪，而文森特島的海港卻只能允許幾百噸的中小型船隻靠岸，而這種中小船隻，又如何能夠橫渡了那太平洋呢？」

羅獵以大笑來掩蓋自己的尷尬，笑過之後，再衝著史密斯豎起來大拇指，歎道：「果然是行家裡手，看來，騙是絕無可能騙過你了。好吧，那我就直說了，我們確實是……正經商人！」

羅獵的神態拿捏得非常到位，莫說是史密斯，那些端著槍的傢伙們都以為羅獵會說出他們便是受議員委託之類的話來，可沒想到，羅獵脫口而出的仍舊是正經商人。如此出乎意料的轉折，使得史密斯以及那些個槍手均是明顯一怔，不免有些分神。

羅獵苦等已久的機會終於出現。

機會難得，當然不能輕易放過。羅獵閃電出手，身形猛然一挺的同時雙手分別抓住指住了額頭的兩支槍桿，往上一舉再一拉，一隻腳已然飛出，啪的一聲踢中了面前槍手的喉結，隨即打了個迴旋，踹在了身後那槍手的褲襠處。只是一眨眼的功夫，看住羅獵的那兩名槍手登時廢掉，而那兩杆槍亦到了羅獵的手中，並指向了史密斯的額頭。

在扮演上頻頻出錯的趙大明在此時卻完美表現出了他的反應力有多快。羅獵那邊剛有動作，趙大明便反應過來，身子猛然一沉，三拳兩腳便解決了面前的槍手，同時從懷中掏出了兩把左輪，從另一側逼住了史密斯。

秦剛的反應也是非常迅速，混亂中，他果斷出手，雙手抓住了面前的兩支槍桿，往中間猛然一拉，趁著那倆槍手身體被帶著前傾之際，雙手鬆開了槍桿，抓住了那二人的脖頸，往中間一懟，砰的一聲，那倆槍手撞到了一塊，立時暈了。

小顧霆沒本事能幹掉看押他的槍手，但這小子機靈得很，那邊三人動起手來，這小子呲溜一下貼著地面從倆槍手的中間鑽了過去，靠在了羅獵的身旁。

只有羅布特仍舊被控制在對方的手中。

「叫你的人把槍放下！我不喜歡看到鮮血，更不喜歡殺人，但若是迫不得已的話，我會毫不猶豫地送你去見上帝。」看到趙大明的左輪已經逼在了史密斯的額頭上，羅獵乾脆放下了手中的兩杆滑膛槍。

史密斯只是一瞬間的慌亂，隨即便鎮定了下來，冷笑回應道：「外面都是我的人，至少有五十條槍在等著你們，殺了我，你們也難逃一死！」

趙大明呵呵笑道：「就你們這些烏合之眾還想攔得住我們？要不要等我出去把你的私人武裝全部解決了再回來跟你聊天呢？」

這還真不是趙大明在吹牛。

那些個端著槍衝進客廳中的槍手根本稱不上是真正的槍手，不過是史密斯從莊園農工中挑選出來的一些健壯者，經過簡單訓練，僅僅是會開槍而已。這一點，僅從這些人的端槍姿勢便可以得出明確判斷。

只不過，一旦動了槍殺了人，只怕會引起島上三萬民眾的強烈憤怒，若是爆發起騷亂，那可就有羅獵、趙大明他們好看的了，畢竟子彈有限，若是以冷兵器相對抗的話，遲早會被人家給踩成肉泥。

史密斯雖然看出來對方是來者不善，卻仗著自己人多勢眾，仍舊是有恃無恐。「那你就去試試好了，只要你敢開槍，我保證你不可能活著離開文森特島！」

趙大明火冒三丈，揚起胳膊便要動粗。羅獵急急攔住了，笑道：「君子動口不動手，我們來是做生意的，可不是來殺人的。史密斯，你願意和我們做一單對雙方都有利益的生意嗎？」

史密斯也意識到了，如果他一味逞強，逼急了對方，對方是真有膽子先幹掉他然後再衝出包圍。即便不往外衝，只需要守在這間客廳中，不需要太久，約瑟夫・亨利便會率領大英帝國的正規軍前來干涉。最終是個怎樣結果不好說，但自己這條性命算是交代進去了。

沒有哪個人是真的不怕死的，尤其是這種無謂的死亡。

「我很好奇你能有什麼辦法可以做到雙贏，如果你願意說，我非常樂意聽。」史密斯的態度終於有所鬆動。

羅獵笑道：「這就對了嘛！你是個農場主，從本質上講，農場主也是商人，而我們更是正經商人，既然大家都是商人，那就應該用商人的方法來解決問題，你說對不對呢？」

史密斯點點頭道：「如果你能保證我們的利益，我當然願意接受你們的建議。」

羅獵道：「那好，先讓你的人放了那個美國佬，然後差人去通知亨利總督。」

史密斯的面色倏地一下變得難堪起來，皺著眉頭冷笑道：「你是打算讓亨利總督來鎮壓我是麼？」

羅獵苦笑一聲，道：「你想哪去了？你們之所以會整出那麼多的么蛾子來，不就是想多賺點錢麼？沒錯，你們辛苦一年，賺到的錢要被剝去一半多，擱在了誰，誰也受不了。不過，不把亨利給叫來，怎麼和他談判呢？」

島上的原住民以及非洲農奴鬧起獨立運動，且農場主前往美利堅合眾國去尋求援助，這其中的貓膩無需明說也是人人可以得知。既然是一個利字惹出來的事端，那麼，其解決的辦法自然要著眼於一個利字才可以。

這個道理，雖說是顯而易見，但究竟該如何平衡農場主們和亨利總督之間的利益關係，這倒是個不小的難題。趙大明順著羅獵的思路卻是怎麼也想不出來什麼妙招，不禁以擔憂的神情看了羅獵一眼。

羅獵似乎沒注意到趙大明，接著對史密斯道：「你安排人去請亨利過來，不告訴他這邊究竟發生了什麼，他自然不會動用兵力。再有，他很想和我們達成交易，所以，你派去的人只要打著我的名號，說有要事要與他相談，那麼，不管他有什麼想法，一定會親自前來。」

史密斯聽得很認真，但最終的反應卻是仍不信任羅獵，依舊冷笑道：「把亨利總督叫來，我自然不敢再以槍支相對，到時候你們便可以大搖大擺地離去了，對嗎？」

羅獵收起了笑容，略帶慍色道：「你這人可真是小肚雞腸！我且問你，我們來文森特島的真實意圖是什麼？你不是很清楚麼？不把亞當・布雷森議員的女兒帶回去，我們到這文森特島上幹嘛來了呢？旅遊麼？還是閒得發慌找刺激來了？」

羅獵的話算是點醒了史密斯。他有些後悔自己的魯莽，若是在抓住對方的破綻時沒有急於翻開底牌的話，主動權勢必仍掌握在自己手中，至少不會像眼下這樣被動。

「你們明白就好！」史密斯在口頭上的用詞仍舊強硬，但神色之間卻表露出了他內心中已然軟化了的態度。「你們想找的安妮・布雷森在一個非常隱蔽的地方，沒有我的同意，誰也不可能見到她。」

羅獵聳肩笑道：「但你也不要忘了，只要我們買通了亨利總督，在這個島上就不存在找不到的人。不過，如此一來，勢必會流血死人，我說過，我不喜歡看到流血，更不願意死人，所以我才樂意和你以商人的方式來把問題解決了。」

這種話，就帶有很大程度的詐的成分了。

如果可以買通約瑟夫的話，那麼，這些事根本用不著求到總堂主歐志明的頭上來，哈里斯將軍麾下的威廉上校便可以把事件給辦妥了。而事實上則是約瑟夫對美利堅合眾國那邊的無論是政界還是軍界的人根本不信任，任你是誰，任你以前跟他有著怎樣的交情，檯面下的事情，一概免談。

但史密斯卻很難把握到約瑟夫的這種心態，他以常理推斷，約瑟夫確實是那種為了金錢可以拋棄原則的人，因而，對羅獵的這番話雖沒有全信，卻也是信了一多半。

對史密斯來說，在整個事件中也有著他自己的難言之隱。他是文森特島上最大的農場主，其莊園占全島莊園面積的六分之一多，自然是所有農場主中的領導者。島上的獨立運動受挫後，其中就有少數幾個農場主打了退堂鼓，是他力排眾議，使了一個美男計，將美利堅國會中的反對派領導者亞當・布雷森的女兒騙到了島上來。然而，這一招卻未能令亞當改變自己的主義。即便亞當屈從了，事情似乎也不好辦，因為眾議院中那些曾經的支持者們的態度悄然發生了轉變，想讓他們再次提案並通過眾議院的話，難度似乎很大。因而，安妮・布雷森反倒成為一塊燙手山芋，扔沒法扔，留著更是個麻煩。

因而，再面對羅獵的帶有一定威脅的誘惑，史密斯最終選擇了妥協。他拍了下巴掌，將依舊端著槍看押住羅布特的那二人叫到了面前，吩咐他們兩個前去總督府邀請約瑟夫・亨利。

「這就對了嘛！生意是談出來的，只要大家抱著誠意，我想，總是能找到一個令各方都滿意的辦法來。」羅獵說著，示意趙大明可以把槍放下了，始終這樣舉著槍早晚得把胳膊給累瘦累麻了，萬一接下來有了變故，不利於戰鬥。

趙大明放下了槍，同時盯著史密斯恐嚇道：「別以為沒槍對著你了，你就有了反擊的機會。」

趙大明恐嚇道：「殺人不一定非得用槍，有時候用刀比用槍還要方便。」

秦剛在一旁悶聲道：「不怕，還有咱手上這支槍呢！」秦剛繞到了史密斯的身後，槍管子搭在了沙發的靠背上，不用端著槍，那胳膊便不會疲勞。

史密斯的那兩名手下領命而去，羅獵對著早已經嚇得面色蒼白且尚未恢復過來的羅布特笑道：「怎麼樣啊？沒嚇到你吧？」

羅布特做了個禱告的動作，顫聲道：「感謝上帝，也要感謝你，諾力，謝謝你還想著我的安危。」

羅獵笑道：「我把你帶上了島，就一定要把你毫髮無損地帶回去，除非，我死在了這個島上。不過，你認為有這個可能嗎？」

羅獵剛才露了一手，真可謂是快如閃電，而趙大明的準和秦剛的猛在羅布特的眼中也是一樣的厲害。羅布特雖是個外行，但也能看得清楚，相比史密斯的那些手下人，羅獵他們可不是強出了一星半點。再加上史密斯態度的軟化，以及羅獵自始至終的淡定自信，羅布特迅速恢復了底氣，應道：「只要亨利總督保持中立，在這個島上，沒有人能夠傷害到你。」

安撫了羅布特，羅獵轉而對史密斯道：「我雖然能夠理解你的動機，卻實在無法理解你的行為。煽動島上原住民和農奴們反抗約瑟夫的橫徵暴斂苛捐雜稅，這種行為的出發點是沒問題的。我們中華有句老話說得好，叫人不為己天誅地滅，你用這種手段向亨利施壓並博取自身利益本是無可厚非。可是，你卻把事情做到了絕處，幾乎堵死了你所有的退路，這不叫有魄力，這是純粹的愚蠢之舉。」

走到了這一步，史密斯確實有著進退兩難的感覺。

島上的另外九位農場主已經出現了意見分化，其中有兩位對史密斯誘騙亞當・布雷森的女兒並以此相要脅的行為表示了反對，另有三位農場主態度極為曖昧，對他表示支持的僅有四人，而這四人中，又有二人的支持態度並非那麼鮮明。繼續向前衝，史密斯有著一種被人利用為人做嫁衣的不快感覺，而且，向前衝的前景似乎並不像自己設想的那麼美好。向後退的話，心有不甘是肯定存在的，同時，又不知道該如何後退才能確保自己不被秋後算帳。

羅獵捕捉到了史密斯細微的神情變化，學習過讀心術的他雖然學業不精，卻也能讀懂了史密斯的心態。

「此事不成，你必然會遭到秋後算帳，而槍打出頭鳥，最遭殃肯定是你史密斯，亨利總督只需要把你給收拾了，剩下的那幾位農場主還能不老實？」羅獵神情嚴肅，替史密斯分析道：「此事若是成了，你當你真的能達到目的嗎？那些原住民或是非洲的農奴會心甘情願地接受你們的統治領導嗎？他們既然推翻了亨利總督，又為何要繼續接受你們的剝削呢？好吧，或許你會說，你們得到了美國人的支持，那些泥腿子們不得不接受你們的統治，可這種想法實在是幼稚，你也不想想，美國人有那麼厚道嗎？他們有了這個機會和能力，為什麼不親自接管這個島嶼呢？」

史密斯只聽得是頭皮發麻。

「你說的這些……」史密斯下意識地想去反駁羅獵，可在潛意識中卻認為羅獵說的不無道理，甚至可說是說出他心中的隱憂，因而，吐到口邊的反駁之詞卻變成了一聲歎息。「你說得很對，我承認，我現在確實是進退兩難。」

羅獵道：「就是嘛，能聽到你坦誠的回答，我很欣慰。史密斯，你現在若是能夠迷途知返的話還來得及，若是錯過了這次機會，我真的不知道你的下場究竟會有多慘，失去莊園或是失去你多年積攢下來的財富可能都是你值得慶賀的結局了，更差的，為此而喪命也不是不可能！」

史密斯沉吟道：「你說的這些，我已經意識到了，但問題是，我得不到美利堅合眾國的支持，就獲得不了跟亨利談判的資格。我若是後退了，只怕那亨利便會更進一步，就像你說的那樣，他只需要除掉了我，便可以收服其他那些農場主，所以，我必須撐下來，決不能後退半步。當然，如果你有好的方案的話，我非常樂意接受，只是，我實在想不出你能拿出怎樣方案可以同時滿足了亨利總督和我們這些農場主們的利益需求。」

羅獵淡淡一笑，道：「只要你聽從我的安排，我便有把握說服亨利，同時還能讓你們獲得更大的利潤。」

怎麼可能？

那史密斯自然是將信將疑。

羅獵不語，只是微笑著看著史密斯。

「好吧，我便相信你一次。」史密斯猶豫再三，終於下定了決心。

這也是史密斯的無奈之選。

只有有思想的人在做事情的時候才會產生隱憂，而隱憂一旦被戳穿，就立刻被放大。自己又已經被對方所控制，所有的掙扎反抗從理論上講能換來的結果最多是同歸於盡，而羅獵顯露出來的那雷霆一擊以及隨後表現出的淡定自若，無不在告訴史密斯，任何的反抗都是徒勞，同歸於盡的結果只能是幻想。

這種境況下，史密斯的自信心早已經受到了摧毀級的打擊。而失去了信心的史密斯又被戳中了隱憂，其心態已然崩潰，不得不聽從於羅獵。

「先把你的人撤到週邊隱蔽的地方，那亨利雖然不會動用軍隊，但適當的衛兵卻是一定會隨身的，若是被他發現了你私藏武裝的話，恐怕談判尚未開始便要結束了。」羅獵拍了下史密斯的肩，手指客廳外那些依舊堅守崗位端著槍瞄著客廳中眾人的槍手，道：「等亨利進來了，他的衛隊也站定了，再讓你的衛隊突然殺出，下了他們的槍。」

史密斯驚道：「這是要直接向亨利宣戰麼？」

羅獵笑道：「當然不是，這只是那些原住民還有非洲農奴聽到你史密斯被我控制住後一種自發行為，可是不湊巧，被亨利總督趕上了，那些原住民還有非洲農奴一時衝動，沒能控制住情緒，便對亨利的衛隊動了手。」

史密斯仍有遲疑道：「這樣做的意義何在？」

羅獵道：「只為了告訴亨利，如果不拿出誠意來解決矛盾的話，那麼，對我們三方來說，便只有死路一條了。」

史密斯點了點頭，道：「我明白了，但是，亨利總督的衛隊都是最優秀的士兵，我擔心……我的那些人做不到乾淨俐落地拿下亨利總督的衛隊。」

羅獵應道：「這個問題我已經為你考慮到了，我估計，亨利為了向我展現他的英雄氣概，所攜帶的衛隊士兵不會超過兩位數，我讓我的兩位跟班率領著你的人一起行動，保證能萬無一失。假若我判斷失誤的話，那就取消行動，改在這間客廳中，我將他控制住，然後你的人和亨利的衛隊共同圍住這間客廳。」

史密斯並非是個膽小怕事的人，不然也不會搞到了美利堅國會議員的頭上，他盤算了一下羅獵的計畫，覺得應該有著相當的把握性，於是便同意了羅獵的安排。叫來了門外的一名槍手，按照羅獵的意思，如此這般交代了一番。

反倒是趙大明有著不同的意見。他換了中文對羅獵道：「把十人的限制換成二十人吧，有我跟大剛聯手，再有那麼多槍手幫忙，拿下二十名士兵應不是多大的事。」

羅獵搖了搖頭，也以中文回道：「我要的不是應該，此事事關重大，容不得半點閃失，十人已是極限，你就不要再跟我爭辯了。」

趙大明怔了下，雖然心中還想爭辯，但見到羅獵異常嚴肅的神情，還是將肚子裡的話咽了回去，帶著秦剛，跟著那槍手出去準備了。

羅獵向羅布特招了招手，待羅布特靠近後，道：「羅布特，現在到了你發揮作用的時候了，告訴我，文森特島的氣候條件適不適合種植煙葉呢？」

羅布特點了點頭，道：「文森特島跟古巴的氣候條件相差不多，土質也相當不錯，應該很適合種植煙葉。」

羅獵再道：「那麼，種植煙葉和種植甘蔗或是香蕉，哪一樣的收穫價值會更高一些呢？」

羅布特聳了下肩，道：「甘蔗和香蕉對種植技術的要求並不高，而煙葉則不同，需要很高的種植技術，其價值，當然是種植煙葉的價值會更高，算下來，會比種植甘蔗或是香蕉要高出三到四成呢。」

羅獵點了點頭，笑道：「那麼，你願不願意傳授給史密斯他們種植煙葉的技術，並且包收了文森特島多產的煙葉，做為交換條件，哈里斯將軍會親自過問哈瓦那海關，給予你免檢同行權力，你會答應嗎？」

羅布特臉上登時盡顯了驚喜之色，脫口問道：「你說的是真的嗎？」

羅布特的雪茄生意打通了整個產業鏈條，但同時也面臨著兩個困境，一是面對大量走私貨的價格競爭問題，二便是煙葉種植基地並非自己所能控制，經常存在跑貨的現象，逼迫他每年都要花費不少時間用在煙葉收購上面。

能把文森特島六千英畝的莊園全都改種了煙葉，便可以徹底保障他的煙葉供應矛盾。同時，打通了哈瓦那海關，就意味著他的貨將會是暢通無阻地運抵紐約，別人走私雪茄，要考慮到打通環節的費用成本，還要計算小批量走貨的高昂運費，而他將可以一概不予考慮，在價格上將會對競爭對手形成碾壓態勢。

如此優勢下，對羅布特來說，莫說是六千英畝的煙葉種植，恐怕是再多出一個六千英畝來，他也能吃得下，而且是非常愉悅地一口全部吞下。

一路上，羅獵通過閒聊早已經瞭解到了雪茄產業鏈條上基本情況，包括煙葉種植的技術、產量、收購市價等，因而，當需要拿出一個能令亨利總督及農場主均可接受均有獲利的方案時，羅獵才會如此的胸有成竹。

當然，羅獵在瞭解這些知識的時候只是因為興趣，並沒有什麼目的性，而形成如此計畫方案，則是在事態有變無奈之下的靈光閃現臨時想出來的。

「當然是真的！」羅獵正色回應了羅布特的驚喜，道：「不然的話，我帶你上島是請你來遊玩的嗎？」

羅布特歎道：「我以為上帝早已經把我忘記了，沒想到，竟然安排我遇見了你，諾力，我真的不知道該怎麼表達我對你的敬意，但是我還是想說，諾力，謝謝你，你就是我這一生中最重要的貴人。」

羅獵擺了擺手，道：「不存在什麼貴人不貴人的，我說過我們是合作夥伴，而合作夥伴一定是互惠互利的，沒有你羅布特，文森特島的矛盾我也不知該如何解決。」

放棄傳統的甘蔗及香蕉的種植，對史密斯來說卻是有著不小的心坎。繼續種植甘蔗和香蕉，雖然利潤薄了些，但好歹是自己所能掌控的，但若是換做了種植煙葉，種植技術及產品銷路全都控制在了別人手上，心裡沒底也是一個正常的表現。

善於觀察細節的羅獵隨即便覺察到了史密斯的心態。「史密斯，我知道你在擔心什麼，這大可不必，因為羅布特先生會和你們簽訂種植合約，並保證你們的基本收益。當然，或許你們會對羅布特先生做出的承諾仍有疑慮，那也沒有問題，因為羅布特先生會提前將這筆基本收益支付給你們。」

羅布特跟道：「如果你們願意完全按照我派遣來的煙葉種植技術員的指揮進行種植的話，我可以保證你們每英畝的產值達到甘蔗或是香蕉的一倍，而我將會衡量你們的甘蔗或是香蕉的收益確定對你們的基本收益，並於每季煙葉種植前支付給你們。」

羅獵攤手笑道：「史密斯先生，你意下如何呢？」

史密斯露出了燦爛的笑容來。在巨大且有保證的利益面前，他已然忘記了自身尚處在羅獵的控制中，悄然將自己當成了羅獵這邊的合作夥伴，愉快道：「如果是這樣的話，我非常樂意接受你們的建議，而且還可以代表島上所有農場主均表示接受。」

羅獵笑道：「這一點我完全信，有錢不賺，傻瓜才幹嘛。」

史密斯突然間卻皺起了眉頭，道：「既然有這麼好的方案，我想，那亨利總督一定也會樂意接受的，為什麼還要針對他的衛兵呢？」

這個問題戳到了羅獵的私心上，安排趙大明、秦剛帶著史密斯的手下槍手下了亨利衛隊的槍，其目的並非是想逼迫亨利委屈求全答應什麼，像這種方案，亨利能夠在保證自身利益的前提下還可化解跟農場主們之間的矛盾，對他來說，絕沒有拒絕的理由。而羅獵之所以要這麼做，無非就是想把史密斯藏在暗處的私人武裝給暴露出來。

亨利或許已經知道史密斯這支私人武裝的存在，只是想著息事寧人不把矛盾擴大而採取了睜隻眼閉隻眼的態度，這對亨利來說倒無所謂，只是對將來羅布特跟他們之間的合作有著一定的影響。而曝光了史密斯的這支私人武裝，那麼，待談判結束後，亨利勢必要採取手段來解除了史密斯的這支私人武裝，那麼，羅布特將來再登上文森特島的時候，就會安全很多。

當史密斯提出疑問的時候，羅獵陡然間意識到了自己的問題，太著急了，根本就不應該那麼早將這個計畫告訴史密斯，不然，便不會出現節外生枝的可能。

解不解除史密斯的私人武裝並非是解決問題的前提條件，因而，聽到了史密斯提出來的疑問，羅獵有了調整一下計畫的想法。路要一步步走，飯要一口口吃，凡事不能追求完美，只要達到了主要目的也就夠了。可是，當羅獵正要答覆史密斯的時候，卻聽到了外面傳來的動靜。

約瑟夫・亨利帶著一隊士兵已經進到了史密斯的住所，正朝著會客廳這邊走來。衛兵人數不多，只有八名。

史密斯像是意識到了什麼，原本很是燦爛僅有一絲疑問的神情瞬間變得烏雲密佈。羅獵隨即意識到，那史密斯若是察覺到被自己有意坑害了的話，很有可能會攪黃他提出來的對多方有利且能夠圓滿解決問題的方案。

再去通知趙大明取消行動顯然來不及，即便及時發出暗號，能讓趙大明領會到自己剛調整過來的意圖，那麼，在短時間內也無法控制住史密斯的手下槍手。情急之下，羅獵靈機一動，拖起史密斯便迎了出去。

原來約定的是等亨利總督進了客廳再對他的衛兵動手，現在，亨利總督尚未進屋，那羅獵和史密斯便迎了出來，趙大明、秦剛也好，史密斯的那幫手下槍手也罷，自然不敢輕舉妄動。

「諾力，你是遇到了什麼困難了嗎？一定要我前來史密斯先生的莊園？」約瑟夫先是對史密斯拋出了一個威懾神色，隨即用眼神暗示羅獵，不用怕，他已經做好了充分的準備。

羅獵笑道：「沒有任何困難，不過，我突然想到了一個更加有利的合作方案，急於和你分享，於是便要求史密斯先生派人去把你請來了。」

「更有利的方案？」約瑟夫不免皺了下眉頭。他對羅獵已經產生了足夠的信任，認為羅獵理應和他站在同一條戰線上，有了更好的合作方案的話，應該先和他商議，而不該讓史密斯參與進來。只是，當著史密斯的面，他無法將心中的疑問表達出來。

羅獵見狀，心中已然明白了七八分，於是便笑著圓場道：「咱們先進屋，進屋坐下後再來詳談，史密斯先生，讓你的人多煮幾杯咖啡，給亨利總督的衛兵也每人煮上一杯。」

聽了羅獵的安排，史密斯的臉上緩和了許多，連忙大聲將羅獵的意思吩咐了下去。既然要給衛兵們煮咖啡，那就不存在還要下他們槍的目的了。

趁著史密斯在大聲吩咐的時候，羅獵向約瑟夫使了個眼神。約瑟夫看到了，雖然沒能完全領會羅獵的眼神到底是何含義，但也意識到羅獵跟那史密斯並非一心，於是，便昂首邁進了客廳之中。

然而，事情往往會與願望相違背，埋伏在隱蔽處的趙大明、秦剛以及史密斯的手下槍手，卻錯誤地將煮咖啡給亨利總督的衛兵送上的指示，理解成了那是對他們行動的一種指導和指令。於是，四名槍手放下了槍，各端著兩杯空咖啡杯走向了那八名衛兵，同時，趙大明、秦剛帶著十多槍手從側後方悄然靠近了那些個衛兵。

客廳中，約瑟夫．亨利毫不謙讓地坐在了主座上，跟留在客廳中的羅布特打了聲招呼，隨即叼上了一根羅布特送給他雪茄，並點上了火。「諾力，你又想到了怎樣的更為有利的方案呢？」

羅獵道：「不著急，約瑟夫，等史密斯的人把咖啡給你送上來的時候，你喝著咖啡聽我陳述新方案，可能會更加愉快。」

約瑟夫．亨利看了眼羅獵，再看了眼史密斯，輕輕哼了一聲，道：「史密斯先生，你有好的咖啡，為什麼不請我品嘗呢？」

史密斯剛要做出解釋，客廳外突然傳來騷亂之聲。那趙大明、秦剛二人帶著史密斯的手下槍手以迅雷不及掩耳之勢，將約瑟夫帶來的八名衛兵全都繳了槍。

隨後趙大明手持兩把左輪，秦剛手持兩把滑膛槍，逼著那八名衛兵走進了客廳。

約瑟夫臉色倏的一變，同時拔出槍來指向了羅獵，厲聲斥道：「你想幹什麼？這就是你的新方案？諾力，我真是看錯了你，我警告你，別以為這樣就能要脅到我。」

電光火石間，羅獵來不及再做解釋，未等亨利的話音落地，猛然側身閃過了亨利的槍口，同時抓住了亨利握槍的手腕，使出了一個小擒拿的招數，只是卸掉了亨利的配槍，卻沒有傷到亨利的手腕。

「現在，約瑟夫。」羅獵舉著槍對準約瑟夫，笑眯眯道：「我能夠要脅到你了嗎？」

約瑟夫怒目圓睜，沉默不語。

雖說事發突然，但好在羅獵早有準備，這種境況不過是還原到了他最初的設想。

「可是，我並不想對你有任何的要脅。」羅獵說著，垂下了槍口，接著將亨利的配槍放在了二人之間的茶几上。「之所以要下了你衛兵的槍，只是想告訴你，亨利，你不可能做得到一手遮天，哪怕只是在這個小小的文森特島上。」

約瑟夫‧亨利瞪著羅獵，目光忽然間移向了別處，想借著這樣的舉動轉移開羅獵的注意力，從而搶到面前茶几上的那把配槍。

羅獵卻快了約瑟夫一步。

約瑟夫的手剛摸到了茶几上的那把配槍，羅獵已然掏出了懷中的「槍」頂住了亨利的額頭。「約瑟夫，這就是你的不對了。你剛才拔槍對準了我，我可以原諒你，因為那是你的下意識反應。但我都已經向你表示了誠意，你卻還要把槍搶回去，這太令我失望了。」

約瑟夫並不知道史密斯可能存有私人武裝，但他仍舊謹慎地帶了兩個排的兵力趕到了史密斯的莊園，將主力佈置在了莊園之外，只帶了八名衛兵大搖大擺地進到莊園之內。他想著，就算場面失控，只要他的衛兵開了槍，那麼莊園外的兩個排便會立刻展開進攻，對付這種只會種植甘蔗或是香蕉的泥腿子們，兩個排的兵力已經足夠了。

可是，他萬萬沒想到，他所信任的羅獵居然會跟史密斯勾結共同對付他。驚的同時還有怕，約瑟夫行伍二十餘年，子彈打了不少發，但真正的戰爭卻從未有過經歷，更不用說被人用槍頂住了額頭。

「諾力，有話好好說，當心槍走火。」約瑟夫看到羅獵的神情越發嚴肅，心中陡然生出了強烈的恐懼感，說話的聲音也不免有些顫抖。

羅獵沉著臉，哼笑一聲，收起了頂住亨利額頭的那把槍：「不用擔心，約瑟夫，這玩意是走火不了的。」約瑟夫這才看到那羅獵手上拿著的哪裡是一把槍，不過是一根雪茄而已。「我說過，我並不想要脅你什麼，更不想傷害到你，我只是希望你能夠放下你身為文森特島總督的架子，不要擺出一副高高在上的樣子，這樣才能有利於你，我，史密斯，還有羅布特我們四方平等融洽地展開商討，你說呢？亨利？」

自己被一根雪茄便嚇倒了，而且是當著史密斯以及羅布特的面，這使得約瑟夫頗為惱羞。可是，面前這位叫諾力的年輕中華人的功夫就明擺在這兒，不服也得服呀！誰讓自己技不如人呢？

「好吧，諾力，我答應你，接下來我們可以由你來做為主導，在平等融洽的基礎上展開商討。」約瑟夫的聲音不再顫抖，但神色間的惱羞成分也減消了不少。

羅獵頗為滿意地點了點頭，道：「事到如今，我不打算再隱瞞什麼了，我想，你們雙方也沒有必要再藏著掖著了，乾脆挑明了說吧。」羅獵看了眼亨利，再看了眼史密斯，這二人雖然有些彆扭，但自己的生命安危卻掌握在羅獵的手中，也只能是捏著鼻子聽下去。「史密斯，還有其他的農場主，對你約瑟夫的橫徵暴斂頗為不滿，這才藉助於原住民和非洲農奴鬧起了獨立運動。」

這事對約瑟夫和史密斯來說，相互之間雖然沒有挑明，卻也是心知肚明，因而，當羅獵明說之時，那二人並未有多大的突兀感。

「史密斯還有那些農場主的行為是對是錯，我不想再費口舌，但是，史密斯為了達到目的，居然將亞當・布雷森議員的女兒誘騙到了文森特島上來，這一點，卻是大錯特錯。行有行規，道有道矩，你不該將自己的矛盾轉嫁到別人頭上，不該將無辜的人扯進到你們之間的矛盾中來。」羅獵在說話時，順手拿起了茶几上的那把配槍，左右把玩。

這個動作，對羅獵來說或許是無意，但對史密斯及約瑟夫來講，卻是威懾。史密斯被羅獵訓斥，不敢反駁，只得幽歎一聲，垂下了頭去。而約瑟夫卻像是撈到了什麼理由似的，狠狠地瞪了史密斯一眼。

羅獵接道：「說到了這兒，你們兩個應該都明白了，我來你們這文森特島的目的並不是做生意，對甘蔗或是香蕉，我沒有絲毫的興趣。我唯一的目的便是將亞當・布雷森議員的女兒帶回紐約去。但是，我這個人不喜歡用強，不喜歡看到流血，更不喜歡殺人，所以，我把羅布特先生帶到了你們文森特島上來，為的就是能在不傷害大家，而且能夠給你們雙方均帶來一定好處的前提下，和平解決這個問題。」

約瑟夫道：「如果能給各方都帶來好處的話，我當然要舉手贊成。史密斯先生，你的意見呢？」

史密斯聳了下肩，道：「我也想不出拒絕的理由來。」

羅獵呵呵一笑，道：「那就好，接下來，就由羅布特先生將他的煙葉種植計畫向兩位做下彙報。」

羅布特在心理上可謂是坐了一次最為驚險刺激的過山車。剛踏進史密斯莊園的時候，抱有的是一種陪客的稀鬆平常心態，可進到莊園沒說了幾句話，便被兩隻黑洞洞的槍口逼住了腦袋，那一刻，他差點沒被嚇尿了。隨後，羅獵驟然反擊，瞬間扭轉了局面，卻偏偏放任他仍處在對方的槍口下，那時候，羅布特的心理是絕望，還以為那羅獵要將他當成交易的籌碼。

再到後來，羅獵算是降伏了史密斯，並將他推上了前台，陡然間成為解決問題的關鍵所在，而且，其方案對他又是那麼的有利可圖，羅布特的心情瞬間轉變為激動。可是，激動了沒多會，亨利總督來了，事態再次生變，羅布特難免再次緊張。

直到最後，羅獵完全控制住了局面，羅布特才真正放鬆下來。

放鬆下來的羅布特展現出了他做為一名成功商人的優秀素質，將一套方案講述的是天花亂墜且滴水不漏。史密斯聽完了，之前所有的疑慮蕩然無存，心裡只剩下了對將來美好生活的無限憧憬。而約瑟夫更是興奮不已，連聲稱讚。

羅獵微笑道：「這是一個四方共贏的結果，我能夠在不看到一滴鮮血的情況下順利帶走布雷森議員的女兒，而約瑟夫，你在實際利益上沒有任何損失的前提下化解了和農場主們的矛盾，將來也能喝到史密斯先生的咖啡，這對你來說，應該滿意了。」

約瑟夫點頭應道：「是的，諾力，我想說的是，我一直把你當做我的朋友，只有真正的朋友，才會照顧到對方的利益，而你，便是我約瑟夫・亨利的真正朋友。」

羅獵點了點頭，接道：「史密斯，你們農場主們向亨利總督上繳的利潤雖然沒有減少，但你們實際獲得的利潤卻大大增加了幾乎一倍，而且，賺到的還是安安穩穩的錢，再也不用擔心夾在亨利總督和原住民或是非洲農奴之間受氣，我想，你們也應該滿足了，對嗎？」

史密斯連連點頭，道：「是的，諾力，你幫我解決了最大的一個心病，我真不知道該如何感謝你，請代我向布雷森先生致歉，好在他的女兒並沒有受到傷害。」

羅獵笑道：「我的事最後再說。先來說說羅布特先生。羅布特，在整個環節中，你的受益應該是最大的，對嗎？」

羅布特點頭應道：「是的，諾力，這個方案將會使我的生意再上一層樓，而且，有了自己的種植基地，我還能節省許多精力去做一些具有更大價值的事情。」

羅獵笑著接道：「比如利用哈里斯將軍為你打通的哈瓦那海關再走私一些緊俏商

品是嗎？」

羅布特玩笑道：「哦，諾力，你太不厚道了，居然當眾戳穿了我的心思。」

羅獵道：「更有價值的事情並不是再走私一些緊俏商品，而是利用你掌握的資源，去限制你的競爭對手。羅布特，你說對嗎？」

羅布特連連點頭，應道：「完全正確！諾力，你真是太厲害了，如果你要決定介入雪茄生意的話，我一定會主動求你來兼併我，因為，我實在沒有把握能戰勝你。」

羅獵詭異一笑，道：「等著吧，會有那麼一天的。」

說完了羅布特的事，羅獵將目光轉向了史密斯，沉聲道：「現在，應該是把安妮・布雷森小姐請出來的時候了吧！」

安妮・布雷森芳年十八歲，正值含苞待放豆蔻年華之時。

此年紀的少女，最為迷戀的便是擁有一張英俊面龐且有甜言蜜語之口的成熟男人。而史密斯的兒子恰好具備了上述兩項條件。因而，安妮身陷於所謂的愛情中不能自拔，並毅然決然地追隨小史密斯來到了文森特島上。

文森特島的物質條件顯然比不上華盛頓，但生活品質的下降並沒有讓安妮喪失了對愛情的美好憧憬，可是，做賊心虛的史密斯父子總是要有意限制著安妮的自由，登島都快二十天了，她幾乎沒有踏出過莊園半步。

這多少都會令安妮生出些許疑問出來。疑問從小到大，逐步積累，終於爆發。而老史密斯對亞當・布雷森發出的要脅卻始終不見回音，慢慢的也失去了耐心和希望，對安妮的態度逐步冷淡，最終也是發生了質變，將對安妮的軟禁狀態改做了囚禁狀態。

而小史密斯雖然垂涎於安妮的美色，但這小子打小早熟，深知自己肩負的重責，因而，跟安妮並沒有發展到實質性的地步，當安妮心生疑問有了爆發的可能性的時候，他乾脆將麻煩推給了老史密斯，自己乘船躲去了南美大陸。

羅獵終於說到了安妮・布雷森的事情，史密斯也是長舒了口氣，這塊燙手的山芋終於有了脫手的機會，不單不會因此遭受損失，反而可以獲得實利，哪裡還敢耽擱，立刻便吩咐手下人趕緊去將安妮・布雷森小姐請出來。

趁著等人到來的空檔，羅獵語重心長地對史密斯道：「史密斯，現在矛盾解決了，文森特島將重新回歸到祥和安寧的狀態，你的私人武裝是不是已經完成了歷史使命了呢？」

史密斯在亨利總督剛剛踏進莊園之內的時候猛然意識到了羅獵的意圖，因而才會有臉色上的突然變化。隨後，羅獵主動拉著他迎出門外，並囑咐他安排人給亨利總督的衛兵煮咖啡，這就說明了羅獵並非是有意坑他，至於手下槍手以及羅獵的兩名隨從依舊下了亨利總督衛隊的槍，那只能理解為一個意外。

既然矛盾解決了，而且，那支私人武裝也暴露了，史密斯意識到沒有留下來的必要，更沒有留下來的可能，於是便回道：「我願意聽從你的建議。」

羅獵轉而對約瑟夫道：「史密斯私藏武裝原本是個犯罪行為，但看在他事出有因的份上，而且，他的這支私人武裝並沒有做下什麼罪惡之事，所以我建議啊，約瑟夫，既往不咎，從今日起，放棄武裝也就算了，今後大傢伙和和氣氣地賺錢發財，不好嗎？」

約瑟夫原本就是一個把利益看做至高無上的人，現如今，羅獵在解決了矛盾的同時，還保住了他的利益以及臉面，對於他來說，哪裡還有什麼不能結束的呢？

「諾力，你的建議非常好，為了文森特島的長治久安以及祥和安寧，我非常樂意接受你的建議。史密斯，如果你能夠立刻將所擁有的槍械全部上繳到總督府的話，我想，我會考慮給予你一定額度的獎勵。」約瑟夫沉吟了片刻，咬了咬牙，道：「我決定獎勵你一百英鎊，哦不，兩百英鎊。」

史密斯所掌握的這些槍械彈藥，多數都是那些好事的美利堅眾議院議員的贊助支持，並非是花史密斯本人的真金白銀，因而，就算是白白上繳，只要有了羅獵提供的煙葉種植方案，他也不會覺得有多心疼，畢竟這些槍械留在自己手中終究是個禍害，而且，即便想留也留不下來。

本著這種思想，史密斯正要向亨利總督表示感謝，卻被羅獵打斷。「約瑟夫，再大方些嘛，史密斯將來一定會成為你統治文森特島的左膀右臂，你啊，要是想得到一個堅強有力的臂膀，那麼就一定不能小氣了。」

約瑟夫為了自己的臉面，強調道：「我說的是每年都會減免史密斯先生兩百英鎊的費用。」

羅獵的雙眼笑得差點就瞇成一道縫：「這就對了嘛！史密斯，亨利總督都如此寬容大度了，你總該也要有所表態吧？」

史密斯頗為激動道：「亨利總督，我對我過去的行為向你表示誠摯的歉意，並保證今後一定堅決服從你的管理！」

羅獵補充道：「當然，這得建立在亨利總督不再增添稅費的前提之下，對嗎？」

約瑟夫道：「我並不是一個不知足的人，如今，諾力幫我們化解了矛盾，同時還保證了我們各方的利益，我感到非常愉快。史密斯先生，我接受你的道歉，希望我們今後能夠精誠合作，共同將文森特島治理成一個令人羨慕的海島，決不能辜負了諾力的一片苦心！」

言未罷，那二人的手便握到了一起。

其樂融融中，安妮・布雷森被帶到了客廳中。

嬌生慣養的安妮雖然被軟禁了十多天，隨後又被囚禁了三四天，卻依舊沒能改變她的大小姐脾氣，一見到史密斯，便是怒目圓睜，斥道：「史密斯先生，立刻送我回紐約，不然的話，我就讓我的父親派遣美利堅合眾國的大軍將你們碾壓成肉泥！」

史密斯頗有些尷尬回道：「布雷森小姐，實在抱歉，讓你受委屈了。不過，我和你父親之間的矛盾如今已經化解了，而諾力他們便是前來接你回紐約的。」

安妮冷笑道：「有這麼簡單的事情嗎？你們把我騙到了島上，還把我囚禁了那麼多天，現在說一聲矛盾化解了就要把我送回去，你當我是……」安妮說到氣處時，居然一時想不出合適的表達之詞，只氣得在原地直跺腳。

這事不關約瑟夫的事，因而，他笑吟吟在一旁只是看，並不打算說話。史密斯很是為難，卻不知該如何處理，只能以目光求助於羅獵。而羅獵對待這種霸道起來連道理都不講的，且有些不識時務的大小姐也是毫無招數，只能將眼神投向了一直杵在門口處的趙大明。

趙大明將那八名衛兵逼到了客廳中後，跟羅獵對了下眼神，隨即便明白過來，自己是理解錯了煮咖啡的含義。一再出錯的趙大明意識到在跟洋人鬥心眼玩智商方面上，他確實遠不如羅獵，於是，乾脆再也不再主動有所作為，只是杵在門口靜看羅獵的表演。

但見到羅獵求助的眼神，趙大明這才反應過來，連忙上前喝道：「安妮，不准胡鬧！這是你父親的親筆信，我們負責將你安全帶回紐約，但你必須聽從我的命令。」

安妮足夠聰明，在看過了父親的親筆信後，再評判了一下當前的局面，隨即便意識到父親委託來解救她的這幾位中華人已經在這場較量中佔據了上風，於是，更加不講道理起來。「我不管，反正我不能這樣不明不白的回紐約，他們必須向我道歉，並滿足我的一切要求。」

趙大明道：「史密斯先生已經向你道歉了，你還要怎麼樣呢？」

安妮倔強道：「我要德爾和我一塊回到紐約。」安妮所說的德爾其全名叫德爾・史密斯，乃是老史密斯的兒子，也是將安妮騙到文森特島的那個帥氣小夥子。

德爾跟安妮顯然不是同一層次的人，對於少年老成的德爾來說，當然能夠意識到他跟安妮絕無未來可言，因而，對安妮或許動過慾心，但絕不可能產生過愛心。因而，那德爾也就毫無跟隨安妮回到紐約的可能。

「安妮，不許胡鬧，你父親在信上已經明確要求你了，你必須聽從我的安排。」面對安妮的不講道理，趙大明依舊保持著足夠的耐心。

安妮蠻橫道：「不把德爾帶回紐約，我就不離開文森特島！」

羅獵實在是看不下去了，站起身來，道：「安妮・布雷森，我現在給你兩個選擇，一是乖乖跟我們走，二是永遠留在這文森特島上。」

安妮根本沒把羅獵放在眼中，直接冷哼回道：「你敢威脅我？我告訴你吧，兩樣我都不會選擇，我不相信你們敢違背我父親的命令！」

趙大明道：「你為何一定要求德爾也回到紐約呢？難道你還愛著他？」

安妮冷冷道：「他就是個騙子，等到了紐約，我也要他嘗嘗生不如死的滋味。」

趙大明也有些不耐煩了，道：「安妮，你必須要明白兩件事，第一，我們並不是接受你父親的命令而來，第二，你父親並沒有那麼大的權力可以讓德爾生不如死。」

羅獵對這樣的女子更是沒有耐心，直接走到了安妮的面前，不由分說，直接鎖住了安妮的雙手，並將她扔到了一旁的秦剛的背上。「哪那麼多廢話？約瑟夫，走了，去你總督府喝咖啡聊天了！」

第九章

有命賺沒命花

那時候，庫柏也好，斯坦德、埃斯頓也罷，
對將來能把這批貨賣出一個怎樣的價格並無把握，
因而，那庫柏向拉爾森開出的酬金價碼並不高。
只有一萬美元的酬金，拉爾森自然會產生有命賺沒命花的憂慮。
但面對二十萬酬金時，這種憂慮已經不再重要。

暴風雪整整肆虐了一整夜，直到第二天清晨才有所收斂。

曹濱終於沒能熬到海倫醒來，坐在床頭邊上的椅子上睡著了。海倫因體力透支而昏倒，又因為被暴雪掩埋導致缺氧而昏迷，但幸運的是曹濱及時趕到，使得海倫並沒有受到過多的缺氧損害。

在回到了安良堂堂口的房間之後沒多久，海倫便從昏迷狀態轉入了昏睡狀態，只不過，她的體力透支實在是嚴重，整整昏睡了一整夜才幽幽醒來。

剛睜開了眼，便看到了靠在椅背上淺睡著的曹濱。

這是在做夢嗎？

海倫將手指放在了嘴中，用了人們最為常用也是她唯一知道的辦法來驗證自己是否還在夢中。只是，剛剛醒來之時，身上的各個器官還不能隨心所欲地控制，這一口咬下去，居然有些用力大了。

忍不住痛的海倫不禁發出了一聲輕微的嚶嚀聲。

長期養成了高度警惕性的曹濱隨即被驚醒，看到海倫醒來，不禁喜上眉梢，柔聲問道：「你醒了？渴麼？」

海倫明明口渴，卻搖了搖頭。

曹濱滿臉關切，再問道：「餓嗎？」

海倫又搖了下頭，嘶啞著嗓音問道：「是你救的我，對嗎？」

曹濱雖然不苟言笑，但絕非木訥笨拙，聽到了海倫的嗓音，便意識到她一定口渴得很，於是連忙倒了杯熱水，端到了海倫的床前。

海倫掙扎著想坐起身來，可努力了一陣，卻未能成功。

曹濱將茶杯放在了一旁，伸出了堅強臂膀，將海倫半攙半抱扶了起來，待服侍海倫坐好了，再轉身拿來水杯，遞到了海倫的手上。「慢一點喝，小心別被嗆到。」

海倫呷了一小口水，微微一笑，道：「湯姆，你還沒有回答我呢，是你救我的嗎？」

曹濱沒有作答，而是轉身去為海倫淘了個熱毛巾，回來的時候，道：「若不是因為我，你也不會遭遇到暴風雪……來，擦擦臉，會舒服一些。」

醒來後的第一眼便看到了床邊坐著睡著的曹濱，這已經讓海倫的心裡充滿了幸福感。想坐起身來卻沒力氣，曹濱及時相助，幾乎將海倫攬在了懷中，這更讓海倫感到幸福和興奮。傑克說的沒錯，湯姆確實是愛著自己的，不然的話，即便他救下了自己，那也沒有必要陪著自己整整一夜。

雖然心中已經有了答案，可是，一向習慣於獨立自主的海倫在此刻卻突然來了小女人的任性，第三次向曹濱問出了同樣的問題：「回答我，湯姆，是你救我的嗎？」

曹濱微微一怔，終於點頭承認道：「是的，當我找到你的時候，你已經昏倒了，海倫，都是我的錯，讓你遭受了那麼大的危險。」

海倫抿嘴一笑，道：「如果你沒有找到我，你會傷心嗎？」

曹濱呆愣片刻，深吸了口氣，回道：「我想，我會痛不欲生。」

海倫露出了燦爛的笑容，接道：「傑克說，我是這二十年間唯一一個令你動心的女人，是真的嗎？湯姆，我希望聽到你的真心話。」

曹濱猶豫了一下，隨即便鼓足了勇氣，道：「是的，海倫，當我在雪堆中找到了你的時候，我便下定了決心，餘生我要陪著你一起走，哪怕我的餘生只有一天，我也不願再失去你。」

海倫的心中頓時湧出了一股熱流，這股熱流瞬間衝上了眼眶，帶出了兩汪清泉。

「湯姆……」海倫不自覺地向曹濱張開了雙臂。

曹濱看到海倫秒變成一個淚人，心頭不禁一顫，愛憐及自責洶湧而出，情不自禁上前兩步，彎下身抱住了海倫。

「湯姆，你說的是真的嗎？」海倫在曹濱的耳邊呢喃著。

曹濱用力點著頭，道：「我愛你，海倫，等你恢復了健康，我就向你求婚。」

海倫的淚水更加肆虐，打濕了曹濱的半個肩頭。「不，湯姆，我現在就要你向我求婚。」

海倫一時興起的小女人任性和嬌憐剛好符合了曹濱的大男人性格，使得他的心跳不由得便是一陣狂飆。「好，我答應你，我現在就向你求婚。」

求婚是需要儀式的，至少也要單膝跪地才行，可是，當曹濱要從海倫的懷抱中撤身出來時，卻被海倫死死地抱住了。「湯姆，你就不擔心我不答應你的求婚嗎？」

曹濱道：「我不擔心，如果你不答應，我就一直求下去，就算你嫁給了別人，我也要糾纏你一輩子。」

海倫的身子猛然一顫，然後狠狠地吻了曹濱的臉頰，再抱緊了，嚶嚶抽噎起來。

曹濱呢喃道：「對不起，海倫，都是我不好，讓你受了那麼多的委屈。今後再也不會了，請相信我，我一定會好好待你，不會再讓你受到任何委屈。」

海倫留著淚，緊咬著嘴唇，狠狠地點了點頭，哽咽道：「我相信你，湯姆，我完全相信你。」

正在卿卿我我中，突然響起了敲門聲，接著便響起了董彪的聲音：「濱哥，海倫她醒了嗎？」

受到了干擾，此二人同時生出了羞澀之情，急忙分開。曹濱凝視著海倫，低聲細語道：「我去開門？」

海倫紅著臉頰，點了點頭，隨後拿起了曹濱先前為她拿來的已然變冷的毛巾，擦去了臉上的淚痕。

「海倫，看上去氣色不錯嘛！」董彪進到了屋來，卻沒有往裡走，只是靠著門口，道：「你可是不知道，這一整夜把濱哥給擔憂的啊……要是你真有個三長兩短的，他非得扒了我的皮不行。」

這顯然是董彪的玩笑話。在找到海倫返回堂口的一路艱難跋涉中，曹濱每走幾十步便要試探一下海倫的鼻息，待到了堂口，將海倫安頓下來後，曹濱雖然仍有擔心，但已經不那麼強烈，只因為海倫的呼吸已然平穩並恢復了呼吸的力度。

說來也是奇怪，海倫一見到董彪，便再也找不到小女人的感覺，重新變回了記者海倫的那種落落大方的勁頭。「傑克，你知道你來得很不是時候嗎？你打斷了湯姆向我求婚的過程，如果我因此而不能嫁給湯姆的話，我會恨你一輩子的。」

董彪對曹濱是再瞭解不過了，暴風雪即將來臨，曹濱不由分說便要去營救海倫，這或許只是出於道義，但是，將海倫安頓妥當後，曹濱依舊要守在海倫的床邊，便已經說明曹濱下定了決心。否則的話，那曹濱是絕對過不去男女授受不親這道坎的，孤男寡女，共處一室，而且還是一整夜，雖然不可能發生什麼，但對名聲看重甚至超過了生命的曹濱來說，絕對不會給世人留下可指責為始亂終棄的絲毫理由。

「沒有見證者的求婚算什麼求婚啊？」董彪看到曹濱略有羞澀的神情，更加肯定了心中的判斷，於是笑道：「對安良堂來說，濱哥的婚姻大事乃是堂口的頭等大事，濱哥向你求婚，那至少也得當著所有堂口弟兄的面，對不？濱哥。」

曹濱正色道：「不，我要當著所有金山市民的面向海倫求婚，我要讓海倫成為天底下最幸福的女人。」

身為一幫之主，曹濱自然是一言九鼎之人，要麼不說，一旦說了，必須做到。董彪聽了，先是暗中向海倫豎了下大拇指，然後道：「我來安排，一定給你們兩人辦一個前無古人後無來者的求婚現場。」

曹濱點了點頭，道：「時間要快，檔次要高，形式要足夠浪漫……」

尚未交代完，半躺在床上的海倫便打斷了曹濱，道：「湯姆，我不想如此張揚，我不想被不熟悉的人分享了我的幸福。我知道中華人並不希望自己的夫人拋頭露面，湯姆，你能為我想到這些，我已經很滿足了。」

曹濱轉身回到了床邊，輕輕拿起了海倫的手，放在了自己的掌心中，柔聲道：「海倫，我在金山生活了二十五年，腦子裡早就沒有了中華人的那種禁錮思想，當著所有金山人們的面向你求婚並不是一件丟人的事，相反，我會為此而自豪驕傲。」

海倫噘起了嘴來，道：「可是，我不想聲張，不想被人妒忌，我只想獨自一人偷偷地享受這份幸福，湯姆，你答應過我不再委屈我的，求求你了，真的不要這樣，好麼？」海倫說完了話，美美地靠在了曹濱的肩上。

曹濱伸出臂膀，將海倫攬在了懷中，柔聲道：「海倫，告訴我，這並不是你的真心話，我說過，我要讓你成為天底下最幸福的女人，我要大聲告訴所有人，湯姆這一生只愛著你一個女人。」

海倫將臉頰貼在了曹濱的胸膛上，伸出手來摩挲著曹濱的下巴，幸福滿滿道：「我已經是天底下最幸福的女人了，湯姆，我能感覺到你愛我，這已經足夠了。」

董彪像是被刺激到了，忍不住插話道：「我說你們兩個，加一塊都是快要到八十歲的人了，怎麼跟個年輕人似的呢？依我看啊，今天就把婚禮給辦了得了！」

暴風雪不光阻止了街上的行人和車輛，就連火車也被迫停止了運行。

康利・鮑爾默和父親商討完了和金山這邊的人的合作方案，隨即便買了火車票，踏上了前往金山的旅程。可是，火車剛剛駛出紐約才一夜的時間，便在一個前不著村後不著店的荒野間停了下來。

火車上的資訊相當閉塞，煎熬了數個小時，才有列車員透露說，是金山那邊遭遇了暴風雪，整條鐵路全都陷入了癱瘓狀態。旅客們聽此消息均表示出程度不一的焦躁情緒，唯有康利・鮑爾默仍舊是不急不躁，像個局外人一般，悠閒自得地繼續讀書。

這道理說起來簡單之致，焦急也好，淡然也罷，那暴風雪已然來了，並不會以哪個人的意志為轉移，既然改變不了現實，那麼最好的辦法便是坦然面對。但是，若想真正做到，卻是相當不容易。

即便是悠閒自得看著書的康利・鮑爾默，內心深處也不是表面上那樣的平靜。

火車停在荒野中不知何時才能重新啟動只是造成他內心波瀾的其中一個原因，另一個原因則是對他即將要做的事情的擔憂。

在康利・鮑爾默的心中，比爾・萊恩是神一般的存在。想當初，萊恩從香港島越獄隻身一人來到了北美大陸，僅用了三年的時間，便成為了鴉片行業中小有影響力的一個人物，隨後五年，萊恩一發而不可收，壟斷了南美大陸近一半的貨源，一躍成為紐約乃至整個美利堅合眾國的最大鴉片商。

此番成就，真可謂是歎為觀止驚為天人，期間，遭遇過怎樣的驚險，又經受過怎樣的危難，外人雖然不盡得知，但也能充分想像。康利・鮑爾默是聽著萊恩的傳奇故事長大的，自然對萊恩充滿了崇拜。

這樣的一個人物，卻最終栽在了金山，這使得康利・鮑爾默不得不重新審視金山安良堂的曹濱。能乾淨俐落地幹掉比爾・萊恩，那曹濱絕對非同一般，康利・鮑爾默很是懷疑斯坦德他們有沒有這個能力滅掉曹濱以及他的安良堂。

實力不能等同於能力！

斯坦德以及他的同夥有著身後的軍方背景，看似實力強大，但是，以這種實力欺負一下安良堂或許沒什麼，但若是想像江湖幫派火併一樣滅掉曹濱及安良堂，那就牽扯到斯坦德一夥能不能將實力發揮出作用的問題。

而康利・鮑爾默對這個問題持悲觀態度，並不看好斯坦德能夠對付得了曹濱。

在跟父親商討這個問題的時候，康利・鮑爾默便因此緣由變通了他父親原來的方案，當時還以為變通過的方案可以讓他們鮑爾默父子立於不敗之地，但是，上了火車之後，康利・鮑爾默隱隱感覺到那方案即便經過了調整，但仍舊不夠完美。

斯坦德大概幹不過曹濱，而一旦落敗，他們父子必然牽涉其中，以江湖幫派有仇必報的規矩，那曹濱必然會找上門來討要說法。

一個連比爾・萊恩都對付不了的江湖人物，他們父子又能對付得了嗎？

康利・鮑爾默不由得長歎了一聲，合上了書本，起身站到了車窗前。

窗外，冬日明媚，微風清涼，端的是一個好天氣。如此的好天氣下，人本該有著一個相當不錯的心情。而好的心情，不光要有好天氣的烘托，更要有著舒適生活做為基礎。康利・鮑爾默的生活已經非常舒適了，雖然受到了貨源不足的困擾，但這個問題並非是他們父子一家獨有，萊恩分裂出來的各家鴉片商，以及其他不曾屬於過萊恩的鴉片商，都在承受著貨源不足的困擾。

而這個困擾，並不是無法解決的，只要熬過了這段時間，等到明年南美大陸的新貨生產出來，這個困擾也就不復存在了。而這個時段，能得到金山的那兩百噸貨固然很好，得不到的話，也沒啥可惜的，為什麼非要冒險去觸碰曹濱那尊瘟神呢？

為什麼要給自己徒增煩惱呢？殺了曹濱，在萊恩的舊部中樹立威望就那麼重要嗎？有必要用自己的危險來換取那點額外的利益嗎？

康利・鮑爾默向自己提出了一連串的問題，而這些問題堆在了一起，沒有令他更加困惑，而是令他逐漸冷靜清醒下來。

不能去招惹那尊瘟神！

康利・鮑爾默首先給自己定下了一個原則。

金山的暴風雪肆虐了整整一夜，而康利・鮑爾默乘坐的火車則在荒野中停了整整一個白天，到了晚上八點多鐘，火車才重新開機，但行駛的速度卻是相當緩慢。

一早八點鐘左右，肆虐了一整夜的暴風雪終於停歇，斯坦德推門而出，走出了營房樓外。

樓外的積雪足有三英尺之深，聯邦海軍的士兵們已經動員起來，正熱火朝天地清除著道路上的積雪。斯坦德愜意地做了一組擴胸運動，深吸了口室外的清新空氣，然後將胸中的污濁之氣緩緩吐出。

他沒有理由不感到清爽愜意。

昨天傍晚時分，正當暴風雪剛剛來臨之際，他收到了紐約鮑爾默先生的電報，告知了斯坦德，他已經委託了他的兒子康利・鮑爾默做為他的全權代表登上了前往金山的火車。

從紐約開往金山的火車需要五天五夜的時間，而猝不及防的這場暴風雪很有可能將康利・鮑爾默的旅程再延長一天或是兩天，可那又能怎樣呢？鮑爾默先生已經將他的交易條件在電報中告知了斯坦德，只是單純做貨物交易的話，價格將會被壓低到一盎司十二美分，只要貨物運抵紐約，便可以全款結算。若是能幹掉曹濱、董彪二人的話，鮑爾默先生承諾了每盎司將會多支付六美分。

以每盎司十二美分的價格計算，這批貨的價值將達到八十四萬多美元，就算去掉四萬多運費，那麼還能有八十萬美元的巨額利益，這已經是相當不錯的結果了，完全可以接受。若是能夠除掉曹濱、董彪的話，將會多出四十二萬美元的利益，其誘惑力同樣是無比巨大。

換個思路，就算是拿出二十萬美元來尋覓殺手，得手後，也可以白白多得了二十二萬，這樣的結果，怎麼可能不把人的心撓得癢癢的呢？

但斯坦德做不了主，他沒有門路能夠找得到達到甚至超過拉爾森那種水準的殺手，這種事，還必須仰仗庫柏。

從收到鮑爾默先生的電報，斯坦德便嘗試著跟庫柏打電話，或許是受到了暴風雪的影響，電話卻始終未能打通。

這些小小的挫折並不能影響斯坦德的心情。他踢了踢腿，再做了幾組拳擊動作，然後沿著士兵們剛剛清理出來的道路走到了海邊。大海依舊是湛藍，大地則一片銀白，湛藍映射下，大地的銀裝素裹顯得更加妖嬈，而在一片蒼茫銀白的襯托下，大海的湛藍更顯得深邃。

正享受著如此這番的美妙清爽的時候，身後追來了艦隊司令部的機要秘書，手裡端著一本資料夾，只是看他急沖沖的腳步，便可知道他必有重要事情。

「斯坦德將軍，有份文件需要您來批閱。」機要秘書追到了斯坦德的身邊，首先敬了個軍禮，然後打開了資料夾，拿出一份文件，遞給了斯坦德。

斯坦德接過文件，習慣性的掃視了一眼文件題頭，隨手向機要秘書要來了鋼筆，就要簽字的時候，突然間蹙起了眉頭。「軍港庫房需要清查嗎？是艦隊司令部的意思，還是別的什麼緣由？」

機要秘書回答道：「是上峰的要求，斯坦德將軍，各艦隊港口必須在年底之前完成庫房清查，明年一月，上峰會組織艦隊互查，互查不合格的艦隊將會遭至處罰，司令員對此事非常關注，特意吩咐我轉告將軍，務必在耶誕節前完成對我艦隊港口庫房的清查工作。」

斯坦德不動聲色地點了點頭，在文件上簽了字，交還給了機要秘書，並道：「今天是十一月二十九日，距離耶誕節還有二十五天，請轉告威爾遜將軍，我保證按時完成任務。」

機要秘書敬禮後轉身離去。斯坦德面向大海，雙眸凝視著遠方，心中原有的清爽愜意之感蕩然無存，取而代之的則是深深的疑慮。

在艦隊司令部中，他分管港口庫房，便是借助手中的權力，才能將那批貨藏匿得了無蹤跡。也不知道是出於何種原因，上峰居然會下達了這種命令，也不知道其背後原因究竟是上峰的腦子抽風還是另有其他。

若是上峰腦子抽風的話也就罷了，二十五天的期限足以讓他們完成跟鮑爾默先生的交易，至於剩下的六美分的額外利益，等貨物運抵了紐約再回來實施也不耽誤。

但若是另有其他什麼原因的話，那可就值得擔憂了，尤其是斯坦德考慮到一點，會不會是曹濱的做為結果呢？

斯坦德長歎一聲，這個時候，他更需要聯絡到庫柏，也只有他，才能拿定主意。回到了自己的辦公室，斯坦德再次撥打了庫柏的電話，然而，電話聽筒中，傳出來的始終是忙音。無奈之下，斯坦德只得撥打了埃斯頓的辦公室電話，可是，接電話的卻不是埃斯頓本人，且對方回應說，局長大人此刻並不在警局中。斯坦德交代對方說，等埃斯頓局長回來後，要他立刻給斯坦德將軍回電。

掛上電話，斯坦德陷入了等待的煎熬，一是在等待埃斯頓的回電，二是在等待道路疏通，他能驅車前往庫柏的軍營。

到了午飯時間，埃斯頓仍舊沒有回電。斯坦德煎熬不住，再次撥通了埃斯頓辦公室的電話。可對方仍舊還是原來的那句回應，埃斯頓局長不在警局，等他回來，我會立刻向他彙報，讓他給您回電。

吩咐衛兵為自己打來了午飯，斯坦德守著電話吃完了午飯，其中電話鈴響了一次，卻是部下打來的工作請示電話。

草草吃完了午飯，斯坦德再也無法按捺，也不管道路有沒有被完全疏通開，便駕著車駛出了軍港。

相比其他的城市，金山最大的特點便是華人的比例相當之高，而華人相比洋人的最大特點便是勤勞。如此大雪，所有的廠礦都已停工，因而，金山市政府得以微薄的代價雇傭了大量的華人勞工上街疏通道路。因而，時間雖短，但絕大多數的道路已經得到了基本疏通。

只是，這些原本至少是雙車道的道路只能疏通開一半出來。道路窄，車子開的自然緩慢，斯坦德走走停停，停停走走，磨嘰到了下午四點鐘才來到了庫柏的兵營中。

庫柏對斯坦德的突然造訪非常驚詫，來不及去到軍人俱樂部的那間最隱秘的包房中，在他的團部辦公室中便問道：「斯坦德，出了什麼變故了嗎？」

斯坦德猶豫了一下，回道：「沒什麼，就是過來看看你。」

庫柏意識到了自己的問題，拍了拍斯坦德的肩膀，笑道：「謝謝你的關心，我的朋友，隨我來吧。」

二人來到老地方，斯坦德先是向庫柏說明了昨天傍晚跟鮑爾默先生的電報往來。

庫柏樂道：「這是一件讓人興奮的事情！斯坦德，你有沒有聯絡埃斯頓？我想，我們有必要為了這個好消息乾上一杯。」

斯坦德面色嚴峻，搖了搖頭，道：「庫柏，你要讓我把話說完。」

庫柏感覺到了斯坦德的壓力，收起了笑容，道：「你遇到什麼麻煩了嗎？是那批貨被人發現了？」

斯坦德搖了搖頭，道：「那倒沒有，不過，我今天接到了艦隊司令部的一份文件，要求我在耶誕節之前完成對軍港庫房的清查工作。」

庫柏的臉上重新浮現出了笑容，道：「這不是很正常嗎？現在距離耶誕節還有二十多天呢，我們有足夠的時間將那批貨調出你的軍港，並運往紐約。斯坦德，我想不明白，你為什麼會如此憂慮。」

斯坦德面色凝重，道：「庫柏，你為什麼不能更深層次地思考這個問題呢？我們艦隊從沒接過這樣的命令，清查庫房？這難道沒有可能是湯姆曹在從中作梗嗎？」

庫柏笑道：「這場暴風雪來得突兀，對我們雖有影響，但影響並不大。你看，天氣已經好轉，暴風雪持續下去的可能性幾乎為零，我們只需要再忍耐幾天，等道路通暢了，我隨時可以派出車隊將那批貨運往紐約。清查庫房的事情，不必商討是否是那湯姆在從中作梗，即便確實是他所為，查不到貨物存放，抓不到我們的證據，他又能將我們怎麼樣呢？」

斯坦德道：「可是，假如真是湯姆所為，就說明他已經能夠觸及到了聯邦海軍的高層，這對我們來說，始終是一個威脅。庫柏，雖然我們能夠及時將貨運出金山，但這並不表明他就無法追查到我們的證據，兩百噸貨物的進進出出，怎麼著都會留下痕跡來的。假如上峰較真追查的話，就一定能查出破綻來的。」

庫柏嚴肅起來，道：「所以，你仍舊堅持要除掉湯姆，是嗎？」

斯坦德道：「是的，庫柏，除掉了他，不單可以確保我們的安全，還可以得到一大筆額外的金錢，何樂而不為呢？」

庫柏站起身來，來來回回踱著方步，邊思考邊道：「你說得確實有些一定的道理，可是，拉爾森已經喪失了信心，一時半會，我又如何能找得到和拉爾森同一水準的殺手呢？」

斯坦德道：「重賞之下必有勇夫，當初，你對拉爾森的開價實在是太低了，如果將酬金提高到二十萬美元，他會不會重新拾起信心來呢？」

庫柏登時停下了腳步，愣了片刻，道：「我不是拉爾森，無法對他的思想做出評判，但我想，這件事確實可以跟他談談。」

公路截擊失敗，隨後李西瀘又死在了曹濱的手上，庫柏惱羞成怒，派出了拉爾森刺殺曹濱、董彪二人，那時候，庫柏也好，斯坦德、埃斯頓也罷，對將來能把這批貨賣出一個怎樣的價格並無把握，因而，那庫柏向拉爾森開出的酬金價碼並不高。

只有一萬美元的酬金，拉爾森自然會有有命賺沒命花的憂慮。但面對二十萬的酬金的時候，這種有命賺沒命花的憂慮雖然存在，但已經不再重要。

「你如何保證能夠及時無差地將酬金支付給我？」當庫柏重新提起刺殺曹濱、董彪的任務時，拉爾森給予了堅決的拒絕，但當庫柏說出二十萬的巨額酬金的時候，拉爾森的心思明顯有了動搖。

庫柏道：「你是知道的，我們手上有批貨，現在已經找到了買主，只等道路開通後，我便可以將貨物運出去，換成美鈔回來。拉爾森，二十萬的酬金，你比我們三人賺到的都要多。」

拉爾森冷冷道：「你們拚的無非是手中的權力，但我要拚的，是自己的性命。」

約瑟夫・亨利的軍隊擁有三艘戰船，只是噸位不大，最大的一艘也就是三百噸的噸位，小一點的兩艘只有百十來噸。為了彰顯自己的熱情好客，約瑟夫調動了最大的那艘戰船。

三百噸位的戰船停在海港中還算惹眼，可航行到了大海深處的時候，卻像是江河中的一葉孤舟。隨便一波海浪撲來，那戰船都要搖上一搖晃上幾晃，剛巧當日風急浪高，那船自然搖晃的厲害。

船上眾人，立刻分成了兩個陣營：暈船的，和不暈船的。

約瑟夫和史密斯常年生活在海島上，只要外出必須乘坐船隻。而受文森特島的海港限制，無論是向西北方向航行到古巴又或是向東南方向航行至南美大陸，所能乘坐的船隻，均是這種幾百噸噸位的小船，因而，他們兩個自然處在了不暈船的陣營中。

羅布特經常要乘船渡海，雖然他乘坐的船隻都是上千噸級的大輪船，但有時候海上風浪大了，船隻也會搖晃，因而，他有所適應，自然也屬於不暈船的陣營。

羅獵、趙大明二人有著扎實的武功底子，對這種無休止的搖晃雖然感覺不舒服，但也能克制住，勉強可歸納到不暈船的陣營。

但秦剛就不行了，雖然他的武功底子也是相當厚實，但走的卻是橫練的路數，講究的是下盤的堅實，最受不了的便是下盤不穩一般的搖晃，船隻航行在了半路上，便已經暈得不行了。

至於小顧霆和安妮・布雷森二人，則早就吐得是一塌糊塗，癱在戰船水手的鋪位上起不了身來。

有三個暈船的並不能影響了不暈船陣營的人的心情，但海上風大浪高，卻不適合海上垂釣，就連此道中的老手約瑟夫都是連連搖頭，直歎天公不作美的無奈感慨。

但約瑟夫準備充分，隨即掛上了海鉤，將船速提到了每小時五海浬的樣子。

「諾力，我的朋友，實在是天公不作美，若是像昨天那種風速就好了，今天的海風確實有些大了。不過，這並不會影響到待會我們的海鮮大宴。」約瑟夫指揮水手下好了海鉤，來到羅獵的身旁，抱歉說道：「我下了兩根海鉤，保證能釣上大魚來，不過，沒能讓你垂釣成功，確實有些遺憾。」

約瑟夫的話音剛落，羅獵只覺得那海面上浮標猛然一沉，急忙下意識地收杆。成功倒是成功了，只是那咬了鉤的魚，卻只有半尺來長。

半尺來長的海魚根本算不上什麼，對約瑟夫這樣的海上垂釣老手來說，釣上了這樣大小的魚，往往會隨手丟回到海裡去。但是對羅獵這樣的新手來說，能釣上這麼大的魚覺得是值得興奮的一件事。

羅獵興奮不已，叫喊道：「這條魚不能丟了，必須留下，亨利，這是我的成果，待會煮熟了，每一個都得吃上一口。」

加勒比海是一個天然的大魚場，魚種繁多且魚群密集，兩條海鉤掛出去，不過半個小時，收起鉤來的時候，可謂是碩果累累。

暈船的人也就是初起的一段時間頗為不適，待吐過睡過之後，也就適應了，秦剛率先恢復了正常，隨後沒多久，安妮和小顧霆二人也從水手的鋪艙中來到了船艇的甲板上。

船上沒有什麼烹飪方法，雖然，大英帝國的廚師水準原本就是一般，但面對海鮮食材的時候還是想展示一番。約瑟夫卻攔住了，要求那船上的大廚只需要將海魚料理乾淨了，支起一口大鍋，燒開了一鍋白水，將料理乾淨了的海魚直接扔了進去。待鍋裡的水重新沸騰，剛扔進去沒多久的海魚剛剛見熟的時候，便迅速撈出，然後，每個人根據自己的口味配上一些蘸料，切下大塊的魚肉，叉住了，蘸著蘸料吃，果然是別有一番滋味。

「好吃！」羅獵禁不住豎起了大拇指來。

約瑟夫得意道：「這可是我獨創的吃法，我就發現了，這魚捕撈上來，運到了海港，即便仍舊活著，但相比在船上直接煮熟了吃，還是有著不小的差距。」

趙大明跟著讚道：「這要是跟在菜市場買到的魚相比，更是鮮美得沒法說！」

史密斯叉了一塊魚肉，蘸了料，放進了嘴裡，美美地品著魚肉的鮮美，並插話道：「這種吃法是當地漁民的無奈之舉，但對我們來說，卻是一種不可多得值得回味的經歷。我從小便生活在文森特島上，能吃到如此鮮美的魚卻是機會不多。」

羅獵大快朵頤，興奮道：「這可是我有生以來吃到的最好吃的魚！亨利，現在就差你的美酒了哦！」

約瑟夫‧亨利呵呵笑道：「早已經準備好了。」一個響指之後，立刻有船上的水手為眾人送上了美酒。「諾力，史密斯，哦，還有羅布特先生，讓我們為我們美好的未來，乾杯！」

這一桌的羅獵、亨利、史密斯及羅布特四人是其樂融融，但另外一桌的趙大明、秦剛、顧霆及安妮四人卻鬧騰了起來。

趙大明身為紐約堂口的代堂主，早已改了以前的愛鬧個性，變得沉穩起來。秦剛原本就不是一個能鬧騰的人，在趙大明的面前更是有所收斂，自然也不會生亂。鬧騰起來的只有安妮和顧霆二人。

這兩個暈船暈到了不行的貨不知道因為什麼幹起了嘴仗來。

原因雖不清楚，但過程卻是被趙大明看在眼中，挑事的並非是安妮，而是顧霆。

趙大明不得不對顧霆訓斥道：「顧霆，不許這樣對待安妮，大家出來是玩樂的，就得開開心心。」

小顧霆氣鼓鼓頗有些委屈道：「她憑什麼那麼說羅獵哥哥！」

趙大明道：「她怎麼說你的羅獵哥哥了？」

小顧霆噘著嘴，氣鼓鼓道：「她說羅獵哥哥喜歡她，等回到了紐約，她就會跟羅獵哥哥結婚。」

趙大明笑道：「就因為這個，你便跟安妮吵嘴了？」

顧霆理直氣壯道：「羅獵哥哥根本就不喜歡她，更不會跟她結婚！」

趙大明笑道：「你羅獵哥哥喜不喜歡安妮，會不會跟安妮結婚，跟你有什麼關係呢？」

顧霆鼓圓了兩腮，氣呼呼，瞪著趙大明，想分辯，卻不知該如何分辯。

安妮得意道：「諾力是喜歡我的，這一點很明顯，我父親和安良堂的總堂主是朋友，又是美利堅合眾國的參議院議員，接下來很有可能成為加利福尼亞州的州長，諾力是個聰明人，他知道跟我結婚能給他帶來些什麼，所以，只要我的父親開了口，無論是安良堂的總堂主，還是諾力本人，都不會拒絕這個婚約的。」

顧霆氣到了極處，又沒有人能幫他說話，氣得哇的一聲哭了起來。

羅獵聽到了動靜，朝這邊看了過來，看到了小顧霆抹著眼睛哭了起來，急忙走了過來，摸了下小顧霆的小光頭，帶著笑意問道：「怎麼了？誰欺負咱們的小霆兒？」

小顧霆等來了靠山，哭得更加歡暢。

趙大明換作了中文解釋道：「安妮說你喜歡她，回到了紐約會答應跟她結婚，顧霆聽到了，便不樂意了。」

羅獵摸著顧霆的小光頭，道：「是這樣嗎？」

顧霆抽噎著點了點頭。

羅獵笑道：「傻小子，羅獵哥哥不是跟你說過了嘛，羅獵哥哥不喜歡她，怎麼可能跟她結婚呢？她想怎麼說就怎麼說唄，反正咱們把她帶回華盛頓，交給她父親，完成了這次任務不就了結了麼？」

顧霆委屈道：「可是，大明哥哥偏要說這不關小霆兒的事。」

羅獵道：「怎麼能不關小霆兒的事呢？小霆兒答應過羅獵哥哥的，要一輩子都做羅獵哥哥的小跟班，對不？」

小顧霆哽咽著點了點頭。

羅獵接道：「所以啊，羅獵哥哥將來會喜歡誰，會跟誰結婚，是不會欺騙小霆兒的，對不？要不然，小霆兒生氣了，不願意做羅獵哥哥的小跟班了，那羅獵哥哥得有多傷心啊！」

顧霆破涕為笑，並分別對著安妮和趙大明做了個得意的鬼臉。

羅獵轉而又對安妮用英文道：「安妮，你是一個懂事的女子，我希望你能夠記住昨天傍晚我對你說過的那些話，要有收斂，要有克制，而不要節外生枝，畫蛇添足，明白嗎？」

安妮眨著一雙大眼睛，認真地點了點頭。

羅獵再道：「小霆兒自吹自己已經十五歲了，可真實年齡也就是十四歲多一點，比你要小了近四歲，做為大姐姐，我希望你能讓著他一些，可以嗎？」

安妮道：「我知道了，諾力，事實上，我並沒有說什麼過分的話，好吧，我聽你的，我是大姐姐，應該讓著他。」

羅獵點了點頭，換回了中文再對趙大明道：「大明哥，你也真是的，就算你想故意逗小霆兒開心，那也得分場合不是？你明知道小霆兒單純，而且不喜歡這位大小姐，你還故意氣他哭啊？」

這不過是個小插曲，羅獵出面擺平，誰也沒放在心上。

度過了一開始對船體搖晃的不適應，不管是暈船還是不暈船的，都不再拘謹開始活躍起來。這也難怪，畢竟暈船的三人都很年輕，適應後恢復起來極為迅速，而面對難得美食的時候，自然不願意錯過機會。

而那幾位原本就不暈船更是不必多說，刀叉飛舞間，三條四五斤重的海魚已然只剩下了魚骨架，而觥籌交錯中，兩瓶上等白蘭地也很快見了底。

吃飽喝足，其樂融融下，約瑟夫指揮戰船開始返程。

回到文森特島的時候，已經到了下午四點多鐘。

度過了飛快的一天，待晚上吃完飯，踏踏實實地睡上一覺，再熬過了明天上午及中午的時光，威廉上校就會如約駕船抵臨文森特島。屆時，大夥登船，駛向聖地牙哥，這趟差事也就算圓滿完成任務了。

至於將來如何，那羅布特能不能按照原計劃使得三方均能獲得滿意的利潤，說實話，那跟羅獵、趙大明他們並沒有多大的關係。

夕陽西下，金黃色的餘暉籠罩著文森特島，一時沒有了矛盾的文森特島顯得格外安寧。深色的甘蔗和淺色的香蕉交相輝映，甘蔗的甜和香蕉的香相互參雜，無論是視覺還是嗅覺，都讓人感覺到無比的舒適。

回到了島上的羅獵找了個藉口甩脫了眾人，獨自一人漫步在海灘上。他並不是貪圖享受這迷人的海島風景，而僅僅是很想一個人靜一靜，因為安妮・布雷森讓他想起了艾莉絲來。

雖然昨晚上便因此而失眠，但羅獵看上去的氣色並不差，只是神色之間，隱隱地透露著些許憂傷。

如果，艾莉絲還活著。

如果，艾莉絲此刻就在他的身邊。

那麼，這個世界將會是多麼的美好啊！

可是，艾莉絲已經不在了，她永遠都不會出現在自己的身邊了，她的一顰一笑只能出現在自己的想像中。

那麼，這個世界還有什麼可稱得上美好的呢？

正在憂傷時，羅獵忽然感覺到身後有人，急忙轉身過來，卻見小顧霆跟在遠處。也不知是何原因，見到了小顧霆，羅獵心中的憂傷頓時減消了許多。他站住了腳，向小顧霆招了招手。

小顧霆飛快奔來。

「你不待在屋裡休息，偷偷跑出來幹嘛？」羅獵做出了一副生氣的樣子。

古靈精怪的小顧霆自然看得出那是羅獵的假裝，瞪著一雙大眼看著羅獵回道：

「羅獵哥哥，你有心事是嗎？」

羅獵笑道：「你怎麼看出來的？」

小顧霆摸了下自己的小光頭，道：「我要是有心事的時候，就喜歡一個人在海邊閒逛。」

羅獵笑道：「你有過什麼心事呢？」

小顧霆卻倏地一下紅了臉。

羅獵的笑意更加濃烈，道：「怎麼，還害臊了？是不是看上了哪個小女孩，不好意思給人家說？」

小顧霆的臉紅得更加通透。

羅獵將小顧霆扯到了身邊，摸著他的小光頭，語重心長道：「小霆兒還小，要多學點本領，可不能光想著人家小女孩了。等回到了紐約，羅獵哥哥就教你練功夫，好不好呢？」

小顧霆認真地點了下頭，並道：「羅獵哥哥，小霆兒聽大明哥說，羅獵哥哥的飛刀絕技可厲害了，你能教小霆兒學飛刀絕技嗎？」

羅獵笑道：「能當然是能，但問題是練飛刀要下苦功夫，小霆兒能不能受得了這份苦呢？」

小顧霆極為認真道：「能！小霆兒一定能！只要是羅獵哥哥讓小霆兒練的功夫，

再怎麼苦小霆兒都不怕。」

羅獵愛憐地攬過小顧霆肩膀。金色的夕陽跳動在遠處的海天一線上，嬌豔的晚霞映在海面上金鱗閃動，羅獵攬著小顧霆迎著夕陽漫步在海灘上，身後拖出了一長一短兩條陰影。尚不滿十五周歲的小顧霆仍處在發育中，肩膀頭還是那麼的柔弱，羅獵禁不住想起了自己的十五歲，那時候，他在大師兄的調教下，飛刀絕技已有小成。

回憶起自己的十五歲，就少不了要想起艾莉絲來。羅獵始終認為，在環球大馬戲團的那五年是他人生中最為快樂的一段時光，那時候練功雖苦，但有師父的關懷，大師兄的疼愛，還有其他師兄師姐的照顧，最主要的是，身旁有著艾莉絲的陪伴。

「羅獵哥哥，你是想起她了嗎？」偎依在羅獵身旁的小顧霆仰起了臉，看著羅獵。

羅獵不免一怔，疑道：「她？你說的究竟是哪個她呢？」

小顧霆看著羅獵，歪著頭，道：「艾莉絲姐姐呀！」

羅獵的心不禁抽搐了一下。「你怎麼知道艾莉絲的呢？」

小顧霆像是做錯了事一樣垂下了頭來，道：「小霆兒是聽大明哥說的。」

羅獵幽歎了一聲，道：「這個趙大明！他是閑得沒事幹了嗎？幹嘛要跟你說這些事情呢？」

小顧霆囁啜道：「羅獵哥哥，你別怪大明哥，是小霆兒騙他說出來的，你要是生氣的話，就罵小霆兒吧。」

羅獵揪了下小顧霆的耳朵，再刮了下小顧霆的鼻子，勉強擠出了一個笑容，道：「羅獵哥哥怎麼會生氣呢？羅獵哥哥只是想起了艾莉絲來，這心裡不好受。她離開我才幾個月，我現在居然都有些記不清她長什麼樣子了？你說，要是羅獵哥哥真想不起來她長什麼樣子了，那該怎麼辦呀？」

小顧霆搖了搖頭，道：「不會的，羅獵哥哥，只要是你真心愛過的人，就一定不會忘記的。就算是白天想不起她的模樣，但到了夜裡做夢時，就一定能想起來的。」

羅獵很想擺脫掉自己這糟糕的心情，於是便強撐笑臉，調侃道：「看不出來哦，咱們小霆兒還是挺有經驗的嘛！」

小顧霆再一次紅了臉。

羅獵摸著顧霆的小光頭，感慨道：「如果艾莉絲還在的話，那該有多好呀，她曾經跟我說過，她好想有個弟弟，她要是見到了咱們小霆兒，一定會歡喜得不得了。」

小顧霆仰起臉來，問道：「艾莉絲姐姐一定很美很漂亮，對嗎？」

羅獵幽歎道：「別人怎麼認為我不知道，但在我心裡，艾莉絲就是天底下最美最漂亮的女孩！再沒有別的什麼人能夠比得上她。」

小顧霆突然噗嗤一聲笑開了。

羅獵疑道：「你笑什麼？有什麼好笑的呢？」

小顧霆連忙解釋道：「羅獵哥哥，小霆兒可不是在笑你，小霆兒是想起那個安妮•布雷森了，她說羅獵哥哥喜歡她，呸，她那純粹是癩蛤蟆想吃天鵝肉！」

羅獵略顯尷尬道：「你這個用詞……好像有些不合適吧？」

小顧霆驕傲道：「怎麼不合適？最合適了！安妮•布雷森就是一隻癩蛤蟆，而且還是一隻最醜最癩的癩蛤蟆，就她那副德行，給艾莉絲姐姐提鞋都不配。」

羅獵撫摸著顧霆的小光頭，微笑道：「你啊，沒必要跟安妮嘔氣，她跟咱們根本不是一路人，所以永遠都不會走到一起去。等回去後，咱們把她交還給了她在華盛頓的父親，從此便是她走她的陽關道，咱們過咱們的獨木橋，兩不相欠，再無往來。」

小顧霆仰臉問道：「要是她不肯放過羅獵哥哥，繼續糾纏羅獵哥哥呢？」

羅獵做出害怕的樣子，逗笑道：「小霆兒有什麼高招嗎？能教教羅獵哥哥麼？」

小顧霆托起了下巴，用手指撥弄著嘴角，認真思考道：「羅獵哥哥帶著小霆兒回金山，那樣她就追不上羅獵哥哥了。」

羅獵繼續逗笑道：「那要是她追到了金山又該怎麼辦呢？」

小顧霆繼續思考道：「嗯……她要是追到了金山的話……那就，把她賣給人口販子！」說完，小顧霆被自己也給逗笑了。

羅獵收起了笑容，正色道：「小霆兒啊，羅獵哥哥要交代你兩句了，等你長大了啊，遇到了喜歡的女孩，可以努力去追求，但不可以去糾纏，懂嗎？」

小顧霆點了點頭。

羅獵道：「那我問你，努力追求和糾纏有什麼區別呢？」

小顧霆瞪大了雙眼，搖了搖頭。

羅獵道：「追求嘛，就是在不影響人家生活的前提下去表現你對她的愛，而糾纏就是不顧及是否會影響到人家的生活，只顧著自己痛快。但是，當你努力追求人家卻遭到拒絕的時候，你便該放棄了，不然的話，追求也就變成了糾纏。」

小顧霆點頭應道：「我懂了，羅獵哥哥，那要是安妮・布雷森主動追求你，你會拒絕她嗎？」

羅獵笑道：「你這不是廢話嘛！我又不喜歡她，甚至還有些討厭她，要是不早點拒絕她，那該有多難受啊！」

小顧霆繼續問道：「那要是她厚著臉皮繼續追求你呢？」

羅獵板起臉來，訓斥道：「這就是糾纏了，我說的不只是安妮，還有你這小光頭，就這麼個問題，沒完沒了了是吧？」

小顧霆摸著自己的小光頭，傻傻笑開了。

第十章

出事！

下午三時差一刻，威廉上校駕船抵臨文森特島的港口碼頭。

船隻尚未停泊穩當，威廉上校的心便涼了半截。

碼頭上，可謂是警備森嚴。

兩排士兵整整齊齊，從岸邊一直排到了碼頭外的馬路上。

肯定是出事了！

早霞不出門，晚霞行千里。昨天傍晚的晚霞預示著今天定然是個好天氣。

一早起來，便是似火驕陽萬里無雲。這便是地球的奇妙之處，北方的紐約早已經進入了冬季，差不多緯度的西海岸金山還迎來了今年的第一場暴風雪，可加勒比海的文森特島卻要重新溫習一下夏日的炎熱。

早飯過後，秦剛便開始收拾行李，羅獵對別的什麼都不怎麼在乎，唯獨對史密斯送給他的那五瓶陳年好酒特別上心，千叮嚀萬囑咐，要求秦剛一定要把它收拾妥當，不得有半點差池。

羅布特很是奇怪，在收拾行李的時候，往箱子裡塞了好幾包泥土。羅獵看到了，忍不住好奇問道：「羅布特，你這是幹嘛呢？不帶些特產回去，卻偏要帶這種不值錢的泥土呢？」

羅布特回應的笑容頗有些得意，道：「這些泥土對你來說分文不值，但我來說可就值錢了。這是文森特島東南西北以及中間地帶的土樣，等回去後，我要以最快的速度對這些土壤樣本進行分析，找出特點及差別，這樣才能挑選出來最適合文森特島種植的煙葉品種，也能提前掌握在這島上種植煙葉的技術。」

羅獵不由讚道：「你們洋人就是細心，這要是擱在我們華人身上，肯定又是一個憑經驗幹活。」

羅布特道：「經驗是不可或缺的，但經驗往往會出錯，只有經過科學分析得出正確結果，才能減少經驗犯錯的機率。」

羅獵感慨道：「也不知道我們大清朝的那些官員們什麼時候也能有用科學評判的思想，等他們有了講科學的思想，大清子民們才能逐漸被灌輸了講科學的思想，到那個時候，大清朝或許還能趕得上你們西洋諸國。」

羅布特搖了搖頭，道：「諾力，恕我直言，你的願望是對的，但我要說，你的願望很難實現，我雖然沒有去過中華，但是我接觸過很多的中華人，就像你之前說的那樣，他們只會憑藉經驗做事，從來都不相信科學。而你，是我所接觸的中華人當中，唯一一個信奉科學的。」

羅獵感慨道：「你說得沒錯，羅布特，我的願望確實很難實現，但是，難並不代表著沒有可能。我堅信，我的祖國，我的同胞，遲早會有醒悟過來的那一天。而當那一天到來之際，我的祖國我的同胞一定會震驚了全世界。」

羅布特正色道：「諾力，做為你的朋友，我衷心祝願你的願望能早一天實現。」

正收拾著，約瑟夫帶著兩名衛兵，給羅獵拎來了大包小包十幾包禮品，有島上自產的蔗糖、香蕉乾，還有從南美大陸帶來的一些農副產品。最是令羅獵哭笑不得的是其中還有一包產自南美大陸的鴉片。

「這……」羅獵不免犯起了難為，顧霆太小，趙大明尊貴，這二人都不適合拎行李，而秦剛一個人絕計拿不了那麼多物品。

約瑟夫呵呵笑道：「這都是那幫小氣鬼農場主拿來的，我搭眼一看就生了一肚子的火氣，真是把文森特島的臉面都丟光了。」

羅獵圓場道：「也不能這麼說，禮輕情意重，好歹是人家的一片心意。」

約瑟夫笑道：「也虧得你還能理解他們，但我可沒有那麼好的脾氣，那幫小氣鬼全都被我擋在門外了。哦，對了。」約瑟夫閃了下身，招呼其身後的衛兵道：「別愣著啊，把我的禮物拿出來啊！」

那衛兵上前兩步，將手中最後一個袋子捧起，遞到了羅獵的面前。

「這是什麼呀？」羅獵接過袋子，卻發現袋子中裝了一個沉甸甸的木質匣子。

約瑟夫微笑道：「打開看看嘛！」

羅獵取出了木匣子，打開了，不禁驚呼了一聲：「太漂亮了！」

小顧霆聞聲趕到，朝著打開的木匣子看了一眼，整個身子便就此僵住。

木匣中，赫然擺放著一支精美的勃朗寧手槍。

羅獵小心翼翼地將手槍從木匣中取了出來。勃朗寧於五年前才推出了自己的第一款手槍，那一款手槍採用了最新的設計和最尖端的製作工藝，在縮減了手槍尺寸及重量的基礎上，還將手槍的有效射程擴大到了五十米。因而，這款手槍一經問世，便立刻風靡了整個歐洲大陸。

次年，勃朗寧在上一款手槍的基礎上推出了新一款袖珍型手槍，這款手槍只有巴掌大小，但射程和精準度卻沒打折扣，而且，其做工相當精美，甚至達到了藝術品的境界。

當初羅獵要去邁阿密找李西瀘算帳的時候，趙大明送給羅獵的便是這款勃朗寧袖珍型手槍，只是，那把勃朗寧應該屬於普通售賣的槍支，而約瑟夫送給羅獵的，則是一款鑲金定製版。

「只有皇室成員才有資格購買到這款手槍。諾力，你是我最好的朋友，我一定要送你最珍貴的禮物。」約瑟夫的態度極為誠懇，大有一種羅獵要是不收下這把手槍他便會傷心欲絕的架勢。

羅獵對槍沒多大興趣，雖然他也被這把手槍的精美所震撼到。但看到了一旁的小顧霆那副癡迷模樣，羅獵改變了原本想婉拒的念頭，將手槍放回到了木匣，再將木匣封上了蓋，交給了一旁小顧霆，道：「你可要幫羅獵哥哥收好了哦！」

小顧霆連連點頭，接過木匣，抱在了懷中。

羅獵再對約瑟夫道：「禮尚往來，我理應回贈你一件禮物，可是，我真的沒有什麼可以拿出手的玩意來。亨利，讓你見笑了，這樣吧，等羅布特下次來島上的時候，我讓他把禮物給你捎帶過來。」

羅獵能收下那把勃朗寧手槍，這對約瑟夫來說便是最開心的事，至於羅獵有沒有禮物可以回贈，那根本不重要。

「不，諾力，我的朋友，你已經送了我一份天大的禮物了，我怎麼還能要求你的回贈呢？」約瑟夫微笑道：「不過，等我有機會前去紐約的時候，我倒是希望能得到你的一份禮物。」

羅獵笑道：「你說的是那些雪茄麼？那是羅布特先生的一份心意，跟我沒有多大關係。」

約瑟夫道：「不，不，雪茄非常珍貴，但稱不上是天大的一份。」

羅獵皺著眉頭道：「除此之外，我真的不知道我還送了你什麼禮物，莫非，你說的是羅布特先生的煙葉種植計畫？」

約瑟夫笑道：「於此有關，但不是全部。諾力，我的朋友，你送給了我一份前程。我以為我的軍旅生涯就要止步於這文森特島了，但沒想到居然讓我碰見了你。」

羅獵苦笑道：「我怎麼越聽越糊塗呢？」

約瑟夫道：「因為我成功地解決了文森特島的獨立運動，勢必受到上峰的賞識，這麼說吧，前日下午，史密斯先生上繳了他的私人武裝，這就意味著文森特島重新走上了和平之路。我當然要在第一時間將這個成果彙報給上峰，諾力，實在抱歉，我在彙報的時候竊取了你的功勞。」

羅獵呵呵笑道：「怎麼能說是竊取呢？我們是朋友，我的功勞就是你的功勞。」

約瑟夫開心道：「謝謝你的理解，諾力，你知道嗎？上峰今天一早傳話過來了，希望我能在管理好文森特島的同時，再擔任起相鄰巴里亞島的管理職責。」

羅獵喜道：「那真要祝賀你了，亨利，我們中華人最常用的祝賀詞便是，升官，發財！」

約瑟夫大笑，道：「兼任了巴里亞島的總督，那麼，我的軍銜就要從中校升為上校，我已經破滅了的將軍夢想，從今天開始，重新煥發出勃勃生機，而這一切，全都是受益於你，你說，這難道不是天大一份禮物嗎？」

羅獵笑道：「這本是你應該得到的，不能算是我送你的禮物。亨利，不用跟我爭論，我一定要回贈你一份精美的禮物，不然的話，我會睡不著覺的。」

約瑟夫無奈道：「那好吧，我等著你的回贈。」

待約瑟夫離去後，羅獵摸了下小顧霆的小光頭，道：「還不把那把手槍拿出來玩一會，你瞧你剛才的那副眼神，都快癡迷在這把手槍上了。」

小顧霆激動不已，顫著雙手，打開了木匣子，隨後，將雙手在身上反覆擦拭了好幾下，這才把手槍拿了出來。

羅獵摩挲著小顧霆的後腦勺，道：「等回到了紐約，羅獵哥哥再幫你找工匠做一隻皮槍套。」

小顧霆抬起頭來看著羅獵，遲疑道：「羅獵哥哥，你是打算把這把手槍送給小霆兒嗎？」

羅獵笑道：「不送給你送給誰？送給安妮·布雷森，你會願意嗎？」

小顧霆先是興奮，隨即又黯淡下來，道：「可是，小霆兒把羅獵哥哥送的上一把手槍給弄丟了，小霆兒擔心再把這一把給弄丟了……」

羅獵伸出雙手揪住了小顧霆的雙耳，狠狠地擺弄了兩下，道：「再弄丟就把你屁股打開花。」

下午三時差一刻，威廉上校駕船抵臨了文森特島的港口碼頭。船隻尚未停泊穩當，威廉上校的心便涼了半截。碼頭上，可謂是警備森嚴。兩排士兵整整齊齊，從岸邊一直排到了碼頭外的馬路上。

肯定是出事了！

果然，船隻停泊穩當後，一名中尉在兩名士兵的陪同下上了船，開口便要面見威廉上校。

威廉已經涼了半截的心這一下徹底涼透了。

看來，那羅獵一行不單是出事了，而且，還全部交代了。

大英帝國的上尉在美利堅合眾國的上校面前行了下級向上級的軍禮，這使得威廉的心情稍有緩解。即便羅獵一行全都交代了，那最差結果也只是形成兩國之間的外交矛盾，應該不會影響到個人的安危。「威廉上校，我奉文森特島總督約瑟夫·亨利中校命令，專程前來迎接。」

威廉上校可不想下船登岸。留在船上，就相當於仍舊站在美利堅合眾國的國土之上，在這兒，他才是主人，若有誰敢對他有所不敬的話，那麼便是對美利堅合眾國的不尊敬。但下了船可就不一樣了。

文森特島乃是在大英帝國的統治之下，在島上，約瑟夫・亨利才是主人，若是羅獵他們將哈里斯將軍和他招供了出來，那麼，約瑟夫・亨利是有權力將他扣押在島上，直至兩國就此案達成諒解。

但轉念一想，不下船也好不到哪裡去，約瑟夫・亨利要是真想翻臉的話，他完全可以將船隻扣押在文森特島的海港中不予放行，若是如此，那麼自己不敢下船的行為反倒是折損了哈里斯將軍以及美利堅合眾國的臉面。

「上尉，請稍微等待片刻。」威廉上校面若沉水，鎮定自若道：「我去換身軍裝回來！」

「遵命！」上尉再次敬禮，退到了船舷處。

威廉上校憂心忡忡地換上了軍裝，隨著上尉登上海岸。

就在威廉上校的左腳剛剛踏上文森特島海岸的時候，兩側士兵的佇列中突然響起了一聲洪亮的軍令聲：「立正！敬禮！」

文森特島駐軍的高規格迎接禮儀並沒有打消威廉上校的疑慮。這些虛套禮節說明不了什麼，口蜜腹劍的事情在軍界並不少見，約瑟夫・亨利之所以要這樣做，無非就是想先把面子做足，然後在談判中占盡上風而已。

約瑟夫・亨利的總督府就在海港旁邊的不遠處，出了碼頭，最多一千步便可抵達，雖然如此之近，但約瑟夫・亨利還是為威廉上校安排了車輛。

乘車抵達了總督府，威廉上校在那上尉的引領下，懷揣著忐忑不安的心情，踏進了總督府的大門。進到了大門之內，沒走幾步便聽到了羅獵的笑聲，威廉上校心中的疑慮更加複雜，難道，那羅獵招供之後還成了約瑟夫・亨利的座上嘉賓？

這，很不符合邏輯嘛！

拐了個彎，威廉上校終於看到坐在了藤蔓涼亭之下的眾人，約瑟夫・亨利親自相陪，羅獵、趙大明和羅布特圍坐一圈，而秦剛和小顧霆則在一旁擺弄著一把手槍。

威廉上校徹底糊塗了。

這種陣勢，雙方肯定不能是處於敵對狀態中，而約瑟夫・亨利任由另外兩人在一旁擺弄著手槍，那就說明此雙方理應是相互信任的朋友關係。

更沒理由啊？

那約瑟夫・亨利不是對誰都懷疑，對誰都不信任嗎？

約瑟夫見到了遠處走來的威廉上校，連忙起身相迎，邊走邊嚷道：「威廉上校，我的朋友，見到你真高興！」

威廉上校把心中的疑團放到了一邊，先跟約瑟夫・亨利行了軍禮，然後又行了朋友之間的擁抱禮。擁抱的時候，威廉感受到了約瑟夫・亨利的誠意，心裡不由又多出了一個疑問，這約瑟夫・亨利是哪根神經抽筋了呢？

威廉上校所在的聖地牙哥軍事基地和約瑟夫統治的文森特島面向的都是加勒比海，美英兩國會定期組織打擊海盜的海上軍事演習，因而，好幾年前，約瑟夫剛接手文森特島的時候，威廉上校就跟他結識了，只不過，那時候還是威廉中校。

出了安妮・布雷森的事情，威廉上校私下裡聯繫過約瑟夫・亨利，但約瑟夫卻擺出了一副公事公辦私事不辦的態度，對威廉上校的私下聯繫根本不予搭理。包括三天前送羅獵他們登島的時候，約瑟夫對威廉上校的回應也是生硬的一句話：商人登島歡迎，軍人登島，免談！

僅僅三天過去，約瑟夫的態度便來了一個一百八十度的大轉彎，威廉上校怎麼能不心生疑問？天知道那約瑟夫是吃錯了什麼藥呢？

約瑟夫起身相迎，羅獵自然要緊隨其後，待威廉上校和約瑟夫擁抱之後，羅獵上前跟威廉上校握了手：「我跟亨利說不必這樣麻煩，可亨利不依，非要給你一個驚喜。」

一旁約瑟夫大笑道：「諾力，你太不夠朋友了，一開口就揭穿了我的底牌。」轉而再對威廉上校道：「這之前，我對你，對哈里斯將軍，多有怠慢，雖說事出有因，但歸根結底，還是我有不對的地方。所以，我便把諾力強留下來，只為了能對你說一聲抱歉，並希望你能賞光留下來吃頓晚餐。」

約瑟夫・亨利的誠懇態度打消了威廉上校的絕大部分的疑慮，此刻，他心中只剩下了一個困惑，那羅獵是如何做到的呢？

當著雙方的面提出詢問顯然是冒昧失禮的，威廉上校也只能是壓抑住心中的困惑，微笑著接受了約瑟夫・亨利的邀請。

大英帝國的軍人是最為傲慢的，而其中，又以大英帝國的海軍為甚。約瑟夫的不滿編制的一個團雖然屬於陸軍，但在加勒比海地區，卻編入了海軍的作戰序列，因而，這貨的傲慢程度，可謂是頂尖選手。

這之前，威廉上校多有體會。

但這一次，約瑟夫卻像是換了個人似的，對威廉上校是殷勤倍至。殷勤的產生，肯定不是來自於威廉上校的這身軍裝，那麼，其根源便一定在羅獵那小子的身上。

僅存的那個疑問再次浮現在威廉上校腦海中，羅獵那小子，究竟是怎麼做到的？

帶著這個疑問，威廉上校吃完了約瑟夫安排的豐盛晚餐。仍舊是帶著這個疑問，威廉上校在約瑟夫・亨利的親自陪同下，領著羅獵一行登上了他的船隻。

夜間航行沒有白天安全，也比不上白天的航速，但夜間有個好處，那就是可以休息，一覺醒來，便可抵達了聖地牙哥。

眾人登上了船隻，約瑟夫・亨利親自去解開了船纜，船隻順利起錨，離開了碼頭，那約瑟夫・亨利仍舊在岸邊頻頻招手。

威廉上校再也忍不住了，一把拉住羅獵，問道：「諾力，你是怎麼做到的呢？」

羅獵一臉茫然，反問道：「什麼怎麼做到的？」

威廉上校解釋道：「我是問，你是怎麼取得約瑟夫・亨利的信任的？」

羅獵聳了下肩，回道：「我嚇唬他說，他要是不配合我的話，我就讓哈里斯將軍派軍艦過來把他們全都滅了。約瑟夫・亨利怕了，所以就這樣嘍！」

這顯然是說笑，威廉上校肯定不會相信。但見羅獵一副詭異的笑容，威廉上校明白，從他嘴中肯定是得不到準確答案了，便只能把目標鎖定在了趙大明身上。

趙大明回答得更乾脆：「我們登岸後，以採購商的身分拜訪了亨利總督，並在他的總督府住了下來，等我們睡醒了午覺，諾力和亨利便已經成了相互信任的朋友。」

這也是胡扯！

威廉再把目光轉向了羅布特。

羅布特聳了下肩，指了指趙大明，道：「需要我再重複一遍麼？」

連羅布特都是這樣了，威廉上校自然不能對秦剛和小顧霆抱有希望。好在還有一個安妮‧布雷森。

「安妮，你雖然不認識我，但我卻在十多年前就認識你了。」威廉上校施展出了他的軍人優勢，對安妮‧布雷森祭出了迂迴包抄的戰術。

安妮一上來便表示出她並沒有多少戒備，歡快道：「我見過你，在我父親書房中有一張我父親和哈里斯叔叔還有你的合影，我父親說，我小的時候你還抱過我呢！」

開局氣氛不錯，威廉上校有了信心，但仍不著急，繼續跟安妮套著關係：「你父親的身體還好麼？算起來，我有快十年沒見到過他了。」

安妮點了點頭，道：「他很好，威廉叔叔，我知道你想問我諾力是怎樣把我救出來的，還跟亨利總督成了朋友，對嗎？」

威廉上校急切道：「你知道嗎？知道的話就告訴威廉叔叔。」

安妮卻搖了搖頭，道：「我也說不清楚，我被放出來的時候，諾力跟亨利總督就已經成為朋友了，威廉叔叔，你知道嗎，諾力的身手可厲害了……」

黎明時分，運輸船抵達了美利堅合眾國聖地牙哥軍事基地的海港。

看到羅獵一行仍在酣睡中，威廉上校隻身一人上了岸，駕車駛去了基地總部哈里斯將軍的住所。解救安妮‧布雷森是一趟私活，做事沉穩謹慎的威廉不願意用船上的無線電報向哈里斯將軍彙報，只能用這種最笨但也最安全的方式儘早的將好消息彙報給哈里斯將軍。

來到哈里斯住所的時候，天色已然大亮，養成了早睡早起習慣的哈里斯將軍剛剛起床，聽到威廉歸來的消息，哈里斯顧不上先行洗漱便在臥室中接見了威廉。聽完了威廉的回報，哈里斯顯得很高興，督促威廉趕緊回去將羅獵一行接到基地總部中來，說是要當面感謝羅獵一番。

威廉奉命驅車返回。

回到船上的時候，眾人早已經醒來，且剛剛洗漱過，正準備等著吃早餐。「別在船上吃了，跟我回基地總部，將軍還等著和你們共進早餐呢！」威廉熱情地跟眾人打了招呼。

船上確實沒什麼好吃的，因而，聽了威廉的安排，眾人雖然腹中稍感饑餓，但還是愉快地接受了威廉的安排。

眾人分乘了兩輛車，向基地總部駛去。

路上，威廉再次向羅獵詢問起他心中的困惑：「諾力，還是昨天晚上的那個問題，告訴我答案吧，算我求你了！」

羅獵下意識地扭頭看了眼後排座，印象中，好像羅布特跟他是乘坐同一輛車的，但看過了才知道，後排座上坐著的原來是趙大明和安妮二人。

「說起來也不複雜。」羅獵原本想讓羅布特來回答這個問題，但羅布特不在，羅獵又用不動趙大明，只能是親自作答了：「約瑟夫‧亨利跟農場主的矛盾無非就是利益上的矛盾，亨利太黑，農場主受不了，於是便幹起仗來了。」

威廉點頭應道：「這一點我知道，但我認為這是一個不可調和的矛盾，我真不知道你是如何做到讓他們握手談和的。」

羅獵笑了笑，道：「我帶去的羅布特，原本只是想用他來充充門面，卻沒想到派上大用場了！」

威廉在基地中負責的是情報工作，對各行各業都頗為瞭解，再加上此人原本就很聰明，羅獵只說到這兒，威廉便恍然大悟，道：「你是將文森特島的甘蔗園和香蕉園改種了煙葉是麼？」

羅獵撇了下嘴，道：「我就說很簡單嘛！」

威廉感慨道：「現在說起來確實不複雜，但能想到這個法子卻是不簡單，諾力，若非你是個中華人，我都想力諫將軍將你招致麾下了。」

羅獵道：「你就別高抬我了，能想出這個方案，那也是情勢所迫被逼無奈啊！」

後排座上的趙大明插話道：「我們登島後，當天下午順利騙過了亨利總督，可等到第二天走訪莊園的時候，剛走了第一家，便被史密斯給識破了，當時，可是有將近二十支槍對著我們。幸虧諾力機警，迷惑了史密斯，並尋得了一個反擊的機會。」

威廉感慨道：「我能想像得出當時會有多麼的危急。」

羅獵哈哈大笑，道：「什麼呀！就算再有二十支槍對準了我們，也談不上什麼危急，因為，那史密斯根本就不敢開槍。就算當時我沒尋到反擊的機會，那也沒多大關係，因為機會遲早都會來到面前，就看誰更有耐心了。」

趙大明道：「若是那史密斯沒被你迷惑，沒走進客廳來，咱們哪來的機會呢？」

羅獵笑道：「他總歸是要處理咱們的，不是嗎？」

趙大明愣了下，道：「你是說他遲早要讓人將我們綁起來，是麼？」

羅獵點了點頭，道：「他不敢開槍，卻端出了槍來，這只能說明，那個史密斯實在是缺乏經驗。我又看到他的眼神飄忽不定，便知道他心中一定很矛盾，所以，根本用不著尋找到最合適的機會，只要咱們反擊，便一定能夠成功。」羅獵說起馬後炮來，實在是大言不慚，而事實上，他剛才所說，不過是事後總結。

威廉開著車，道：「那種情況下，你還能如此冷靜，諾力，我對你佩服之至。」

羅獵只顧著吹牛痛快了，卻沒想到，這些牛皮吹出來，卻是在給自己找麻煩，因為，後排座上還坐著安妮・布雷森。安妮・布雷森雖然養成了大小姐的壞脾氣，但這個姑娘卻是絕頂聰明，跟羅獵只是交談過數句話，便知曉了羅獵喜歡聽話的女孩，因此，只要當著羅獵的面，安妮・布雷森表現的總是非常乖巧。她安靜地坐在後面，但並不妨礙她看著羅獵的背影，聽著羅獵的牛皮，內心中對羅獵的崇拜和愛慕，不自覺地又上升了一個層次。

車子開到了基地總部，哈里斯將軍已經等在了大樓門口，見到羅獵下了車，居然上前了兩步，向著羅獵展開了雙臂。不過，能享受到哈里斯將軍擁抱的，除了羅獵便只有安妮・布雷森，其他人，也只是跟哈里斯將軍握了下手而已。

身為聖地牙哥軍事基地的主官，哈里斯將軍可謂是古巴這塊土地上最有權勢的人，只是一頓早餐，其豐盛程度便超過了約瑟夫・亨利的盛大晚餐。

吃飽喝足，哈里斯將軍吩咐威廉將眾人安頓好，並指示威廉待大夥休息充分了，再帶著大夥好好遊玩一下聖地牙哥的各個景點，待哈里斯牽著安妮的手去給亞當・布雷森打電話而離開後，羅獵提醒威廉道：「威廉，別忘了你的承諾哦？」

威廉下意識地看了眼羅布特，應道：「你說的是哈瓦那海關？我這就去把公函給開出來。」

羅獵搖了搖頭，道：「那事不著急，我們回去之前能拿得到就好了。」

威廉疑道：「不是哈瓦那海關的事？那又是什麼呢？」

羅獵笑道：「你真是貴人多忘事啊，我提醒你一個詞，軍艦！」

威廉猛地一拍腦門，道：「你瞧我這腦子！不過……」威廉淡淡一笑，接道：「好在我已經向將軍請示過了，你們隨時可以挑選一艘軍艦出海。」

羅獵登時興奮起來，嚷道：「那我們還等什麼呢？還不趕緊去過癮啊！」

但凡是個男人，總是經不起槍炮軍艦的誘惑，不單是羅獵興奮起來，那趙大明、秦剛還有顧霆、羅布特也跟著興奮起來。

威廉的軍車相比民用車要寬大一些，六個人同乘一輛車雖然有些擠，但也勉強。開車的自然還是威廉，而塊頭最大的秦剛則被攆到了副駕的位子上，後排座中，趙大明和羅布特分坐兩邊，中間則是羅獵抱著小顧霆。

美利堅合眾國的軍艦並不是最先進的，相比大英帝國的軍艦還差得遠，就算跟已經過了氣的西班牙帝國或是一直不溫不火的法蘭西帝國相比，美利堅合眾國的軍艦也不占什麼優勢。

但是，在羅獵等人的眼中，那些停靠在軍港中的戰艦，卻是神一般的存在。

羅獵沒有著急出海，而是一艘接著一艘的登艦參觀。軍艦上的官兵見到一幫中華人甚為驚詫，但看到威廉上校相陪，卻也只能是客氣相待。

「大明哥，你說咱們大清朝要是也有這樣先進的軍艦，那還會被人欺負嗎？」一邊參觀，羅獵一邊唏噓不已。

趙大明呲哼了一聲，回應道：「大清朝又不是沒有過，二十年前，大清朝組建了北洋水師，從大英帝國，日爾曼帝國那裡買來了最先進的軍艦，可結果呢？十三四年前，一場海戰便敗了個精光。」

趙大明所說的敗了個精光的海戰，便是大清朝在甲午年間和日本國發生的一場海軍艦船之戰，那一戰，北洋水師打得甚為英勇，雖然自身損失慘重，但也重創了日本國的五艘戰艦。只是，那時候羅獵尚小，對這些事情並不知情，而之後，大清朝統治者羞於齒口，對此戰避而不談，國人也只能是道聽途說。

羅獵歎道：「從人家那兒買來的，總歸是比不上自家製造的好用，你看人家威廉，在介紹這些軍艦的時候，雖然一再說明這些軍艦比不上大英帝國的軍艦，但是，人家艦船上的所有官兵，尤其是威廉，都是充滿了自豪感，只因為人家用的是自己國家造出來的軍艦。」

趙大明感慨道：「可不是嘛！你說，咱們中華人又不比洋人笨，怎麼就造不出自己的軍艦呢？咱就別說那軍艦了，便是一般的槍炮，那也是造不出來啊！唉，這個大清朝哪，真是一點指望都沒嘍！」

這兄弟倆說話，用的當然是中文，威廉在一旁雖然聽不懂，但卻能看出羅獵情緒上的低落，於是關切問道：「諾力，怎麼啦？是不是累了？沒關係，我們可以先回去休息，等體力恢復了，再來登船出海也不遲。」

羅獵擺了擺手，道：「算了，出海就免了吧，威廉，不怕你笑話，坐在別人國家的軍艦上耀武揚威，用我們中華話來說，叫做『狐假虎威』，那可是一件很丟人的事情啊！」

最為期盼的遊樂項目突然間沒有了興趣，使得羅獵對其他什麼遊玩更沒有了感覺，若不是哈里斯將軍有過交代，說晚上還要為他們接風洗塵，而羅獵也一口答應了下來，從軍港回來的時候，羅獵便會向威廉提出告辭了。

安妮・布雷森被解救出來，哈里斯了卻了一樁大心思，給老友兼親家亞當・布雷森打過電話後，哈里斯自然少不了地要對安妮噓寒問暖。

洋人的性格習慣跟華人有著天壤之別。這種事，要是擱在了大清朝的某個達官顯貴身上，這女子也就算是廢掉了，原因只有一條，咱家丟不起這個人。即便是家裡的男孩子犯下了這樣的錯，扯不上清白不清白的事，那也會遭到重重的責罰。但洋人卻不一樣，一來是對女孩子的清白之身並不怎麼在意，二則是他們並不喜歡責罰孩子，只要是孩子知道了錯，做家長的更多的則是安撫關切。

安妮並不認為自己追求愛情就有什麼不對，但她卻對德爾・史密斯失望透頂，因而，在口頭上也說出了一些類似於後悔認錯的話來。

這對亞當・布雷森和哈里斯來說，已經足夠了。

在電話中，安妮不方便對父親提什麼要求，但放下了電話，面對哈里斯叔叔的噓寒問暖的時候，安妮卻及時地向哈里斯叔叔提出了要求。

「哈里斯叔叔，我知道，你最疼愛安妮了，對麼？」雖然也有近十年沒見過哈里斯，但安妮・布雷森在哈里斯面前卻一點也不拘謹。

哈里斯在沒有升任聖地牙哥軍事基地軍事主官的時候，其駐地距離華盛頓並不算遠，週末的時候，經常和亞當・布雷森一家聚會，那時候，安妮還是個七八歲的小姑娘，甚是討哈里斯的喜歡。

「當然！安妮，除了你的父母之外，哈里斯叔叔可能就是最疼愛你的人了。」哈里斯回憶起十年之前的事情來，眼神中不自覺地流露出了濃濃的溫情。

安妮給了哈里斯一個甜甜的微笑，道：「哈里斯叔叔，我知道，我被那個德爾・史密斯給騙了，我今後再也不會想著他了。」

哈里斯欣慰道：「這就對了，我的孩子，你年輕又漂亮，將來一定會遇上更加優秀的小夥子。」

安妮忸怩道：「可是，我現在就已經遇到了一個最優秀的小夥子。」

哈里斯難免一怔，隨即穩了穩神，笑道：「那個小夥子是誰呀？哈里斯叔叔認識他嗎？」

安妮道：「你當然認識，剛才吃早餐的時候，你對他還贊口不絕呢！」

哈里斯又是一怔，道：「你說的是諾力？沒錯，他確實很優秀。」

安妮忸怩道：「跟諾力相比，德爾・史密斯簡直就是個垃圾！哈里斯叔叔，我看得出來，諾力他非常尊重你，你要是跟他說，要他跟我結婚的話，我想，他一定會答應的。」

對有些人來說，想從一段受到了傷害的感情中走出來的最佳辦法並不是依靠時間來沖淡，而是迅速地展開一段新的感情。哈里斯是過來人，當然能夠理解到這種辦法的神奇作用，他並不反對小侄女安妮在短時間內找到一個可以彌補感情空缺的男朋友，但是，安妮看上的卻是諾力，使得哈里斯有那麼一些不情願。

「安妮，你很有眼光，可是，諾力再怎麼優秀，他也是個中華人。」哈里斯話裡話外的意思都很明確，一個中華人，是不配被一個高貴白種女人所愛慕的。

安妮噘著嘴嚷道：「我當然知道諾力是中華人，但他現在已經入了美利堅合眾國的國籍，那麼他便和我們一樣，也是一名偉大的美國人。哈里斯叔叔，你應該改變一下你的思想了，連總統先生都在呼籲我們不應該歧視有色人種，所以，你不應該拿諾力的黃色皮膚來做藉口。」聽到哈里斯潛在的反對話語，安妮不由得顯現出了她的大小姐脾氣來。

在哈里斯的眼中，安妮就像是自己的女兒一般，自然能夠包容了她的這種大小姐脾氣，不過，僅僅這麼一句噘嘴發脾氣的話，還無法改變了哈里斯的觀念。「你說的很有道理，哈里斯叔叔的確應該改變一下思想了，不過，在這件事情上，我必須要徵求你父親的意見。」

安妮倒是不擔心父親會橫加阻擾，如果父親說出一個不字來的話，安妮・布雷森只需要絕食一天便可取得完勝。但此時的安妮・布雷森對羅獵卻有著迫不及待的激情，莫說是再用絕食一天的辦法來逼迫父親就範，就連再給父親打個電話的功夫她都不情願等待。

「哈里斯叔叔！」安妮・布雷森對著哈里斯撒起嬌來：「是安妮喜歡諾力，是安妮要跟諾力結婚，又不是他亞當・布雷森。哈里斯叔叔，我求求你了，你就答應了我，好麼？」

哈里斯擱不住安妮的央求，終於點頭答應了。

晚宴相當隆重。

雖然美利堅合眾國的軍隊大廚相比大英帝國的軍隊大廚基本上是半斤對八兩，在廚藝上大家的得分距離二百五都不遠，但哈里斯將軍掌管的聖地牙哥軍事基地的條件遠超了約瑟夫的文森特島，別的不說，單就食材的檔次和新鮮度，便是文森特島所無法相比的。只是，美利堅合眾國釀造出來的白蘭地還是遠不如大英帝國的白蘭地那麼有韻味。

晚宴的氣氛也相當熱烈。

哈里斯將軍率先對羅獵等人唱出了讚歌，而那些個做陪的軍官們自然要跟上將軍的節奏，一個接一個向羅獵等人敬酒，一句接一句向羅獵等人說出讚美之詞。

說實話，不懂得中庸之道，不曉得含蓄魅力的洋人們奉承恭維起人來，其措辭相當肉麻，甚至有些令人噁心。但出於禮貌，羅獵等人也只能微笑相待。看在那些高級食材的面子上，吃得爽了的羅獵還時不早晚地反過來奉承恭維幾句。

終於熬到了晚宴結束，吃得腰肚滾圓的羅獵等人就要告辭回去休息，哈里斯將軍卻委託威廉給羅獵傳了話，希望羅獵能多留一會，說是想跟羅獵單獨說說話。羅獵還以為是威廉向哈里斯將軍彙報的解救過程不夠詳細，哈里斯將軍出於好奇想多瞭解瞭解，於是便愉快順暢地答應了哈里斯將軍的要求。

威廉將羅獵帶去了哈里斯的辦公室，見到了哈里斯將軍，隨即幫二人煮了兩杯咖啡，便退了出來。

哈里斯微笑著看了羅獵一眼，道：「諾力，客氣的話我就不再多說了，我和亞當・布雷森先生的關係你也是知道的，對我來說，安妮就像是我的親生女兒一般，希望你能夠理解。」

羅獵端起了咖啡，用勺子舀起了一勺，嘗了嘗味道，同時點了下頭，道：「我當然能夠理解，哈里斯將軍。」

哈里斯將軍深吸了口氣，道：「你怎麼看安妮呢？」

羅獵沒多想，直覺上以為哈里斯是在問他對安妮的這種行為的看法，心中自然生出了個不關我事的念頭，於是便搪塞道：「挺不錯的，性格開朗，人長得也漂亮。」

哈里斯露出了欣慰之色，道：「安妮她很喜歡你，你知道嗎？」

羅獵不免一怔，心中迅速盤算開來。按照常理，洋人是看不起中華人的，當初跟艾莉絲交往的時候，師父和大師兄就曾告誡過自己，只是，緣分卻明擺在那兒，無論是艾莉絲的母親席琳娜，還是她父親西蒙，跟自己都是頗有緣分，種族的問題才沒有顯露出來。但安妮出身高貴，其父亞當・布雷森也好，面前的哈里斯將軍也罷，都應該屬於嘴上說得好聽，但心裡依舊看不起黃種人的那種貨色。哈里斯如此之說辭，無非就是想讓自己遠離安妮而已。

這不正合羅獵之意麼？

「哈里斯將軍，請原諒，我並不知情。」羅獵的表情變得極為嚴肅，身子板也坐得筆直，沉聲回應道：「不過，我想不管安妮小姐怎麼認為，我對她只會有應該的尊重，絕不會有其他什麼想法。」

哈里斯連連擺手，道：「不，諾力，你誤會我的意思了。我是說，如果你認為安妮是個不錯的女子，我倒是想建議你嘗試跟她交往一下。」

羅獵登時愣住了。

哈里斯笑了笑，接著說道：「安良堂是一個很有實力的組織，你們的總堂主也是一個很優秀的人，但是，在美利堅合眾國，包括你們的總堂主，還無法進入到真正上流社會。諾力，如果你接受了我的建議，我想，以亞當・布雷森先生和我的資源，完全可以幫助你成為一名最優秀最成功的的商人。」

羅獵的思維是一片混亂，根本不知道該說些什麼。

哈里斯站起身來，踱到了羅獵身邊，拍了拍羅獵的肩，道：「我有足夠的耐心等待你做出正確的決定。」

哈里斯將軍提出的建議確實很誘人。

他說得沒錯，安良堂雖然實力不弱，但始終只是個江湖幫派，無法登入大雅之堂。總堂主歐志明身為一名律師，本身就應該屬於上流社會，而他又為許多上層人物提供過法律服務，更應該進入到美利堅合眾國的上流階層，可因為膚色問題，卻也只能在上流的邊緣苦苦徘徊。

但要是娶了個像安妮這樣的女子可就不一般了，膚色問題，完全可以憑藉議員先生女婿的頭銜來沖抵消減，而議員以及將軍，則可以為羅獵提供了別人連想都不敢想一下的商業資源，不說別的，單說羅布特的雪茄生意，若是有了哈里斯將軍的庇護，那一年下來，不知道能多賺多少利潤。

有了錢，又有靠山，自己身上的黃皮膚自然就會褪色，而美利堅合眾國上流社會的大門也理所當然地要向自己主動打開。

但問題是，羅獵對安妮卻是一點喜歡的感覺都沒有。

更大的問題是，羅獵對什麼上流社會根本不感興趣，他不認為自己的黃皮膚有什麼不好，也不認為皮膚煞白就會高人一等，更不認為有錢有勢便是幸福生活。

因而，他對哈里斯將軍充滿了誘惑力的建議卻是一點興趣都沒有。

羅獵很想當面就拒絕哈里斯將軍，又擔心會因此而惹惱了哈里斯將軍，他答應過羅布特要幫他打通哈瓦那海關，若是因為自己的衝動而壞了大事，那就有些得不償失了。咬著牙強忍著心中的不快，羅獵終於離開了哈里斯將軍的辦公室，回到了基地招待所，羅獵越想心中便越不是個滋味。

哈里斯將軍的這種誘惑，**明面上看，像是一種恩賜，但仔細一琢磨，卻感到了隱隱的脅迫**。其潛在的台詞則是我哈里斯將軍和亞當・布雷森議員手中掌握了特權，順我者當然可以昌盛，但逆我者必然是個滅亡。

趙大明還沒睡，守在招待所中等著羅獵的歸來。對外，他們這些人可以以羅獵為核心，但對內，他趙大明才是擔負最終責任的那個人。哈里斯將軍單獨約走了羅獵，不管是好事還是壞事，對趙大明來說都是一個心事，他必須等到羅獵安然歸來後才能安心去睡。

「哈里斯找你談了什麼事啊？我怎麼看你的情緒不太好呢？」趙大明問著話，並送上了手中的一杯濃茶，道：「喝杯茶解解酒吧，威廉這人真是細心，知道咱們喝不慣咖啡，專門讓人送來了茶葉，雖然不怎麼樣，但勉強也能喝。」

羅獵接過茶杯，卻沒心思品嘗茶水，幽歎一聲，道：「大明哥，在島上的時候，你說我有了麻煩，我當時還不以為然，但現在看來，麻煩確實來了，而且還不小。」

趙大明晦澀一笑，道：「安妮・布雷森？」

羅獵點了點頭，道：「哈里斯找我，便是為她說媒。」

趙大明噗嗤一下笑出聲來，道：「那是好事啊！」

羅獵白了趙大明一眼，道：「好個什麼呀？讓你娶那個小潑婦，你願意嗎？」

趙大明玩笑道：「要不是你大明哥已經娶了個母老虎，還真願意試一試呢！」

羅獵再白了趙大明一眼，撇了下嘴回敬道：「你真是站著說話不腰疼！」

趙大明收起了戲謔表情，放緩了聲調，道：「沒啥好憂慮的，不答應他就是了，難不成他還敢把你強行送入洞房不成？」

羅獵又是一聲幽歎，道：「說得簡單啊，大明哥，哈里斯說這件事的時候，我也是這麼想的，可是在回來的路上，我卻是越想越覺得不對勁。你想啊，大明哥，我要是不答應他的話，那麼他很有可能會拒絕咱們，到那時我怎麼向羅布特交代呢？」

趙大明疑道：「拒絕咱們？什麼事咱們求著他了？」

羅獵搖頭歎道：「哈瓦那海關通關的事情啊！」

趙大明道：「那是他答應過的事情，算是咱們前往文森特島解救安妮・布雷森的一個交易條件，他還能反悔不成？」

羅獵瞥了趙大明一眼，哼了一聲，道：「他答應的只是幫羅布特把扣在哈瓦那海關的貨物給解禁出來，可咱們需要的卻是他永遠能罩著羅布特，他要是跟咱們耍起心眼的話，完全可以放了羅布特的這批貨，但卡死了羅布特今後所有的貨，你說，咱們不是害了人家羅布特了嗎？」

趙大明長歎一聲，道：「你的擔心不是沒有道理啊！這些個洋人啊，全都是嘴上一套背後一套，什麼狗屁契約精神，那都是自個往自個臉上貼金的玩意，他們對待強者，倒是願意講究契約精神，但在面對弱者的時候，卻是說翻臉就翻臉，一切只看自己利益的大小，這才是他們洋人的本質哪。」

羅獵苦笑道：「剛才我還在後悔呢，後悔沒早點讓威廉把那份公函給開出來。但現在想想卻也是無所謂的事，他們能隨時開出一份公函，也能隨時廢掉那份公函。」

趙大明歎道：「實在不行，那就只能是對不住羅布特了。」

羅獵搖了搖頭，道：「對不起的何止一個羅布特啊，還有文森特島上的約瑟夫・亨利，史密斯，以及其他農場主，他哈里斯可以不講究名聲，可咱們不能不講究啊，而安良堂更不能不講究名聲啊！」

趙大明道：「那你的意思是……」

羅獵苦笑一聲，道：「還能怎樣？犧牲我的色相唄！」

趙大明眨了眨眼，疑道：「這不是你的風格呀？」

「那我的風格是什麼呢？」羅獵的心情似乎好了些，臉上也有了笑容，神情間更是恢復了往常的那種淡然。

「這……」這是感覺上的事，只可意會而不可言傳，當需要用語言來表述的時候，那趙大明難免會有語塞。

「你說，那安妮・布雷森看上的要是彪哥那該有多好，彪哥的風格是但凡到了嘴邊的肉，絕對不能放過。安妮・布雷森長得不錯，人又年輕，絕對適合彪哥的口味。」一想到了董彪，羅獵的臉上不自覺地洋溢起壞壞的笑容出來。

趙大明笑道：「你可拉倒吧，就算確實是你說的那樣，那彪哥對到了嘴邊的肉，總得分一下肥瘦吧？」

羅獵壞笑道：「彪哥才不會分肥肉瘦肉呢，不管是圈裡圈的，樁上栓的，天上飛的，水裡遊的，只要是塊送上門的肉，就沒有他不敢的。別說安妮・布雷森了，就算是安妮她媽，彪哥也一樣敢。」

趙大明感慨道：「說到這一點，咱們安良堂十多個堂口幾千名弟兄，就沒有一個能比得上人家彪哥的！」

茶杯裡的茶水就要冷了，而羅獵在晚宴上喝了點酒，又說了那麼多的話，確實也有些口喝了，於是便端起茶杯，一口氣喝了個乾淨。「這茶還不錯嘛！威廉是從哪兒弄來的呢？」

趙大明很是驚詫，看了眼羅獵，道：「你還有心情關心這茶的來源？我說羅獵，你的心怎麼能這麼大呢？」

羅獵睜大了雙眼，驚疑道：「我說你這人都是怎麼想的呀？難不成非得看著我憂心忡忡鬱鬱寡歡你才開心？事情已經出來了，哭也好，笑也罷，問題不都是擺在面前要一步步解決嗎？好了，你就別多想了，還是告訴我威廉是哪兒弄來這茶的吧！」

趙大明跟羅獵的相處時間並不長，因而對羅獵不怎麼瞭解，要是換做了董彪，不用聽羅獵說了些什麼，單看羅獵的神情變化，就該明白那羅獵已然想出了應對之策。

依舊處在困惑中的趙大明一時又想不出什麼高招能幫得到羅獵，於是便只能順從了羅獵的意思，回答道：「喜歡喝茶的不只是咱們華人，英國佬一樣喜歡喝茶，威廉送來的這些茶，便是基地總部為招待英國佬而準備的。」

羅獵蹙起了眉頭來，道：「不對啊！那為什麼咱們在文森特島上的時候，亨利，史密斯他們沒招待咱們喝茶呢？」

趙大明苦笑道：「你問我，我問誰？」

羅獵沒有深究下去，將話題扯了回來，道：「英國佬的茶和咱們的茶有著明顯不同，你還別說，這味道還真不比咱們的差，很適合我的口味，不行，趕明天我得向威廉多要一些帶回去慢慢喝。」

趙大明心想著說完了茶的事情，應該回過頭來繼續商討應對哈里斯的策略了，可沒想到，那羅獵居然放下了茶杯，伸了個懶腰，就要準備拔腿走人。

「你，幹嘛去？上廁所嗎？」趙大明指了下相反的方向，道：「廁所在那邊，你走反了。」

羅獵跟著再打了個哈欠，半捂著嘴巴，道：「上什麼廁所呀，我是睏了，要回去睡覺了。」

趙大明道：「那你打算怎麼回覆哈里斯呢？」

羅獵哼笑道：「他說他有足夠的耐心等待我做出正確的決定，那還有啥好說的呢？就讓他等著唄。」

說歸說，做歸做。

哈里斯口中說他有足夠的耐心，但實際上，卻因為心中沒底而特別想儘早地得到羅獵的答案。在辦公室中，哈里斯和羅獵單獨交談的時候，羅獵所表現出來的發愣以及無言以對都向哈里斯傳遞了一個他並不情願且並沒有被誘惑力所吸引的資訊。也正因為哈里斯捕捉到了這個資訊，才會在最後一句話裡特意加上了「正確」一詞。

哈里斯相信，以羅獵的聰明，一定能體會到他多加的這個單詞的分量。

即便如此，哈里斯對羅獵依舊是心中沒底。

安妮並不是他哈里斯的女兒，安妮喜歡誰，不喜歡誰，實際上跟他並沒有多大的關係，做為世交叔父，他對侄女安妮的個人感情上的事情只有祝福的義務卻沒有干涉的權力，他心中很是清楚，自己擱不住安妮的撒嬌央求，答應了安妮做說客的請求，這原本就是一件不合適的事情。但話已出口，不可能再收回來，便只好硬著頭皮往前走。羅獵要是答應了，那一切都好說，至於老友亞當•布雷森是個什麼態度，那將是他們父女之間的私事，向東還是向西，跟他哈里斯都沒多大關係。

但問題是，羅獵會答應嗎？

如果等來的是羅獵斷然拒絕的結果，他哈里斯的一張老臉將往哪兒擱呢？要命的是，從交談時那羅獵的神情上來看，被斷然拒絕的可能性要遠大於被欣然接受的可能性。

哈里斯雖然只是個中將，在軍中，頭上還有一大把上將的地位要高於他，而且，就年齡來看，他已經過了六十周歲，若是不再發生大的戰爭而立下新的戰功的話，往上再升一級扛上上將軍銜的可能性幾乎為零，但是，就重要性而言，他哈里斯在美利堅合眾國的海軍序列中卻是舉足輕重。

十年前跟西班牙帝國的戰爭中，正是他哈里斯率領著美利堅合眾國的英勇軍隊在不被看好的情況下，一路高歌猛進，不過三個月，便把當年的全球霸主當時仍舊是驕橫一時的西班牙帝國的軍隊趕入了大海之中，從而奠定了美利堅合眾國在古巴這個大島嶼上的統治權力。換句話說，若是沒有他哈里斯坐鎮聖地牙哥軍事基地的話，古巴這個大島嶼絕對不會像現在這般安寧。

太上皇的地位成就了哈里斯太上皇的心態，在古巴，沒有人敢頂撞於他，也沒有人敢對他說一個不字。甚至，連他的上峰，在跟他說話的時候都要保持足夠的尊重，否則的話，哈里斯一旦撂挑子，美利堅合眾國的海軍總部，還真找不出合適的人選能替代得了他。這種情況下，哈里斯很擔心羅獵會對他說一聲不。

如果等來的真的是羅獵的斷然拒絕，念在人家幫了自己老友那麼大一個忙的份上，哈里斯肯定不能對羅獵採取怎麼樣的報復或是懲罰，只能是眼睜睜看著人家揚長而去。被人無情拒絕且無可奈何，這對哈里斯來說，臉面可就丟大了，必然是他絕難接受的結果。

基於此，哈里斯想了又想，最終決定還是要再主動一些，要在羅獵做出決定之前，給予他足夠的壓力，迫使他只能說出「好」而無法說出「不」。

另一邊，羅獵也沒閑著。睏意襲來，原本想著將煩心事先放在一邊上床睡上一覺再說，可是，當羅獵擦了臉洗了腳躺在了床上的時候，該死的失眠症卻發作了。一路上一直有小顧霆在陪伴，每當到了夜晚，聽到旁邊床鋪上傳來的小顧霆的均勻呼吸聲，羅獵的心裡總是覺得很踏實，失眠症也就無法困擾到他。

但在這基地招待所中，威廉為了顯示出他的熱情，給每個人都安排了單間，聽不到小顧霆的呼吸聲，羅獵便失去了心中的那個踏實感，失眠症也就尾追而來。

反正是睡不著，羅獵乾脆披衣下床，來到了窗前，推開了窗戶。

聖地牙哥在文森特島的西北方向，不管是緯度還是經度相差的都不算多，但在氣候上，兩地卻完全不一樣。文森特島過的分明就是夏季，晚上睡覺的時候只需要蓋一薄被，甚至不用蓋被，到了白天最熱的時候，穿著短袖還會滲出一身的汗。但聖地牙哥的白天只能說是溫暖，到了夜晚卻有著明顯的涼意。

基地總部建造在了海岸線上的一個不大的半島上，而招待所的位置距離海岸只有百十米，推開窗戶，不用遠眺，那大海便盡收眼底。月色皎潔明亮，夜空繁星點點，海面黝黑深邃，浪濤聲聲悅耳，如此令人心曠神怡的景色中，羅獵的心情自然可以得到充分的舒緩。

在跟趙大明的交談過程中，羅獵已然想到了對策，只是當時不過是靈光閃現，直覺上認為可行，但在細節上尚未推敲其中還有些關鍵點把握不準。眼下睡不著覺，剛好可以在如此美景下細細盤算一番，要麼不玩，要玩那就玩一場漂亮的智謀戰，不光要達到目的讓那個哈里斯滿足了自己的所有要求，還要能成功徹底地擺脫掉安妮的種種糾纏可能。

說白了，就是想辦法讓安妮對自己失去興趣。

愛情這種玩意很是玄妙，越是得不到，便越是惦記著，若是直接拒絕了安妮‧布雷森的話，不管是斷然拒絕還是婉然拒絕，恐怕在一時半會都不會讓她死了這條心思，說不定還會引發她的反彈，做出讓人意想不到的激烈反應。所以最好的辦法是暴露出自己一個令人絕望甚至是噁心的缺點出來，讓那安妮‧布雷森主動放棄了自己。

比如，在男人應有的能力方面有著極大的欠缺。

這個辦法顯然是最有效的，可是，羅獵卻第一個將它排除出去，因為，想驗證這個欠缺，勢必要經過一些前奏，而這種前奏行為，卻是羅獵所不能接受的。

除此之外，還有別的什麼好辦法呢？

羅獵想到了謊稱曾經入過皇宮的策略，但也就是一念之想，隨即便被摒棄了，這跟另一個念頭，佯裝自己的取向有問題一樣，雖然可以達到滿意的結果，但傳出去對自己的名聲實在是不太好聽。

或者，謊稱自己患上了不治之症，不知道哪一會就有可能與世長辭而以現今的醫療水準卻是無能為力。

此念頭剛一產生的時候，羅獵很是興奮，但再一琢磨，卻是搖頭歎氣，莫說他想不出這種疾病的具體名字，就算想出了，對安妮來說，可能也沒什麼鳥用。那種大小姐的個性，哪裡會踏踏實實過日子，只要爽夠了眼前，怎會管身後長遠之事呢？

解決問題的方向就擺在面前，而且，這個方向絕對是正確的，可是，沿著這個方向剛邁出步子，便遇到了一個繞不過去的障礙，這要是換做了旁的什麼人，定然會因此而懊惱不已，可對於羅獵來說，卻像是一個數學家遇到了一個難解的數學題，雖然反覆苦思而不得答案，但解題的興致和欲望卻是愈發強烈。

終於，在月光的映照下，羅獵露出了得意的笑容出來。

次日一早，威廉來到招待所陪眾人共進早餐，吃過早餐後，威廉提議帶大夥出去轉轉，說聖地牙哥還是有不少的風景值得一看。反正一時半會也走不了人，閑在房間裡也無事可做，於是羅獵便代表大夥答應了威廉的提議。

六個人乘坐一輛軍用轎車確實有些擁擠，短距離還好，比如昨天從基地總部駛往軍港，僅僅是兩英里的路程，大夥擠一擠也就算了，但若是外出看風景，還像昨天那樣擠一擠的話，那可就有些吃不消了。因而，威廉換了一輛廂體運兵車，後面的車廂中，足足可以裝得下二十個人。

上車的時候，威廉將羅獵單獨請到了駕駛室中，理由很是正當，他做為司機兼導遊，一個人在駕駛室中太寂寞，容易犯睏，而在眾人中，只有羅獵跟他最能聊得來，所以，他必須將羅獵請到駕駛室。

駕駛室視野寬闊，座位舒適，這乃是特殊待遇，羅獵自然的歡喜接受。事實上，即便威廉不做邀請，那羅獵也不會放過駕駛室副駕的座位，可威廉卻畫蛇添足地做出了邀請，那麼，只能說明威廉另有企圖。

果然，車一上路，威廉便證明了羅獵的判斷是完全正確的。

「諾力，安妮原本是想跟著我們一起去遊玩的，但被我攔住了。」威廉側過臉來，看了眼羅獵，意味深長道：「你知道我為什麼要攔住她嗎？」

羅獵裝作了一副吃驚的模樣，回道：「是啊，你為什麼要攔住她呢？這車那麼大，多一個人也沒什麼關係呀？」

威廉再看了羅獵一眼，輕歎了一聲，道：「因為我想跟你單獨談談關於安妮的事情，有她在，我怕你會受到她的干擾，會向我說出一些違心的話來。」

羅獵暗自偷笑，真想明白地告訴威廉，請放心，無論如何，老子都不會跟你說真心話的。但明面上，羅獵卻做出了一副茫然的樣子，回道：「我怎麼可能跟你說違心的話呢？」

威廉道：「我知道你並不喜歡安妮，將軍也知道你不喜歡安妮，但是你應該理解將軍和安妮之間的關係，對將軍來說，他實在不願意看到安妮受到任何委屈，所以才會在昨晚向你提出那個要求。」

羅獵點頭應道：「我能理解，事實上，哈里斯將軍說的很有道理，男人以事業為重，而安妮的父親和哈里斯將軍確實能給我極大的幫助，但是，你剛才也說了，我並不喜歡安妮，在這一點上，我不想違心地矇騙你和哈里斯將軍，所以，我現在很矛盾，我想，我還需要一些時間做充分的考慮，到底應該是以事業為重，還是率性而為，這對我來說，真的是一個很艱難的抉擇。」

威廉露出了些許的欣慰之色，他點了點頭，看著羅獵道：「這麼說，你並沒有打算一口回絕？」

羅獵聳了下肩，道：「我為什麼要一口回絕呢？我雖然不喜歡安妮，但是我並不反感金錢和地位，說句心裡話，對一個男人來說，金錢和地位的重要性要遠大於所謂的愛情，不是嗎？威廉。」

威廉微微一笑，道：「我非常認同你的觀點，沒有金錢和地位為支撐的愛情，那不過是絢爛多彩的氣泡，承受不住丁點壓力，一旦破裂，便蕩然無存。但有了金錢和地位，美麗的愛情將會成為你的家常便飯，餓了，隨時可以吃得上，飽了，隨時可以推到一旁，而且，每天都可以變換花樣。」

羅獵跟著笑道：「我沒有你說的那麼花心，但我必須承認你的觀點是完全正確的。威廉，跟你說句心裡話吧，哈里斯將軍的建議，確實觸動到了我的心，你應該能夠理解到，沒有人在面對那種誘惑的時候可以做得到無動於衷。可是，我得需要時間來說服自己，這個時間，或許是一天，或許是兩天，但也有可能僅需要五分鐘。」

威廉點了點頭，道：「我完全能夠理解。諾力，做為朋友，我還是想提醒你一句，答應了將軍的建議，對你來說，確實是受益頗多，別的不說，就說羅布特的雪茄通關一事，只要有了將軍的默許，全古巴境內的任何海關都可以暢通無阻，而且，我還可以幫助你們阻止其他雪茄商的不法行為，單此一項，你們獲得利益便可達到一個驚人的數字。」

羅獵在心中冷笑道，這是什麼提醒啊，這分明就是恐嚇，你大爺的，不就是想拿這一點來卡住老子的脖子嗎？

「這只是其中一項很一般的收益，威廉，實話跟你說，我並不打算介入到羅布特的雪茄生意中，他的生意看上去很誘人，但往上卻有著明顯的瓶頸，在我的設想中，投資建廠，比如市面上最為緊俏的玻璃製品廠，那才是發大財的機會。」羅獵壓制住了心中的憤恨，侃侃而談道：「生產特種玻璃，最大的成本不是原材料，而是場地和勞動力，美利堅合眾國的勞動力實在是太貴了，包括我的那些同胞，相比古巴這塊地界，其勞動力成本都是高得嚇人。但如果能得到哈里斯將軍的支持，我便可以利用羅布特先生的資金，在聖地牙哥或是其他什麼地方，建一個北美最大的特種玻璃製品廠，到時候，我擁有最便宜的場地成本和勞動力成本，那麼，在市場上還有誰能夠跟我形成競爭呢？」

時值美利堅合眾國的經濟快速增長期，而聯邦政府又已經將西海岸的開發納入了未來三年的重要日程，各地的基礎建設均是如火如荼，各種大小工廠也是猶如雨後春筍，尤其是汽車工業的高速發展，對玻璃，尤其是特種玻璃的需求量可謂是節節攀高。若是真能像羅獵所言，以極低的價格拿下一塊足夠的場地，然後以微薄薪資招聘來大量的當地勞工，只要在製作工藝上能達到先進水準，生產出來的產品品質說得過去，那麼，其產品一經投放市場，必然是所向披靡。

邏輯上的嚴絲合縫使得威廉對羅獵的胡謅八扯是深信不疑。

「諾力，你真的是個奇才，我必須承認，我被你的商業構思震撼到了。」威廉有了些許的激動，而且，這種激動看上去應該是有感而發，絕不是故意偽裝。「說句心裡話，我真的很想脫下軍裝，加入到你的玻璃製品廠中為你服務，因為，我看到了最為壯觀的商業前景。」

羅獵聳了聳肩，不以為然道：「這只是其中一個構思，事實上，在古巴和美利堅之間，我們還有許多事情可以嘗試，這邊有著哈里斯將軍的支援，那邊有亞當・布雷森議員的照應，我實在想不出賺不到大錢的理由。我聽說，議員先生正在嘗試競選加利福尼亞州的州長，我在預祝他競選成功的同時，還做了一些展望，威廉，你說未來三年，加利福尼亞州一南一北的洛杉磯和金山兩座城市的地價能漲到什麼地步呢？一倍？兩倍？還是八倍十倍？我覺得都有可能。」

威廉興奮道：「布雷森先生如果能夠成功當選加州州長，那麼在洛杉磯和金山兩市買地將不成問題，諾力，當你準備買地的時候，別忘了我這位老朋友，我非常期望能夠參上一股。」

羅獵道：「我所屬的安良堂組織早就看到了這個商機，可是，做為黃種人，卻不可能買得到最優質的地，而且，幾乎沒有銀行會借錢給我們黃種人，單憑自己的那點積存，又能買下多少地塊呢？」

威廉雙眼放出異樣光芒，急切道：「但是你若娶了安妮，那就不一樣了，有了這個身分，無數的白人會爭著搶著跟你合作，而那些個銀行家們也不會再戴著一副有色眼鏡來看你，你將得到數不清的資源和資金，只要是你看中的地塊，就一定能夠拿得下來！」

羅獵感慨道：「誰說不是呢！所以，我真的想不出拒絕哈里斯將軍建議的理由，僅僅是因為不喜歡嗎？這個理由是不是太幼稚了呢？」

威廉微笑點頭，道：「恕我直言，諾力，我認為你若是僅以這個理由而拒絕了將軍的建議的話，那確實是太幼稚了。」

羅獵搖了搖頭，歎了口氣，道：「道理上很簡單，但情感上卻有些複雜啊！威廉，我是一個騙不了別人的人，更騙不了自己，我隨時可以答應哈里斯將軍，可是，我又該如何面對安妮小姐呢？」

威廉笑道：「將軍的建議並不是要求你立刻娶了安妮，而是建議你先跟她當做男女朋友交往一下，安妮很漂亮，身材也相當不錯，就是性格上有些問題，等你適應了，說不定會真的喜歡上她了呢。」

羅獵瞥了威廉一眼，笑道：「你就別扯了，我擔心的是安妮小姐，她要是知道了我純粹被哈里斯將軍所說的那些前程所誘惑才願意跟她交往，那麼她會做何反應呢？會不會勃然大怒將我一腳踹開？要真是如此結果的話，那我可是丟人丟到家了。」

威廉道：「這一點你不用擔心，安妮涉世尚淺，至今為止，仍舊認為你是喜歡她的，只是礙於身分地位及膚色，不敢和她談情說愛。能看出你並不喜歡她是將軍還有我，而將軍和我，並沒有將此事向安妮挑明。」

羅獵像是突然輕鬆了下來一般，吁了口氣，點頭道：「那我就放心了，威廉，雖然我仍在猶豫之中，但你可以隨時向哈里斯將軍彙報，就說我願意接受他的建議。」

請續看《替天行盜》第二輯卷十六　穿越孤寂　大結局

替天行盜 II 卷15 人為財死

作者：石章魚
發行人：陳曉林
出版所：風雲時代出版股份有限公司
地址：10576台北市民生東路五段178號7樓之3
電話：(02) 2756-0949
傳真：(02) 2765-3799
執行主編：劉宇青
美術設計：許惠芳
行銷企劃：林安莉
業務總監：張瑋鳳

初版日期：2022年10月
版權授權：閱文集團
ISBN ：978-626-7025-70-3
風雲書網：http://www.eastbooks.com.tw
官方部落格：http://eastbooks.pixnet.net/blog
Facebook：http://www.facebook.com/h7560949
E-mail：h7560949@ms15.hinet.net
劃撥帳號：12043291
戶名：風雲時代出版股份有限公司

風雲發行所：33373桃園市龜山區公西村2鄰復興街304巷96號
電話：(03) 318-1378
傳真：(03) 318-1378
法律顧問：永然法律事務所 李永然律師
北辰著作權事務所 蕭雄淋律師

行政院新聞局局版台業字第3595號 營利事業統一編號22759935

定價：290元

國家圖書館出版品預行編目資料

替天行盜 第二輯 ／石章魚 著. -- 臺北市：風雲時代出版股份有限公司，2022.02- 冊；公分

ISBN 978-626-7025-70-3（第15冊；平裝）

857.7 110022741